U0449128

华章
传奇派

品味无限不循环的人生

捕心师 3
荒唐交易
向林 著

重慶出版集團 重慶出版社

图书在版编目（CIP）数据

捕心师.3,荒唐交易 / 向林著.—重庆: 重庆出版社, 2020.9
ISBN 978-7-229-15151-5

Ⅰ.①捕… Ⅱ.①向… Ⅲ.①长篇小说—中国—当代 Ⅳ.①I247.5

中国版本图书馆CIP数据核字（2020）第118983号

捕心师.3，荒唐交易

向林 著

策　　划：	华章同人
出版监制：	徐宪江
责任编辑：	王昌凤
特约编辑：	张铁成
责任印制：	杨　宁
营销编辑：	史青苗　刘晓艳
封面设计：	typo_d

重庆出版集团
重庆出版社 出版
（重庆市南岸区南滨路162号1幢）
投稿邮箱：bjhztr@vip.163.com
北京温林源印刷有限公司　印刷
重庆出版集团图书发行有限公司　发行
邮购电话：010-85869375/76/77转810
重庆出版社天猫旗舰店
cqcbs.tmall.com
全国新华书店经销

开本：880mm×1230mm　1/32　印张：9.375　字数：233千
2020年10月第1版　2020年10月第1次印刷
定价：45.00元

如有印装质量问题，请致电023-61520678

版权所有，侵权必究

目录

第 一 章　漂亮女士 /1

第 二 章　自卑与渴望 /17

第 三 章　关键人物退出 /41

第 四 章　一个人的医学杂志编辑部 /52

第 五 章　另类教授 /73

第 六 章　美丽女士的经历 /85

第 七 章　心理暗示的巨大能量 /105

第 八 章　粪池旁现无名壮汉尸体 /123

第 九 章　疯狂行为后的疯狂报复 /143

第 十 章　微表情专家 /160

第十一章　找到根源 /181

第十二章　不祥预感成真 /203

第十三章　尘埃落定 /219

第十四章　对心理学家的心理疏导 /246

第十五章　校长疯了 /259

第十六章　大结局 /282

第一章
漂亮女士

从内心讲，俞莫寒是非常想在这个南方的小城市继续待上几天的。这里有适宜的气候，有温泉，还有心爱的人陪伴。然而沈青青提供的情况实在太重要了，所以，俞莫寒当天晚上就急匆匆地赶了回去。

爱人就在身边，今后的日子还很漫长，但有些事情一旦错过了就可能会让人遗憾终生。现在他才明白，这个世界上还有一样东西似乎比谈情说爱更重要，那就是责任。俞莫寒已经介入高格非的事情太深，其中的很多情况貌似明朗却始终是雾里看花，真相似乎就在眼前却又偏偏隔着一层无法透视的窗户纸，让他迫不及待地想要去一看究竟。

"你是不是应该给龚放打个电话道别一声？"在去往机场的路上，倪静提醒道。

也许是因为苏咏文的事情让俞莫寒感到有些愧疚，现在他面对倪静的时候总有一种"怕"的感觉，而且他也觉得确实应该告诉龚放一声才是,便拿出电话拨打了过去。

"怎么样?事情很顺利吧?"龚放好像已经知道了结果,轻松地问道。

俞莫寒道:"嗯,非常顺利。本来还想在这边多待两天的,但高格非的事情有了新的情况……"这时候他看到倪静正在朝他伸出手,只好把手机朝她递了过去。倪静的脸上瞬间一片灿烂,对着电话说道:"龚放,有空到我们这边来玩,我给你介绍个女朋友。"

虽然俞莫寒开始的时候就猜测到了倪静的意图,却万万没有想到她会如此直接。这还是我一直以来认识的那个倪静吗?这一刻他才忽然发现,有时候女人心理上的变化实在是让人措手不及。

龚放在电话里面哈哈大笑:"有空的话我一定去。"

倪静满意地将手机递给了俞莫寒,俞莫寒又闲话了两句后便挂断了电话。倪静忽然觉得有些不大对劲,问道:"我刚才的话很好笑吗?"

俞莫寒苦笑:"龚放是什么人?你的那点儿小心思他还不明白?"

倪静的脸色变得有些难看起来,问道:"我给人的感觉是不是很傻?"

俞莫寒轻轻揽住她的腰:"在一位心理学家面前耍小心眼,你确实有点儿傻。不过没关系,毕竟你不是我们这一行的人,这很正常。"

倪静侧过身看着他:"你是不是觉得我和以前不一样了?"

俞莫寒点头:"确实有些不大一样了,不过这也很正常,说明你越来越在乎我了。"

倪静对他的这个回答很满意,她知道这是真话,所以也就没有再问他接下来将如何去面对苏咏文的事情,因为她已经感觉到了自己的这种变化,她不想让自己变得太过婆婆妈妈。

其实俞莫寒是想起过苏咏文的,但也只不过就那么一瞬。接下来还有更重要的事情要去做，只能将那些烦心的事情暂时放在一边。

当一个人遇到重要的人或者事的时候总是会十分小心翼翼，生怕到头来一场空。俞莫寒此时的心境就是如此。对于沈青青提供的这个新线索，他在心里抱着很大的希望，所以一下飞机就迫不及待地给高格非和沈青青的同学苟明理打去了电话，特地询问有关宁夏的情况。

苟明理对俞莫寒的这个电话感到有些惊讶："宁夏？她和高格非？我怎么不知道？"

俞莫寒倒是不觉得奇怪，毕竟这是高格非的隐私。他说道："宁夏和你也是同学，麻烦你说说她的情况。"

苟明理道："宁夏和我不是一个班的，所以我对她并不十分了解。她和沈青青都是我们那一届同学中的美女，不过后来她们都没有选择当医生，大学毕业后宁夏去了一家医药公司做医药代表，一年后考上了空姐，后来她在南方和一个大老板生活在了一起，不过听说那个大老板是有老婆的……"

俞莫寒问道："这些情况你是听谁说的？"

苟明理犹豫了一下，回答道："有一次同学聚会的时候宁夏也在，当时她刚刚从南方回来不久，全身珠光宝气，不过她对大家很礼貌、很客气，还给每个人都带了一件价值不菲的礼物。大家问她现在在做什么，她回答说几年前不做空姐后就在南方那边开了一家咖啡厅，现在准备回家乡发展。大家都觉得有些奇怪，却不方便多问，后来一个女同学在私底下悄悄告诉了我们她的真实情况。"

俞莫寒问道："她和那个大老板分手了？"

苟明理道："据说是这样的。宁夏和那个大老板有一个孩子，宁夏不愿意一直当人家的小老婆，所以就和那个大老板分了手，拿到一大笔钱后就带着孩子回家乡来了。"

这样的事情也只可能是他的女同学讲出来，俗话说同性才会相轻、相妒。俞莫寒问道："你那个女同学叫什么名字？可以告诉我她的联系方式吗？"

苟明理道："我有个条件，你别告诉她这些事情是我说的。"

俞莫寒当然理解。作为男人，作为一名中层官员，在背后说他人的闲话会被视为小人，并被人所不齿的。

靳向南竟然亲自驾车在机场等候，这让俞莫寒既意外又感动。靳向南笑着说道："我知道，当你听到那个消息的时候一定会马上赶回来的。"

俞莫寒更是感叹："想不到你这么了解我！"

靳向南看了倪静一眼，笑道："我当然了解你，而且你这个人也容易被他人了解，因为你是一个纯粹的人。你说是吧，倪律师？"

倪静的脸微微一红，说道："靳支队，他能够有你这样的朋友，我很高兴。"

靳向南又是一笑，说道："看来有些事情好像不需要我再多说什么了。不过我是真心感谢小俞，如果没有他的话，沈青青就不可能这么快归案……其他的我就不多说了。小俞，倪律师，你们随便说地方，今天晚上我请客。"

俞莫寒问道："洪家父子的情况怎么样？"

靳向南已经习惯了他的这种思维飘忽，回答道："就是洪林有些麻烦，不过被他老子一耳光给打醒了。"

俞莫寒一下子就笑了起来，点头道："关于这一点我已经在事前预料到了，所以还特地提醒了洪老幺。"

倪静在一旁不明所以，低声问俞莫寒道："怎么回事？"

俞莫寒笑道："洪林当然不会主动投案自首，是被他老子骗着去的。这家伙一根筋，全部心思都在沈青青身上，到了警察面前肯定会朝他老子大吵大闹……"

倪静顿时明白了，轻叹了一声后说道："其实，如今像这样的男人可是越来越少了。"

俞莫寒怎么想都觉得她的话另有含义，急忙将话题转到前面的那件事情上："靳支队，今天我实在累了，吃饭的事情以后再说吧。"

靳向南正处于兴奋的状态，而且确实是一片诚心，他更想借此机会与俞莫寒探讨一下沈青青案的一些细节问题，急忙道："喝酒也可以解乏啊，今天无论如何我们都要找个地方坐一坐才是。"

倪静从一开始就觉得靳向南称呼她"倪律师"很是生分，现在更觉得自己有些多余，说道："那你们去吧，我已经吃过晚饭了，怕长胖。"

她的这个托词很有说服力，据说女人总是觉得自己差了一件衣服，还有总觉得自己不够苗条。靳向南笑道："那我改天再请你们俩一起？"

这一下俞莫寒终于明白了：眼前的这位刑警支队队长其实就是想和他探讨某些事情，于是也就不再拒绝。

俞莫寒选择的地方是距离父母家不远处的那家小酒馆。他很喜欢那个地方，休闲、简单，最适合朋友间的交谈。

此时已经临近午夜，小酒馆正准备打烊，老板见有客人进来，急忙说道："没有下酒菜了，要不你们明天再来？"

俞莫寒笑道："没事，来一碟炒花生，再随便凉拌点儿素菜就好。"

靳向南打量着四周："就这里？"

俞莫寒点头："就这里。今后你也会喜欢上这个地方的。"

靳向南笑了笑，一屁股坐了下去，笑着说道："我知道你是想替我节约……也罢，那就在这里吧。"

俞莫寒只是笑了笑没有说话，心想还真不是你以为的那么回事。不多一会儿，小酒馆老板拿来了一壶酒，又端上来一碟花生米，还有凉拌莴笋，最后端上来的是一盘卤猪头肉，说道："就剩下这些了，猪头肉本来是我留下来准备睡觉前喝两口的……"

俞莫寒笑道："实在是太感谢啦。"待小酒馆老板离开后他指了指那盘卤猪头肉对靳向南说道，"人家可不是为了挣钱。"

靳向南诧异地问道："那是为了什么？"

俞莫寒替他倒上了酒，说道："喝酒。"随即一饮而尽。

靳向南也端起了碗喝下，禁不住大叫："这酒好烈！"急忙吃了一粒花生米，又吃了一片猪头肉，点头道："不错！"

俞莫寒又替他和自己倒上，不过并没有马上端起来一口喝掉，而是夹了菜慢慢咀嚼着。靳向南看了看四周，这才想起这地方就自己和俞莫寒两个人，小酒馆的老板远远地在柜台处看着电视，而此时，刚才那一碗酒喝下后，酒精正在慢慢起作用，靳向南直接问道："你觉得这次的案件有没有碰运气的成分在里面？我丝毫没有怀疑你能力的意思，只是想和你探讨一下这其中的问题。"

俞莫寒微微一笑，回答道："当然有运气的成分在里面。假如洪林坚持己见不听父亲的任何意见，假如沈青青稍微能够拿一些主意，也许情况就不像现在这样了。"

靳向南问道："那样的话，会是一种什么样的情况？"

俞莫寒笑道："他们早就被你们抓住了。"

靳向南愣了一下，一下子就笑了起来："那你说说，他们的运气究竟是好还是不好呢？"

俞莫寒摇头道："在这件事情上面，他们不会有任何的运气。对于我们来讲，首先得去分析一个人的常规心理，比如洪家父子，洪老幺多疑多智，洪林倔强痴情，但他们在作案之后都非常缺乏安全感，这就是核心。"

靳向南点头，又问道："是不是所有的罪案都可以通过心理分析的方式去破获？"

俞莫寒点头道："从理论上讲是可以的，因为我们每个人的行为都受心理所控制。不过现在你们警方的破案方式那么多，心理分析作为一种辅助手段倒是必需。其实你们早就在使用这方面的知识了，比如犯罪心理学，你说是不是？"

靳向南疑惑地问道："那么，高格非前妻的案子为什么到现在还毫无进展呢？"

俞莫寒怔了一下，轻叹一声后说道："那只能说明我对高格非的了解还不够深入，而且我对滕奇龙基本上一无所知。"说到这里，他忽然想起一件事情来，"对了，靳支队，高格非前妻的案子你们为什么不立案呢？难道就因为滕奇龙的级别比较高就让你们投鼠忌器了吗？如果真是这样的话，法律的公平、公正何在？"

靳向南哂然一笑："一个区区的大学校长，还用不着我们投鼠忌器。问题的关键是证据。立案容易破案难啊，我们手上的案子都忙不完，像这样的案子很容易成为悬案……俞医生，也就是对你，我才说这样的实话。"

俞莫寒明白了，微微一笑，说道："其实说到底你还是担心那样做会影响到自己的前途，是吧？"

靳向南急忙摆手："也不能那样说，更多的是因为社会影响。你想想，像这种人命关天的案子将会有多少人关注？如果到时候变成了悬案，我们如何向民众交代？对于这一类的案子我们一般都是暗中调查，有了足够的线索或者证据之后才会采取行动。所以啊，这起案子还得请你多帮忙才行啊。"

俞莫寒苦笑："可是，沈青青的案子已经了结了，接下来我得回去上班了呀。"

靳向南问道："你需要多少时间？"

俞莫寒摇头："不知道。但愿我接下来能够从宁夏那里打开一个突破口。"

靳向南想了想,问道:"十天的时间够不够?我可以再去替你请假。"

俞莫寒暗喜,嘴上却说道:"如果这样的话当然更好,假如十天后我的调查还是没有任何进展,那就……"

靳向南即刻打断了他的话,说道:"就这么定了。你一定可以的,我对你很有信心。来,我敬你一杯,不,是一碗。"

两个人一直喝到外面的天色渐渐发亮,小酒馆的老板早已趴在柜台上睡着了。靳向南摇摇晃晃站起来准备去结账,俞莫寒提醒道:"别吵醒他,放两百块在桌上就可以了。"

对于这样的酒和菜,两百块稍微贵了些,但这一夜喝酒的感觉却和以往完全不同。从小酒馆里面出来,看着前方狭长的小巷,靳向南忽然问了一句:"我是不是把该说和不该说的话都对你说了?"

俞莫寒大笑:"你说这个地方是不是很不错?"

靳向南却摇头:"这个地方今后我要少来,不过单独和你一起的话除外。"

俞莫寒一觉睡到下午两点才起来,醒来的时候发现床边有一杯蜂蜜水,不用说这一定是母亲替他准备的。正好有些渴,宿醉的感觉还在,一口喝下后顿时就觉得甜到心里面去了。也就是在这一刻,他的脑海里浮现出一朵小红花的图案来。那是源于童年时候的记忆:那时候,母亲每次喂他糖水,小勺底部都有一朵小红花图案,于是那个图案就条件反射地与"甜"这样的味觉紧密联系在了一起。

母亲一边给他端来午餐,同时告诉他说倪静来过,而且蜂蜜水也是她亲自调的。母亲一贯的唠叨:"我还不知道原来蜂蜜水要用温开水兑。倪静告诉我说,温度太高的话蜂蜜里面的活性物质就会被破坏……"

俞莫寒难得地耐心听着母亲的唠叨,心里充满着感叹:看来倪静已经慢慢开始进入他的生活,从今往后也就会逐渐替代母亲对他的关怀。也许,这也是一个人成长的一部分吧。

吃饭的时候父亲午睡起床了,先是询问了沈青青的事情。这个案子已经不需要保密,俞莫寒大致说了一下情况,父亲很惊讶:"真的是你找到了他们?就通过你说的那什么心理分析的方式?"

俞莫寒点头,掩饰不住内心的得意,说道:"怎么样,你儿子是不是很厉害?"

父亲竟然在点头,感叹道:"你这不仅仅是厉害啊,而且是非常的厉害啊。儿子,继续努力吧,说不定今后你会成为这个领域的大家。"

俞莫寒疑惑地看着父亲:"您的意思是让我改行?那可不行,我可不愿意放弃自己的专业。"

父亲笑道:"谁让你改行了?你现在这样不就很好吗?对了,高格非的事情你调查得怎么样了?"

俞莫寒苦笑:"还是没什么进展。"

父亲拍了拍他的肩膀:"别着急,慢慢来。"

俞莫寒不大习惯父亲拍他肩膀的这个动作,不过他心里明白,自己在父亲的眼里已经真的长大了。

经过再三考虑,俞莫寒还是决定先从侧面了解到更多有关宁夏的情况后再说。毕竟事涉他人隐私,前面的工作做得越仔细越全面,接下来的事情才越好办。

天气依然炎热,一出门耳朵就被刺耳的蝉鸣声充满,俞莫寒一步跨到阳光之中,朝着附近的地铁站走去。

苟明理提到的那个女同学名叫郝红梅,是省城某区级医院的内科医生。虽然与沈青青同龄,但看上去要显老许多,齐耳短发下是一张微胖的脸,嘴唇略薄。俞莫寒说明来意后郝红梅大方地朝他伸出了手:"欢迎、欢迎……咦?是哪个说我知道这件事情的?"

果然是一个多嘴多舌,不,应该是心直口快之人。俞莫寒微微一笑,说道:"为了搞清楚高格非的病因,你的那些同学我都会——去拜访的,这不,今天我就找你来了。"

郝红梅依然疑惑:"高格非的事情与宁夏又有什么关系?"这时候她好像才反应过来,立刻瞪大了眼睛,"难道他们俩……"

果然是一个喜欢八卦的女人。俞莫寒朝她摆了摆手,说道:"我只是想了解宁夏的有关情况,你和她是同学,想必对她比较了解吧?"

郝红梅正色道:"我可不喜欢在背后随便议论别人。"

俞莫寒差点儿失笑,说道:"我不是让你随便议论自己的同学,实事求是讲一下她的情况总可以吧?我对你的这位同学非常好奇,学医学了五年,竟然去做了空姐,不知道她当时究竟是怎么想的。"

这是诱导,精神和心理医生常用的方式。果然,郝红梅一下子就笑了起来,说道:"她长得漂亮,去做空姐容易接触到有钱人。漂亮女人嘛,都想嫁个有钱人。"

俞莫寒不以为然:"沈青青不是也很漂亮?她为什么没嫁给有钱人?"

郝红梅撇嘴道:"沈青青那是傻,她太单纯了,居然相信男人,相信爱情。"

她的个人感情生活肯定非常不幸,而且她与沈青青的关系不错。不需要多想,俞莫寒基本上就可以肯定这一点,不过他只是笑了笑,说道:"你的意思是说,宁夏早就看透了个人感情方面的事情?"

郝红梅又是一撇嘴,说道:"她一上大学就开始谈恋爱,追她的人也很多,大学五年换了好多个男朋友,据说都是被人家抛弃的。

大学毕业后她去做医药代表，本以为可以赚很多的钱，想不到有些事情并不是那么容易。"

她刚才的话很是奇怪，没头没脑的，俞莫寒诧异地打断了她的话："你等等……既然她长得那么漂亮，为什么还总是被人家抛弃呢？"

郝红梅的笑容显得有些古怪："俞医生，你认为什么样的女人才是真正的漂亮呢？"

俞莫寒更不懂了，说道："漂亮就是看起来赏心悦目，当然，内心善良也很重要。"

郝红梅"扑哧"一笑，说道："看来你和那些喜欢宁夏的男人一样，最注重的是女人的外貌。我问你，假如你和这样的女人好上了，却发现她竟然没有胸，那么你还会继续喜欢她吗？"

俞莫寒恍然大悟："没有胸？宁夏？"

郝红梅非常肯定地点头："是的。我们上大学的时候条件没有现在那么好，洗澡都是去学校的公共淋浴房，我们女同学都知道她没有胸。她其实是非常自卑的。"

这一刻，俞莫寒的脑海里面顿时浮现出了一个奇怪的画面，不过他有些不大相信，问道："是很小还是……"

郝红梅道："不是很小，是没有，脱了衣服和男人一样。嘻嘻！除了下面。"

女性的容颜是吸引男性的第一要素，但女性的乳房对于男性来讲不仅仅是性的一部分，更多的是繁衍后代的必需。无论是人类动物属性还是作为伦理的重要部分，女性必须具有完整乳房的观念早已根植于男性的潜意识，并演化成了审美过程中的一个根本要素。所以，宁夏一次次恋爱却又一次次被抛弃也就成为必然，除非她遇到的是真爱——一个可以完全接受她这种身体缺陷的男人。

这是一个不幸的女人，在她的身上必定有着许多不为人知的秘密和辛酸。

可是郝红梅对宁夏的情况并不是特别了解。据郝红梅讲，其实她所知道的有关情况都是宁夏自己讲出来的，她告诉俞莫寒："宁夏从南方回来不久后就请了我们几个同学一起吃饭，但都是女同学，其中也有沈青青。"

俞莫寒问道："多年后见到她的时候，你觉得她的变化大吗？"

郝红梅点头道："变化很大，她身上穿的、戴的全部是名牌，请我们吃饭的地方也是五星级酒店。还有，她隆了胸，一眼就能看出来。"

联想到宁夏以前的情况，俞莫寒问道："上大学的时候她的家庭情况是不是不大好？"

郝红梅点头道："是的，她父母都是小县城里面的普通工人。"

这个信息对分析宁夏这个人很重要。接下来俞莫寒又问了郝红梅几个问题，然而她却知之甚少，不过俞莫寒对这次的拜访已经非常满意了，告辞之前他又忽然问了一句："你好像很不喜欢她，为什么？"

郝红梅急忙道："没有啊，你怎么会这样认为？"

她的回答毫不犹豫，而且神情自然。俞莫寒微微一笑，说道："在沈青青和宁夏两个人之间，你似乎更喜欢沈青青一些，是吧？"

郝红梅有些尴尬，不过还是回答道："沈青青不但长得漂亮，而且还是一位才女，她对人也很客气，不像宁夏那样孤傲。"

俞莫寒怔了一下："孤傲？"

郝红梅点头："是的。宁夏平日里很少和我们接触，那次她请我们吃饭只不过是为了向我们展示她很有钱罢了。"

俞莫寒有些明白了，问道："其实有些事情只不过是你猜测的，比如她给人家做小老婆的事情？"

郝红梅却摇头说道："不是的啊，这都是她自己告诉我们的。"

她好像并没有说假话，俞莫寒对此深感疑惑不解：宁夏为什么要告诉她们这些？这究竟是一种什么心态？

不过此时俞莫寒对郝红梅的内心已经洞察得比较清楚了：在她的潜意识里，身体存在残缺的宁夏根本就没有孤傲的资本。

就大多数女性而言，骨子里面都是善妒的，郝红梅也是如此。也许在她看来，宁夏除了有一张漂亮的面孔之外根本就一无是处，却有那么多的男人趋之若鹜。

女人的善妒有时候非常残忍。

从小冯那里得到的资料中，俞莫寒看到了宁夏的照片。她确实非常的美。她的美与沈青青截然不同，带有一种混血的气韵，因为照片上是短发，粗略一看还以为是奥黛丽·赫本。

接下来俞莫寒准备去见宁夏。

宁夏住在省城靠江边的一个小区里面，花园洋房，从里面的绿化情况及入住率来看，这个小区应该是宁夏回到这里的时候建成的。

小冯提供的资料中不但有宁夏的住址，还有其他一些基本情况，比如"未婚""自由职业"等，俞莫寒还特地让他查了一下宁夏最近两年来的体检资料，并没有发现他以为存在的东西。当然，这并不能完全说明问题。

依然由小冯陪同。如此一来无论是进入小区还是一会儿与宁夏见面都要方便许多。

也许是当年的土地供应比如今充足的缘故，当然还有价格因素，眼前的这个小区无论是绿化还是容积率都给人以高品质的感觉，由此看来当初宁夏从南方回来的时候确实比较有钱。

"你确定她在家？"进入小区的时候俞莫寒刻意问了小冯一句。

小冯点头。

虽然俞莫寒明明知道警方应该具备这样的能量，但还是有一种不寒而栗的感觉，不过他并没有多说什么，只是点了点头。

这个小区的花园洋房设计的是五层，带有电梯，宁夏住在第三层楼。倪静买房的时候选择的是底楼，因为带有前后花园和地下室，俞莫寒觉得非常不错。当然，像这种小区的房子非常抢手，每个人的选择也不尽相同。

两个人很快就到了宁夏家门外，小冯摁了几下门铃。不多一会儿就听到里面传来了一个动听的声音，而且说的是普通话："谁呀？"

小冯道："我是刑警队的，来向你了解一些有关高格非的情况。"

里面那个声音说道："对不起，今天我不大方便，你改天再来吧。"

这时候俞莫寒忽然补充了一句："如果你不想谈高格非的事情，那我们聊一聊沈青青也行。"

里面的那个声音带着好奇："她不是越狱了吗？"

俞莫寒道："是的，不过她刚刚被我们找到并抓获了。她是在一个暗恋她多年的男人的帮助下成功越狱的。"

宁夏犹豫了片刻，说道："请你们等一下，我去换一下衣服。"

小冯看向俞莫寒的目光带着不解和诧异，俞莫寒低声解释道："她对沈青青的事情非常好奇，或许是因为嫉妒，也许还有些幸灾乐祸。当然，也可能是因为同情。"

不一会儿，房门打开了。眼前的这个女人确实很漂亮，近四十岁的女人，脸上居然没有一丝皱纹，而且身材修长。俞莫寒的目光从她的胸前一扫而过，穿着长袖衬衣的她略微显瘦，不过胸前的那颗扣子却有些紧绷。俞莫寒首先作了自我介绍："我叫俞莫寒，是一名精神病医生，同时也是一名心理师。"

"哦。"宁夏仿佛有些明白了，随即就红着脸歉意地说了一句，"对不起，家里有些乱。你们直接进来吧，不用换鞋子。"

里面确实够乱的，沙发上到处都是脏衣服，茶几上摆放着几天前吃过的方便面盒,虽然空调是开着的,却能够清晰地看见有好几只苍蝇在客厅里面飞舞……俞莫寒禁不住皱眉,问道:"你孩子呢?"

宁夏回答道:"在她外婆家里。"

俞莫寒又问道:"正在上中学吧?开学后回来吗?"

宁夏摇头。

俞莫寒看着她:"你平时很忙?"

宁夏没有回答他,问道:"听说沈青青越狱了?"

看来她确实很关心这件事情。俞莫寒点头道:"是的,不过她已经被抓获归案了。高格非的事情你应该知道的,是吧?我一直在调查他忽然发病的原因,是沈青青向我提到了你,她告诉我说你和高格非的关系不错,所以我们今天特地前来向你了解有关的情况。"

宁夏急忙道:"我和他就是普通的同学关系,沈青青胡说八道。"

俞莫寒微微一笑:"同学之间的关系也有亲疏,刚才我只是说你和高格非的关系不错,并没有言及其他,宁女士,你紧张什么呢?"

宁夏的脸色一下子就变得冰冷起来:"对不起,我马上要出门去办一件重要的事情,高格非的事情我一无所知,你们去找别的人了解吧。"

俞莫寒笑了笑,然后站起身来歉意地道:"对不起,打扰你了。"随即将自己的名片放在茶几上那一堆方便面空盒旁,"我已经告诉你了,我不仅仅是一名精神病医生,还是一位心理师。宁女士如果有需要的话可以随时联系我。"

宁夏的目光在那张名片上面停留了一瞬,不过很快就移开了,也没有去看俞莫寒和小冯二人。俞莫寒走到门口处,又缓缓转身对宁夏说道:"也许你认为自己这一辈子已经无所谓了,但是,你的女儿呢?"

宁夏的身体颤抖了一下。俞莫寒肯定是注意到了的,不过他没有再停留，毫不犹豫地转身就离开了。

"就这样走了？"在电梯里的时候小冯问道。

"今天我们就是来见她的，第一次见面难免会有很多的顾虑，也许她会主动给我打电话的。"俞莫寒回答道。

虽然他这样讲，但心里并不确定，因为他发现自己对宁夏的了解还仅仅停留在表面。

小冯提醒了他一句："你注意到没有，宁夏身上穿的是长衣长裤。"

俞莫寒明白他的意思，说道："也许她是为了在外人面前保持优雅，这并不能说明什么问题。现在不少的宅男宅女都是这样，在家里面一团糟，在外人面前的时候却风光无限。"

小冯问道："那你刚才为什么要对她说那样的话？其实你也在怀疑她吸毒是不是？"

俞莫寒摇头："我特别注意了一下，客厅里面的垃圾桶里并没有注射用的针管和针头，她的家里也没有特别的气味。她是如此的懒散，孩子又没在家，如果她真的沾染上了毒品，似乎没有必要非得跑到厕所或者卧室里面去。刚才我说的那句话只不过是一种试探，因为我相信沈青青不会随便说出那样的话来。"

小冯问道："你觉得她真的患有艾滋病？"

俞莫寒回答道："只是怀疑。毕竟到目前为止我们对高格非的情况仅仅只是分析后得出的结论，是一种主观臆测，根本无法确定，更何况高格非背后的那个女人也不一定就是宁夏。"

小冯再次提醒道："你千万不要单独和这个女人在一起，我觉得她很危险。"

小冯指的绝不仅仅是宁夏的漂亮。俞莫寒点头："我会注意的。"

第二章
自卑与渴望

　　宁夏的父母住在瓜州，而沈青青在出事之前在瓜州任职多年。这就好像如今的师生关系，它并不是偶然与巧合，而是命运的安排——老师是上面安排的，于是学生也就与之成为这种特殊的关系。

　　对于沈青青来讲，她去瓜州任职也同样是上面的安排，于是宁夏的父母也就成为她任职地方的民众。然而对于宁夏而言，这件事情也就难免会对她造成一定的心理冲击，从而引起心理上的不平衡，所以，宁夏对沈青青的现状幸灾乐祸也就难免。正因为如此，俞莫寒才采用提及沈青青的方式叫开了宁夏的门。

　　俞莫寒决定前往瓜州去拜访宁夏的父母，他希望通过这样的方式了解到更多有关宁夏的情况，同时也试图以此让宁夏主动与他联系。

　　就目前而言，宁夏对俞莫寒的调查是存在防范心理甚至是敌意的，而一旦她变得主动之后，接下来的一切就好办多了。

　　再灿烂的阳光也有它照射不到的阴暗角落，每一座城市都会藏污纳垢,隐藏着罪恶。刑警队的每一个人都很忙,他们是城市罪恶的清扫工,是正义的使者。所以,拜访宁夏父母这样的事情俞莫寒并没有叫上小冯,他希望倪静能够同行。

虽然对苏咏文有着一种深深的愧疚感,但俞莫寒的内心十分清楚:自己对倪静的情感更真实、更纯粹。所以,他希望自己能够有更多的时间可以和倪静在一起。

抽空去向苏咏文道个歉吧,真诚地道歉。俞莫寒在心里如此对自己说。虽然依然有着那么一丝不舍,但他还是一次次告诫自己:千万不要再犹豫,千万不能再回头。

接到俞莫寒的电话后倪静满口答应,并很快就开车到了他的面前。近一个小时后两人就到了宁夏父母所在小区的外边,倪静看了看时间,问道:"马上就要到饭点了,现在去人家家里好不好?"

俞莫寒道:"买点儿水果什么的,就在宁夏父母家里吃饭,这样不是更好吗?"

倪静笑问道:"你这脸皮可真够厚的,万一人家不叫你留下来吃饭呢?"

俞莫寒咧嘴笑道:"不可能,我们中国人可是最讲究礼节的……其实我只是想和宁夏的父母好好闲聊一下,或许能够从他们那里了解到更多的情况。"

开门的是宁夏的父亲。女儿大多长得像父亲,那是因为来自父亲的X染色体携带有更多遗传因子。宁夏也是如此,从相貌上看,她简直就是眼前这位老人的翻版。

"宁伯伯,您好,我是宁夏的朋友,我叫俞莫寒。这是我女朋友,倪静。"俞莫寒朝着老人点头哈腰,恭敬万分。

原来他也会骗人?站在俞莫寒身后的倪静瞪大了眼睛。

老人一下子就变得客气起来:"哦?夏夏的朋友可是很少到我们

家里来啊。夏夏她不在,她住在省城。"

俞莫寒道:"我知道,我已经与宁夏联系过了,明天就去省城和她见面。我们是路过这里,顺便来看看两位老人家,还有宁夏的孩子。"

老人更加客气:"快进来坐,你们还没吃饭吧?"

俞莫寒道:"还没有呢,我们到这里后就直接到您家里来了。"

老人从俞莫寒手上接过东西:"你们太客气了……正好,我今天去钓了鱼,一会儿你们尝尝宁夏妈妈的手艺。"

俞莫寒很高兴的样子:"太好了,我最喜欢吃鱼了。"

这家伙的脸皮可不是一般的厚,倪静心里想道,不过脸上却一直带着淑女般的笑容。

这时候宁夏的母亲从厨房里面出来了。老太太的身上穿着一件暗红色的绸衫,俞莫寒注意到她的胸很平。原来是遗传。宁夏的父亲随即将俞莫寒和倪静介绍了一下,老太太也很高兴:"你们坐会儿,我这就开始烧鱼。"

俞莫寒客气地道:"麻烦您了。"随即又问了一句,"孩子呢?"

宁夏的父亲指了指里面,说道:"在做作业呢。"

俞莫寒感叹道:"现在的孩子真是辛苦啊,暑假都要做作业。"

宁夏的父亲笑道:"现在的孩子不都是这样么,我们家君君也是这样,上午学小提琴,下午学奥数,回来后还要做作业,确实很辛苦,但是不能输在起跑线上啊,你说是不是?"

俞莫寒点头,问道:"孩子一年下来学习的费用肯定不少吧?"

老人回答道:"是啊,现在的孩子花钱都很厉害。"

见老人并没有说出自己想要的答案,俞莫寒扫视了一下客厅,发现装修得还不错,说道:"这房子是宁夏给你们买的吧?她真有孝心。"

老人道:"是啊是啊。唉!夏夏什么都好,就是婚姻……"他羡慕地看着眼前的这两个年轻人,"还是你们好啊。小俞,既然你和我们家夏夏是朋友,有些事情你们得多关心她才是。"

俞莫寒笑道:"那是当然。不过我问过宁夏有关她婚姻的事情,结果她不愿意多说。宁夏那么漂亮,估计要求有些高。"

老人皱了一下眉头,说道:"都那么大岁数了,哪里还有什么要求?只要对方喜欢她,关心她就可以了。"

俞莫寒道:"这应该是两个人的事情吧?首先得宁夏喜欢人家才是。还有,对方的人品、经济条件什么的都要考虑啊。您说是不是?"

老人摆手道:"现在不需要考虑那些了。夏夏年轻的时候一心想挣大钱,后来果然有钱了,结果怎么样?所以啊,钱这东西并不能解决任何问题。我们是本分人家,安安稳稳过日子才是最重要的。"

像这样的访问有一个最大的问题,那就是有些事情不能直接问。不过俞莫寒可以从老人的话语中感觉到,其实宁夏过去的很多事情她的父母很可能是知道的。俞莫寒点头,正准备说话,这时候一个女孩子从里面走了出来,宁夏的父亲朝女孩子招手:"君君,快过来,这是你妈妈的朋友:俞叔叔、倪阿姨。"

宁夏的资料上记录了这个小女孩的情况:她的名字叫董小君,今年十三岁。俞莫寒朝她微笑着:"小君,你好。"随即将一个早已准备好的信封朝她递了过去,"叔叔和阿姨只是路过这个地方,没有什么准备,这是我们的一点儿意思,请收下。"

信封里面装了一千块钱。在车上俞莫寒往里面装钱的时候倪静还笑着说:"这一趟你可是亏大了。"

俞莫寒笑了笑,说道:"只要能够找到高格非忽然精神分裂的根本原因,这点儿钱值得。"

可是眼前的这个女孩子并没有伸出手来,她看着俞莫寒,面无表情地说道:"你们根本就不是我妈妈的朋友。"

宁夏的父亲急忙制止道："君君，说什么呢。"随即歉意地对俞莫寒和倪静说道，"小孩子不懂事，你们别在意。"

俞莫寒倒是很好奇，问道："你为什么说我们不是你妈妈的朋友呢？"

女孩子撇嘴说道："听你前面的话，你应该知道我在外公外婆家里，可是你刚才又说没什么准备，这不是骗人吗？"

这个女孩子不但有着很强的防备心，而且敏感。俞莫寒笑道："我们确实不知道你喜欢什么，所以才没有去给你买东西啊。这只是一种客气话。来，小君，拿着吧，钱不多，就一点儿零花钱。"

女孩子还在犹豫，宁夏的父亲却已经从俞莫寒的手上接过了信封朝她递了过去，说道："拿着吧，这是叔叔阿姨的心意。"

倪静再一次瞪大了眼睛，她没想到宁夏的父亲竟然一点儿都不客气。

不过女孩子已经不再怀疑他们了，她接过了信封，朝信封口里面看了一眼："谢谢叔叔，谢谢阿姨。"

厨房里面飘散出来的鱼香味越来越浓烈，让人馋涎欲滴。俞莫寒知道，里面的菜很快就要出锅了。果然，不多一会儿，宁夏的母亲就将做好的菜一一端上了桌：除了一盆酸辣鱼之外，还有几样小菜，以及一碟现做的油酥花生米。

宁夏的父亲拿出来一瓶酒，问道："小俞，我们喝点儿？"

俞莫寒看了一下，不是什么名酒，就普通的牌子，而且他以前没有见过。他心里暗自苦笑：在自己的家里都很少陪父亲喝酒，今天看来必须得喝点儿了。他笑着说道："行，不过我的酒量不大，只能陪着您少喝点儿。"随即将目光看向那盆酸辣鱼，"您这钓鱼技术还真是不错，这起码有七八斤鱼吧？"

老人自得地道："这可是江里面的野生鱼，很不好钓的。你们来得正巧，我今天运气不错，平时的话哪里能钓这么多。你们快尝尝，凉了就不好吃了。"

俞莫寒夹起一片鱼肉吃了，又喝了一口汤，果然鲜美无比，赞道："鱼好，味道也非常的好，我们今天真是太有口福了。"他主动端起酒杯去敬，"伯伯、阿姨，还有小君，我和倪静一起敬你们。"

宁夏的父母很高兴，气氛也就因此一下子变得随和起来。

几杯酒后，俞莫寒趁着酒兴说了一句："伯伯、阿姨，我和倪静马上就要结婚了，我们都对未来的婚姻没有任何的经验，二老给我们俩教导教导？"

宁夏的父亲笑道："嗨！这样的事情哪里需要什么经验？我们以前还不是一样？慢慢就这样过来了。"

宁夏的母亲没有说话。俞莫寒又说道："现在的离婚率那么高，我和倪静都希望我们两个人能够长长久久、白头偕老，有人说婚姻是需要经营的，想来二老在这方面有很多的经验，二老说出来我们听听？"

倪静明明知道俞莫寒刚才的话是有目的和针对性的，不过听了后内心依然感到温暖。这一刻，她看向俞莫寒的目光也情不自禁地柔和起来。

宁夏的父亲想了想，说道："其实要维持好婚姻就只需要一个字——忍。"

俞莫寒诧异地道："忍？"

宁夏的父亲点头道："是的，忍。就是要相互忍受对方的不足，或者说是各种缺点。"

宁夏的母亲依然没有说话。俞莫寒将目光看向她，问道："阿姨，是这样的吗？"

宁夏的母亲笑了笑，说道："也许吧。"随即却露出欲言又止的表情。

刚才倪静一直没有说话，这时候她也注意到了宁夏母亲脸上的表情，笑着问道："阿姨，他们男的是不是很容易变坏？"

俞莫寒暗暗赞叹倪静的聪明及刚才这个问题的及时，嘴里却说道："怎么可能？即使是我们男的要变坏也是有原因的，至少女方也多多少少有些责任吧？"

这时候董小君忽然就说了一句："阿姨说得对，男的最容易变坏。"

宁夏的父亲急忙制止道："小孩子懂什么？别乱说话。"

俞莫寒却笑眯眯地看着她问道："小君为什么这样说啊？"

董小君道："本来就是嘛，古今中外都是如此。"

俞莫寒笑道："小君，你们老师教写作文的时候可不是这样说的吧？说明问题要有理有据才可以，你说是不是？"

董小君道："我当然有根据了。比如说我的那个便宜老爹，他生下我后就不管我了……"话还没有说完就被她外婆给打断了："别胡说！"

董小君还很不服气："本来就是嘛，男人没一个好东西！外公，听说你年轻的时候也很花心的，是不是？"

宁夏的父亲急忙道："别胡说八道！"他尴尬地看着俞莫寒，"小孩子说话没个把门的……"

桌上的气氛一下子变得尴尬沉闷起来。俞莫寒急忙岔开话题，问道："对了，我可是很久没有见过宁夏了，她现在都在干些什么啊？"

宁夏的父亲回答道："开了个服装店，很高档的那种。"

俞莫寒羡慕地道："那一定很赚钱吧？她太能干了，很多人都不如她。"

宁夏的父亲道："也就那样。她都那么大了，老是一个人，还带着孩子，这总不是个事。小俞，你们多帮帮她吧。"

俞莫寒笑道："如果有合适的人选，我一定介绍给她。对了，你们认识高格非吗？他是宁夏的同学。"

宁夏的父亲点头："认识。他来过我们家里一次。听说他出事了？还是精神病？太可惜了，我还希望他和我们家夏夏……唉！"

俞莫寒道："其实我是精神病医生，最近一直在调查高格非的事情。我实在不明白他为什么会忽然出现精神分裂。"

这时候董小君又忽然说了一句："这个人也不是什么好人，他明明结了婚的，还经常跑到我们家里来。"

宁夏的父亲急忙道："结了婚也可以离婚的，据说他和他的那位关系不好。小孩子不懂大人的事情就不要乱说话。"

俞莫寒点头道："这倒也是。"随即问董小君道，"你不喜欢他？"

董小君撇着嘴说道："他每次看我的眼神都怪怪的，我一看就知道他不是什么好人，他就是想占我妈妈的便宜。我很讨厌他，后来就不让他到我们家里来了。原来他是一个精神病啊，怪不得每次都那样看我。"

俞莫寒看着她："他和你妈妈……"

这时候宁夏的父亲忽然警惕了起来，紧盯着俞莫寒和倪静问道："你们究竟是什么人？"

俞莫寒毫不在意地回答道："我是宁夏的朋友啊，如果您不相信的话可以马上打电话问宁夏。"

宁夏的父亲依然看着他："你好像一点儿都不了解我们家夏夏，怎么可能和她是朋友？"随即吩咐董小君道，"给你妈妈打个电话，问问究竟是怎么回事。"

董小君打电话去了，宁夏的父亲又对俞莫寒说道："如果你不是夏夏的朋友，我就马上报警。"

倪静一下子就紧张了起来，然而俞莫寒却像没事人的样子，端起酒杯对老人说道："您看我这样子像是坏人吗？来，我敬您一杯。"

说完后就一口喝下了。酒有些辣，回味的时候还有些发苦。这时候就听到董小君对着手机说道："妈妈，有个姓俞的叔叔到外公外婆家里来了，他说是你的朋友……姓俞，长得还有点儿帅，三十来岁。他和一个女的一起的，那个女的是他的女朋友。对了，他说他是精神病医生。哦，那你等一下，我马上把电话给他。"她拿着手机到了餐桌处，"俞叔叔，妈妈让你接电话。"

俞莫寒朝她笑了笑，接过手机放到耳边，便听到了宁夏的声音，不过比较细声："你怎么跑到我家里去了？你究竟想干什么？"

俞莫寒的脸上带着笑容："我和女朋友正好路过这里，所以就顺便来看看两位老人家和孩子。对不起啊，事先没有把这件事情告诉你。"

宁夏怒道："他们根本就不了解高格非的情况，有什么事情你直接来问我就是。"

俞莫寒笑道："好啊，好啊。那你看我们什么时候见面？"

宁夏咬牙切齿地道："现在，你马上回来！你把电话给我父亲。"

俞莫寒把手机递给宁夏的父亲，笑着说道："宁夏要和您说话呢。"

宁夏的父亲接过手机："怎么回事？哦，那行。这小伙子挺不错的，就是话多了些。好，我知道了。"挂断电话后他对俞莫寒说道，"夏夏说她今天晚上就和你们见面，让你们早些出发去省城。"

俞莫寒点头道："太好了。阿姨做的这鱼太好吃了，我得吃点儿米饭。倪静，你也来一碗？"

酸辣味的鲜鱼汤泡饭实在是美味，俞莫寒一点儿不客气地吃了好几碗米饭，这才和倪静一起向宁夏的父母告辞。此时早已是晚上，华灯璀璨，省城周边卫星城市的空气也不是那么的闷热，俞莫寒觉得自己的呼吸和脚步都变得轻快了许多。

"这地方的空气真好，我都有些不想走了。"倪静挽着俞莫寒的胳膊，轻声说道。

俞莫寒笑着问道："你说的是现在不想走还是想今后搬到这里来住？"

倪静道："我说的当然是现在了，年轻人住在这样的小地方不合适，会失去很多机会的，你说是不是？"

俞莫寒点头道："是啊。所以虽然大城市的生活成本那么高，还是有那么多的年轻人趋之若鹜，其中的原因就在这里啊。不过今天晚上我们必须回去，宁夏还在那边等着我们呢。"

倪静看着他："我们？你还要我陪你一块去？不用了吧，我对你完全放心。"

俞莫寒哭笑不得，说道："毕竟对方是一位女性，我单独去见她不大合适。"

倪静笑道："你找一个公共场所不就得了？我还要开车，想回去后早些休息了。你姐把洪家父子和沈青青的案子都交给了我，最近可能要忙上一阵子了。"

俞莫寒明白了："哦，可能她和我哥准备出国了。那行，我现在就约宁夏在一家咖啡厅见面。"

倪静问道："今天你到这里来有收获没有？"

俞莫寒笑道："不但有收获，而且收获特别的多。你看宁夏都主动约我见面了，这就是一个不错的开始啊。"

倪静也笑："倒也是，除此之外呢？"

俞莫寒道："宁夏目前的经济非常紧张，不然的话她父亲接钱的速度不会那么快。他的那个动作带有一些潜意识。此外，宁夏的父母与其他的普通工人不大一样，他们还算有些见识，说话也比较注意分寸。很显然，宁夏当初去给人家做小三的事情她父母是知道的，也许还并不反对，不过他们现在已经后悔和醒悟了。还有就是，宁夏与高格非之间可能确实存在着那样的关系。其实最可怜的是那个孩子，她从小就生活在那样一个畸形的家庭里面，她很没有安全感，而且非常敏感。"

这样的一些情况倪静在先前的谈话过程中是感觉到了的，只不过她做不到像俞莫寒这样条理清晰。她点头道："好像还真是这么回事，不过这样的一些情况对你接下来进一步调查高格非的事情有帮助吗？"

俞莫寒道："那就得看一会儿与宁夏见面后的情况了。"

俞莫寒在约定的咖啡店楼下下了车，进去后发现宁夏已经在那里等候了。宁夏穿着一件淡蓝色手工绣花的旗袍，她的身材修长而且显瘦，俞莫寒第一眼就被惊艳到了。与此同时，俞莫寒也注意到了她的胳膊上并没有他原先以为的针眼或者蓝色斑块的痕迹。

再一次将目光投向她的两只胳膊上，看上去是那么的纤细，且白皙如玉。难道我的猜测是错误的？俞莫寒心里想道，不过嘴上却在表达着歉意："对不起，让你久等了。"

宁夏的脸色很不好看，质问道："为什么要去打扰我的家人？"

俞莫寒正色道："首先我要向你解释清楚啊，我根本就没有去打扰你的家人，如果你不相信的话可以打电话去问问你的父母和女儿。我在你父母家里吃了顿饭，和他们聊了会儿天，还陪着你父亲喝了点儿酒，仅此而已。"

宁夏冷哼了一声，从随身的包里拿出一沓钱来："这个不需要，你收回去吧。"

这其实是一种戒备，或者是敌意。俞莫寒微微一笑，说道："我那是给孩子的一点儿心意，并没有其他的意思。这件事情不重要，我们还是谈正事吧。"

宁夏却说道："我和你并不熟悉，你不需要向孩子表示任何的心意，请你把钱拿回去吧。"

俞莫寒看着她："你想过没有，你的孩子现在最需要的是什么？我告诉你，是关爱。她需要的不仅仅是家人的关爱，还需要其他更多人的关爱。所以，这不是钱的问题，明白吗？"

宁夏愣了一下，随即将拿着钱的手缓缓收了回去。这时候她看向俞莫寒的目光变得柔和了许多，轻声说道："谢谢你。"

"她终于明白了我的意思。"俞莫寒心里很欣慰，随后说道，"其实这件事情应该怪我，是我顾忌太多，所以第一次和你见面的时候没有把有些事情讲清楚。我一直在调查高格非精神分裂忽然发作的原因，不仅仅因为我的专业，同时这还很可能牵涉另外一起非常重大的案件。我曾经走访过不少与高格非有关系的人，但是到目前为止我还是没有找到其中的根源，或者说还仅仅停留在假设的基础之上。"

宁夏问道："什么假设？"

俞莫寒沉吟着回答道："有些事情我暂时还不能多讲，不过我可以告诉你其中的一个假设，也许高格非前妻的死并不是意外。"

宁夏满脸的震惊："什么？怎么可能？"

俞莫寒看着她："现在我们可以开始直接进入话题了吗？"

宁夏点头，俞莫寒依然看着她，不过目光却非常柔和："也许我的问题比较直接，还可能涉及你的隐私……"

宁夏点头，淡然说道："我知道，你想知道我和高格非之间究竟是什么关系，是吧？我可以直接告诉你，我和他之间其实就是那种关系，但又、又不是。"

俞莫寒愣住了："什么意思？"

宁夏犹豫了一下，轻叹着说道："他在那方面不行……"

接下来宁夏向俞莫寒讲述了她与高格非交往的整个过程。

从南方回来后宁夏请了几个女同学一起吃了顿饭，不是为了炫耀，只是希望今后能够有几个可以说知心话的好姐妹。离开家乡好几年了，曾经的大学女同学当然是她首先要考虑的对象。然而事情的结果让她感到非常的失望，与女同学们见面之后虽然一个个都客客气气，但她后来再一次邀请大家的时候，大家却都以各种理由拒绝了。

　　她不知道其中的缘由，虽然生气，但很快就不再在意。让她没有想到的是，不多久高格非竟然给她打来了电话，说是很多年没见过她了，想请她一起吃顿饭。她很高兴，毫不犹豫地答应了。

　　那时候高格非已经是医科大学的校办主任，当时请她吃饭的地方是一家高级的西餐厅，就他们两个人。其实一直以来宁夏很少关注高格非这个人，在她的印象中高格非好像有些土气，结果想不到那次见面发现这个人的变化如此之大：眼前这个人哪里还有曾经土里土气的样子？无论是穿着打扮还是言谈举止都是那么的文质彬彬、儒雅大方。

　　在吃饭的过程中高格非询问了宁夏这些年的情况，宁夏因为婚姻感情受挫，内心苦闷不堪，正想找个合适的人倾诉，再加上这次见面对他的印象非常不错，于是就把自己所有的情况对他讲了。高格非听后很是感叹，随即就将他自己这些年来的经历也都讲了出来。宁夏想不到他遭遇过那么多的不幸，不禁深深同情，同时又为他如今的状况感到很高兴。

　　那天晚上两个人喝了一瓶进口的葡萄酒，宁夏知道其价值不菲。结账的时候高格非特别盼咐服务生要开发票。宁夏想不到一个校办主任竟然有那么大的权力，私人请客一次花费数千元也可以报账。高格非仿佛知道她的想法，笑着对她说道："学校副校长们的花费都是我签字报账，小事情而已。同学聚会一般都是我在组织，下次聚会的时候我通知你。"

果然，数天之后宁夏就接到了高格非的电话，说是有一个同学从外地来，晚上一起聚一下。

就在那一个月之内，高格非组织了好几次同学聚会，以各种理由，而且每次都是他买单，当然都开了发票。

从此之后宁夏就经常去参加同学之间的各种聚会，她非常喜欢那样的氛围：仿佛回到了从前，回到了那个"青葱"年代。

不过后来她发现，其实同学之间的关系也是比较复杂的。比如有一次沈青青请客的时候就没有叫高格非。她悄悄询问了一个同学后才得知他们两个人的关系非常紧张，至于具体的原因却无从知晓。

不过她从心里面感谢高格非，感谢他把自己带进了同学的这个圈子。

就在沈青青那次请北京回来的同学一起吃饭后不久，高格非特地打电话给宁夏单独请她吃饭。那一次高格非还特地开了一辆学校的车来，说是要请她去郊外吃一家味道非常特别的火锅。

宁夏提前给孩子做好了晚餐，然后和高格非一起驾车出了城。高格非告诉她说要去的那地方附近的火锅店可不止一家，不过只有一家的味道最好，他三天前就订好了座位。

那天是周末，出城的时候并不怎么堵车，两个人在半小时后就到了地方。这家火锅店的环境极其糟糕，就像一个临时搭建的遮雨棚，里面也就十多桌的样子，不过外面却早已停满了车，其中还不乏奔驰、宝马之类的豪车。

他们到的时候火锅店里面已经人满为患，而且外面还有很多人在排队等候。这家火锅店的老板长得胖乎乎的，标准的油腻中年男，他似乎和高格非很熟悉，一见到他就点头哈腰："高主任，您的座位我还是安排在老地方，今天你们多少人？"

高格非道："就我们两个。"

老板脸上的笑容一下子就收了回去，高格非道："还是老规矩，每样菜都来,再来一瓶五粮液。"

老板的笑容瞬间就又堆了上来:"好嘞!二位里面请。"

原来老板给他们俩安排的地方在里面。整个火锅店也就这一间包房,虽然里面的环境一样的糟糕,但好在还算比较清静。

这是标准的重庆火锅,汤料里面加了不少的辣椒和花椒,还有厚厚的牛油,燃气灶点上火后不久牛油就熔化掉了,与辣椒、花椒混在一起变成了漂亮的暗红色的汤,香气扑鼻。两个人面前都有一个餐碟,餐碟里面是蒜泥和香油,最上面还浮着一层炒香了的白芝麻。

宁夏顿时来了食欲,说道:"我可是有很多年没有吃过重庆火锅了,你是不是经常来这里?"

高格非笑道:"我们学校的一位副校长特别喜欢这家火锅,这家火锅的味道非常地道,不过他们的菜品才是最有特色的,一会儿你就知道了。"

又过了一会儿,当锅里的红汤开始翻滚的时候,服务员就开始上菜了。毛肚、牛肉、牛肝……牛身上各个部位的食材及几样素菜很快就摆满了一桌。宁夏瞪大着双眼:"这么多?怎么吃得完?这也太浪费了吧?"

高格非毫不在意地说道:"你第一次来这里,每一样菜都要品尝一下才是,吃不完没关系。"随即夹了一片毛肚放在宁夏面前的锅里,数秒之后对她说道,"好了,你尝尝。"

宁夏从锅里捞起那片毛肚蘸了香油后吃到嘴里,顿觉两颊生香,而且嘴里的毛肚吃起来非常的脆,与自己以往吃过的完全不同,不禁赞道:"味道确实不错!"

高格非这才介绍道:"这家火锅店的旁边就是屠牛场,所以这家店的菜品都非常的新鲜。"他指了指那盘牛肉,"这是刚刚杀的牛,剥掉皮后就直接拿过来了。你摸一下,还是热的,这牛肝也是一样。"

宁夏伸出手去，果然如此。

高格非打开了服务员送来的那瓶五粮液的包装盒，问宁夏道："喝点儿？"

宁夏看着已经在高格非手上的酒瓶，问道："一会儿回去开车怎么办？"

高格非道："一会儿喊代驾就是。"

其实宁夏不喜欢喝酒，不过每次同学聚会的时候喝了酒都会让她兴奋很久，那样的感觉其实很不错。宁夏道："行，那我们就喝点儿。"

高格非没想到宁夏的酒量竟然那么大，而且吃东西也很厉害。当两个人喝完那瓶五粮液的时候，桌上的菜已经被吃完了一大半。酒虽然是两个人平均分配的，但高格非并没有吃多少东西。高格非玩笑般惊讶地问道："你喝酒一直都这么厉害吗？随便怎么吃都长不胖？"

宁夏依然在那里大快朵颐，笑着回答道："我父亲喜欢喝酒，从小到大我都陪着他喝，所以酒量还可以。其实喝酒最厉害的是沈青青……对了，听说你和她之间的关系不大好？"

高格非道："她是学校前任校长的人，后来不得不离开了学校，当然对我这个如今受到重用的人心有不满了。"说到这里，他感叹了一声后继续说道，"其实以前当我不如意的时候也挺嫉妒她的，俗话说三十年河东、三十年河西，人这一辈子可能都是这样吧。"

他的话一下子就触动到了宁夏的内心，禁不住也黯然感叹道："其实你和沈青青都是一样的，现在看来你们都是先苦后甜，苦日子都过去了，今后都会越来越好的。可是我呢……"

高格非准备给她倒酒，却发现酒瓶已经空了，问道："再喝点儿吗？"

宁夏没有说话,手上的筷子已经放下,神情依旧黯然,眼眶里面泪花在闪烁。高格非急忙去叫服务员又拿来了一瓶酒,给宁夏倒上后说道:"你也会越来越好的。这一点我完全相信。"

宁夏看着他:"你可以帮我吗?"

高格非点头道:"没问题。"

宁夏又说道:"可是我不知道自己今后应该做什么。"

高格非道:"我建议你开一家服装店,最好是代理国外的某个高档品牌。我们学校的校领导每年都要换装,里里外外全套,这件事情是我在负责,到时候我直接到你那里来采购就是。还有,你可以代理某个品牌的运动服和校服,学校每年的运动会需要量非常大,再加上苟明理在省教委里面还有一定的话语权,到时候各个中小学的工作也可以去做一下。这样下来,你一年赚上个几百万是没问题的。"

宁夏想了想,觉得他的这个建议非常不错。在接下来的时间里她的心情也就因此变得好了起来,与高格非频频举杯,不多久,第二瓶酒也喝完了。这时候高格非已经有些醉了,宁夏也开始有了酒意。

火锅店的老板进来了,拿着账单让高格非签字。高格非签字后对他说道:"过几天你到学校来拿支票,我把最近几次的账都给你结了,记得带上发票。"

火锅店老板满脸堆着笑连声答应着,从一旁拿出一个塑料口袋来,宁夏注意到那里面装有两瓶五粮液,还有几条软中华。火锅店老板谄媚地对高格非说道:"高主任,这个你拿着,到时候我会处理好的。"

高格非点头,伸手接过东西。又吃又拿?宁夏在一旁看着,心里羡慕不已。高格非低声向她解释道:"这些东西算不上什么,学校的副校长们好几个都要抽烟的,单独去买不好入账。"

宁夏很敬佩地看着他，觉得眼前的这个同学真是了不起。

高格非叫来了代驾。虽然喝了酒，但是高格非还是很绅士地替宁夏打开了后座的车门，待宁夏坐进去后他随即也坐进了后排。郊外的公路两边没有路灯，车灯的光线都在车窗之外，路过车辆的灯光也只不过是一闪而过，车内后排一片昏暗。也不知道为什么，这时候宁夏忽然感到有些紧张。

"我想抱抱你，可以吗？"昏暗中，宁夏的耳边忽然响起了高格非低低的声音，带着渴望，带着恳求。

宁夏一下子就怔在了那里，不过却保持着沉默。高格非把她的沉默当成了默许，于是就伸出手将她轻轻地揽在了怀里。宁夏没有一丝一毫的反抗，其实她的心里面也带有一种渴望，因此顺势依偎在了高格非的怀里。

高格非轻轻抚摸着她的脸庞，轻轻地抚摸着，嘴里低声喃喃说道："你真美，真美……以前我只是远远地看着你，看着你的背影，没想到现在的你竟然离我这么近……"

他的手轻轻抚在了她的唇上，中指尖进入她唇里面，轻抚着她的牙。她的渴望更甚了，微微张开了嘴唇……他将她抱得更紧了，似乎想将她的身体融入自己的身体里面去。他的呼吸变得急促了起来，嘴唇递到她的耳畔轻声说道："晚上别回去了好不好？"

此时的宁夏已经意乱情迷，低声道："嗯。"

高格非大喜，即刻吩咐代驾司机将车开到某五星级酒店。

到了酒店后高格非直接去开了一间房。两个学医的人竟然来不及洗澡就迫不及待地直接拥抱着翻滚在了床上，狂乱的情绪充斥在房间的每一个角落，两个人互相扒着对方的衣服，然后像婴儿般拥抱……

可是高格非却发现自己狂乱饥渴的情绪下，身体的那个部位没有任何的反应，他尝试着各种方式：集中精力、盯着她那如画般美丽的脸，以及其他。可是却依然如此。

"怎么会这样？我一直很厉害的。"他终于放弃了，羞愧地跪在她白花花的肉体面前喃喃自语。

宁夏很失望，不过她毕竟是过来人，安慰道："可能是酒喝多了。"

高格非点头："肯定是，那我们先睡吧，明天早上再说。"

于是两个人才分别去洗了澡，然后相拥而眠。

然而第二天早上的情况依然如此。

高格非急得不住低声嘶鸣，一直在那里喃喃自语："怎么回事？我一直很厉害的。宁夏，你相不相信我说的话？"

此时宁夏已经不相信了，不但内心失望而且觉得他很可怜，安慰道："我相信，也许是上天认为我们俩应该保持纯洁的同学关系。"

高格非却不想就此放弃，说道："要不，我们过几天再说？"

宁夏毕竟是学医的，心想无论他是功能上出了问题还是心理方面的原因，最终的结果可能都一样，而这样的事情对一个男人的自尊心来讲很可能是致命的。她微微摇头，说道："我们还是保持纯洁的同学关系吧。"

"对不起……"宁夏离开酒店房间的时候，高格非歉意地对她说道，不敢去看她的眼睛。

后来，宁夏就按照高格非的建议开了一家服装店，代理的是一家意大利的知名西装品牌，与此同时还与一家国内知名运动服品牌签订了合同，不但可以定做校服还可以低价拿到成品。

可是苟明理这个人非常谨慎，他拒绝了对宁夏的帮助，他向宁夏解释道："我的前任就是因为替人向中小学推荐保险被双规了，结果被判了十二年，大家都盯着呢！"

在高格非看来，苟明理不愿意帮忙说到底还是因为利益不够，所以也就没有主动向他提及此事。一方面他不想让自己与宁夏的这种关系暴露出去，而另一方面是担心宁夏最终变成了苟明理的女人。宁夏当然也明白这一点。

不过高格非在这件事情上面确实很用心，他通过各种关系与省城及省城周边的中小学搭上了关系，其中最主要的还是因为医科大学就读学生家长们的帮助，宁夏的生意很快就红火了起来。

在此期间，高格非曾经不止一次向宁夏提出那样的要求，宁夏几经拒绝后最终还是没有经受住他的央求，可是情况还是那样。

"我今天还吃了药的，怎么会这样？"高格非气急败坏，不过最终也只能接受这样的现实。

宁夏唯有在心里叹息。

高格非经常去宁夏的家里，虽然他发现宁夏的女儿不大喜欢自己。可是他的情况从未发生过改变，只能一次次眼睁睁看着宁夏那美好的肉体望洋兴叹。有一次，他拥吻着宁夏，伤感叹息着说："上天把你送到我的身边，却偏偏不让我得到你，我真的不知道这究竟是对我的奖赏还是惩罚。"

宁夏抚摸着他的脸，心里面觉得他更加可怜，轻声说道："这样不是更好吗？有些事情做了反而就失望了，也就变淡了。"

高格非不说话，只是在那里微微摇头。

在宁夏的讲述过程中，俞莫寒完全进入了医生的角色之中，中途一次也没有打断过她的话，也没有一次提问，他一直在专心致志地倾听着。待宁夏讲述结束之后他才问道："你认为他究竟是什么问题？"

宁夏从眼前这个年轻的医生眼里没有看到一丝一毫的淫邪，他的目光是那么的清澈，心里顿时有了一种赞赏与感动，她微微摇头，轻声道："也许他是真的……"

俞莫寒即刻道："不，他是自卑，内心里面极度的自卑。"

也许还有失望，当然不是因为宁夏身体的缺陷，因为那时候的她已经通过手术解决了这个问题。而真正的原因很可能是：曾经高不可及的女神，如今竟然这么容易就在自己面前宽衣解带，不过这句话俞莫寒并没有说出来。当然，自卑才是根源——长期以来积聚在内心深处的自卑让他在宁夏面前自惭形秽，而且这样的自卑彻底击败了他作为男人"得到"的渴望。

"怎么会呢？那时候的他可是学校的红人，意气风发得很。"既然已经把该说与不该说的都讲了出来，宁夏也就不再有任何的忌讳与羞耻感，她瞪大着双眼问道。

俞莫寒没有向她解释这个问题，说道："他其实是一个老手，关于这一点你应该感觉得到，是吧？"

宁夏点头。

俞莫寒道："既然他在这方面是一个老手，如果他的身体真的有问题的话也就不可能对你提出那样的要求，更不可能在一次次失败后还依然坚持要和你在一起。所以，他这是心理上的问题，也许仅仅是在你面前的时候如此。"

宁夏问道："那么，这是他后来精神分裂的原因吗？"

俞莫寒想了想，摇头道："这样的情况还不足以让一个人出现精神分裂。当然，这也可能是原因之一。对了，你女儿为什么不喜欢他？"

宁夏道："高格非好像不怎么喜欢孩子，或者是因为他没有孩子，所以不知道如何去和孩子相处。"

俞莫寒又问道："他给你孩子买过礼物没有？"

宁夏点头："他给孩子买过衣服，过年的时候也给孩子压岁钱。

不过我女儿就是不喜欢他。我问过孩子为什么不喜欢他，孩子说他看人时候的眼神很可怕。可是我从来都没有觉得过。也许正如你所说的，孩子太敏感了吧。"

俞莫寒继续问道："孩子喜欢她的亲生父亲吗？"

宁夏点头："当然喜欢，可是……"

俞莫寒点头："可是她的亲生父亲并不喜欢她是不是？"

宁夏苦笑着说道："是的，我和那个人分手的原因是我发现他在外面包养的女人并不止我一个，所以我才彻底失望了。俞医生，你是不是觉得我这个人很下贱很没有底线？"

俞莫寒摇头："我们每个人都有选择自己生活方式的权利，不管怎么说当今依然是一个男权社会，女性始终是弱者，所以当初你选择走捷径也是可以理解的。不过现在你肯定早已后悔了，不仅仅是因为当初的那个选择让你后来吃尽了苦头，还因为孩子很难消失的心理阴影。"

宁夏的眼睛湿润了，轻声道："是啊……"

接下来俞莫寒换了个话题："高格非在你的生意中获取过好处没有？我指的是经济上的好处。"

宁夏摇头："没有，我给他他总是拒绝，而且他还在其中替我补贴了不少，比如请客送礼，很多时候都是他在帮我处理。"

俞莫寒感叹道："看来他是真的喜欢你，或者说是爱你。那么，在你的印象或者记忆中，高格非除了他老婆之外还有别的女人吗？"

宁夏摇头："我从来都没有关心过他这方面的事情，也没有那样的权利。"

她的话说得很对，不过这也说明她对高格非的情感并不是爱，而是感恩，还有怜悯。

最近一段时间以来，俞莫寒已经无数次推论高格非精神分裂的根源，始终认为无论是他过去的苦难还是后来的自卑都不足以爆发出如此巨大的能量，而唯有死亡的威胁才可能是最终造成他精神分裂的真正原因。但，到目前为止宁夏依然不能被排除在外，所以接下来还有一个最为关键性的问题，不过这个问题不能直接去问。

"这些年来你应该赚了不少的钱吧，但你最近的经济情况似乎不大好，为什么？"俞莫寒想了想，决定从这个问题开始问起。

宁夏苦笑着回答道："我和那个人分手的时候他给了我一笔钱，回来后我花费了一大半买了房子然后装修。后来我赚的钱又给父母买了房子，他们装修的钱也是我出的。而且前些年我已经习惯了乱花钱，穿的戴的都是奢侈品，我实在控制不住自己在这方面的喜好，所以手上剩余的钱并不多。高格非出事后我所有的生意几乎都停了下来，因为以前的那些关系都不再理会我了。"

难怪她如今的生活过得一塌糊涂。俞莫寒感叹道："所以，从现在开始你应该学会控制自己的购物欲望，理性消费才是。你的那家服装店还在是吧？想来其中的收入还是足够你家庭平时的花销的。"

宁夏点头："是呀，我会慢慢学会控制自己的，毕竟今后孩子还需要花费不少的钱。"

俞莫寒感到欣慰："你能够意识到这一点就好。对了，你的养老和医疗保险都按时在缴纳吧？"

宁夏摇头："我觉得不需要。"

俞莫寒看着她："你不担心自己的身体今后出问题？"

宁夏笑了笑，说道："我的身体好得很。我的想法是让孩子今后去国外上大学，到时候我也跟着她一起出去，一切都等那时候再说吧。"

嗯，基本上可以排除她了。即便如此，俞莫寒还是感到有些失望。他站起身来，歉意地道："对不起，我确实不应该去打扰你的父母和孩子。"

宁夏淡淡一笑，说道："没关系，虽然最开始我很生气，但现在我已经觉得无所谓了。我知道，有些事情是避不开的。其实我应该感谢你才是，那些事情讲出来后我觉得轻松多了。"

俞莫寒朝她伸出手去："一切都会好起来的，我相信这一点。"

宁夏的手在他手上轻轻一握："谢谢你，俞医生，今后我还可以找你说说话吗？"

俞莫寒朝她微微一笑："当然可以。"

第三章
关键人物退出

俞莫寒本来是准备送宁夏回家的,即使是在省城这样的大都市里面,宁夏的模样与气质也绝对是一道非常亮丽的风景线,她独自一个人回去说不定会遇到危险。没想到她却是自己开车来的,而且座驾还是一辆白色的七系宝马。俞莫寒不禁苦笑:所谓的经济困难其实是相对的,对于如今的宁夏来讲,只不过是不能像以前那样随意购买奢侈品而已。

俞莫寒给小冯打了个电话,让他查一下高格非目前的动向。不一会儿小冯就打来电话说高格非一家人还在新疆。俞莫寒想了想,又给靳向南打了电话,说想和他聊一聊高格非的事情。

于是两个人又在那家小酒馆见了面。不过这一次小酒馆里面还坐有其他的人,俞莫寒找了个靠角落的位子,随便要了几样下酒菜和一壶酒。

"还别说,这两天我还有点儿想这个地方了。"靳向南坐下后就直接用手拈起一颗花生米扔进嘴里细细地嚼,问道,"你是不是有什么新的想法了？"

俞莫寒给他面前的碗里倒上酒，同时说道："刚才我问了小冯高格非目前的情况，他告诉我说高格非还陪着父母在新疆。一个不到四十岁的专科学校校长，在遭遇了如此突如其来的重大事件后竟然还有如此好的心情在外面旅游，难道他真的能够在这么短的时间里面悟透一切？"

靳向南喝了一口酒，说道："他这不是悟透了一切，而是为了尽孝。"

俞莫寒看着他："你也这么认为？"

靳向南点头："他又不是圣人，除此之外还可以用别的去解释吗？"

俞莫寒依然看着他："所以，你对我以前的分析和推论是认同的？"

靳向南诧异地看着他，问道："究竟出什么事情了？我当然认同你的分析和推论了。"

俞莫寒叹息了一声，说道："不是宁夏，宁夏被排除了。"

听俞莫寒把他拜访宁夏的情况讲述完之后，靳向南嗟叹着说道："想不到这个高格非还真是一个情场老手。我觉得你的看法是对的，一个情场老手怎么可能在身体上存在那样的问题？很显然，他也就是在遇到宁夏的时候如此，属于心理障碍。对了，高格非以前不是在学校里面有个小团体吗？他的那个小团体里面有男有女，会不会……"

俞莫寒摇头道："这个问题我早就分析过，我觉得几乎不大可能。我了解过他那个小团体的情况，除了高格非之外还有两个人的配偶都是医科大学的员工，如果这个小团体是一个淫乱窝子的话，估计早就出事了。此外，高格非当时可是学校的红人，想来嫉妒他的人肯定不少，如果他们在一起搞非法活动，可能早就被人举报了。"

靳向南点头，问道："那他搞这个小团体干什么？"

俞莫寒微微一笑，说道："'曾经你们对我爱理不理，如今我让你们高攀不起。'其实，无论是衣锦还乡还是小人得志的心理，我们每个人多多少少都是有着那么一点点的，高格非当然也不例外。"

靳向南不禁笑了起来，说道："倒也是。"他将一片猪耳朵放进嘴里，又喝了一口酒，说道，"当初你分析在沈青青后面一定存在着那么一个人，而且非常坚信自己的推论，后来果然找到了洪家父子。对于高格非的情况我也赞同你的推论，你是通过心理分析的方式得出的结论，这比我们常规的逻辑推理要可靠得多，所以，我也完全相信在高格非的生活中一定存在着那样的一个女人。因此，接下来你需要做的工作就是去把那个女人找出来。此外，高格非前妻死亡的真相也非常重要，希望你能够想办法把这一切搞清楚。"

俞莫寒摇头叹息着说道："这谈何容易啊。"

靳向南朝他举碗："你一定可以的，我相信你。"

又是这句话，俞莫寒苦笑着将碗里的酒喝下去了一大半。

靳向南看着他，笑道："也许你还没有意识到自己超乎寻常的能力，但我已经感受到了你巨大的潜力。你放心，我已经帮你请了假，最近这段时间我让小冯一直跟着你。"说到这里，他又喝了一口酒，"我一直在想，当你的调查到了一定的程度之后，说不定有人就会帮我们把高格非叫回来也难说。"

俞莫寒顿时精神一振，问道："你的意思是说，有人会让高格非回来把他前妻的死因说清楚，以此不让我们将这件事情继续调查下去？"

靳向南点头道："他们已经针对你做了不少的事情，结果都没有取得他们希望的效果，如今我们警方已经介入这件事情，所以我觉得他们继续针对你的可能性已经不大，那样做的风险实在是太大了，而且也没有了什么意义。因此，把高格非叫回来向警方说清楚他前妻的死因才是最好的办法。你想想,从犯罪嫌疑人心理的角度是不是这样?"

俞莫寒点头道:"有道理。"

"砰"的一声轻响,两个人手上的碗碰在了一起,然后同时一饮而尽。

回到家的时候父亲还没有休息,一个人坐在沙发上抽烟、看电视。俞莫寒问道:"爸,您又在等我?"

父亲瞪了他一眼:"我每天都睡得很晚,你居然不知道?老了,不敢早睡,半夜会醒的。"他拍了拍沙发的旁边,"来,坐。"

明明就是在等我,俞莫寒心里暗暗觉得好笑,随即过去坐到了父亲身旁。父亲闻到他满身的酒气,瞪着他说道:"在家里的时候不陪我喝酒,跑出去就到处喝……"

俞莫寒急忙道:"爸,您这也太夸大其词了吧?平时我就很少喝酒,也不喜欢喝酒,在外面遇到了朋友谈点儿事情,喝点儿酒更方便说话而已。"

父亲倒不是真的生他的气,问道:"你和倪静的事情处理好没有?"

俞莫寒点头:"没问题了,倪静已经知道我是被人催眠的,她当然也就不会再计较啦。"

父亲却在摇头:"那只是外因,你心里同时还装着别的女人,这才是根源。当然,在你未婚之前还有选择的自由,不过像这样的事情你要引以为戒,结婚后千万不要再犯类似的错误。"

倪静说,结婚后也依然有选择的自由呢,老爸的观念确实太过传统了些。不过在这样的事情上传统些倒是没坏处。俞莫寒心里如此想道,不过嘴上却连连应答着:"我知道了,爸。"

父亲又问道:"人家整了你,你就准备这样算了?"

俞莫寒不明白父亲的意思，问道："那还能怎么办？难道我去把他催眠回来？"

父亲又点上了一支烟，说道："当年我们单位调来了一位副院长，据说这个人有一定的背景。此人不学无术，对法律一窍不通，非得让我在一个案件里面关照他的熟人，我当然不可能答应了，从此以后此人总是处处给我小鞋穿。后来在一次民主生活会上，我就把他针对我所干的那些事情当众讲了出来，虽然我那样做根本就不可能动摇他的位子半分，但还是让他很难堪。那样做的结果就是从此我就在那个科级的位子一直待到退休，但我从来都没有后悔过。人活着是为了什么？不就是为了心中的那一口气吗？作为男人一定要有骨气，虽然我不主动挑事但一定要以牙还牙，否则别人就认为你好欺负，你自己心里也会憋闷得难受。儿子，你说是不是？"

那件事情确实让俞莫寒感到非常的憋屈，此时听到父亲的话，顿时热血沸腾，连腰杆都突然间挺得直了些，说道："我明天就去找他。"

父亲点头："你是做医生的，万事宁愿直中取，不可曲中求，怕什么？大不了不干了，以你的能力还怕找不到一份合适的工作？"

父亲的话完全说到俞莫寒的心里去了，让他忽然有一种想要和父亲喝几杯的冲动："爸，要不我陪你喝点儿？"

父亲却朝他摆手道："不喝了，你也不要喝多了酒，肝脏受不了。对了，高格非的事情你调查得怎么样了？"

俞莫寒将目前的情况大致对父亲讲了一下，苦笑着说道："说实话，我觉得难度太大了，接下来我都有些找不到方向了。"

父亲想了想后说道："我觉得吧，你找不到方向的根本原因其实还是没有把高格非这个人研究透。我们每个人都一样，既然有人喜欢你、敬佩你，那就一定有人反感你、厌恶你。任何单位里都一样，无论再强大的一把手，总有人支持也有人反对，而一个人的不足往往是由反感、厌恶他的人讲出来的。所以，接下来你应该去找到那些人，说不定可以从中获得一些有用的东西。还有就是，我觉得你的功利心有些太重了，你是一名精神病医生，不是警察，你的目的是调查清楚高格非忽然精神分裂的根源，你应该把重心放在这个上面才是。一旦这个问题调查清楚了，其他的事情不也就可以迎刃而解了吗？"

父亲的话犹如一道闪电瞬间照亮了俞莫寒的大脑：是啊，原来自己早就偏离了本心，难怪脑子里面变成了一团糟。

这天晚上俞莫寒久久难以入眠，不仅仅因为酒后，更多的是父亲的话让他兴奋不已。他再一次从头开始分析高格非的情况，甚至中途的时候还起床去拿出自己的笔记本查看当时的记录，他越发确定自己的判断是正确的。

一直到半夜的时候俞莫寒才终于沉沉睡去，明天早上就去找顾维舟，他在进入黑暗之前如此对自己说道。

站在顾维舟办公室门外的时候俞莫寒还是犹豫了一下，不过也就仅仅是那么一瞬。他重重敲了两下门，当里面传来顾维舟不快的"进来"二字后就直接推门进去了。说实话，俞莫寒还真的做不到像医院的后勤人员那样粗鲁：据说多年前顾维舟扣了一个不遵守纪律的后勤工作人员的奖金，而这个人偏偏又是前任副院长的儿子，此人直接就拿着一把菜刀进了眼前的这间办公室，结果顾维舟被吓得连忙让财务给人家补上。

顾维舟对那重重的两下敲门声很是不快，不过当他看到进来的人是俞莫寒之后脸上一下子就变成了亲切和蔼的笑容："原来是小俞啊，快，快请坐。靳支队已经替你请假了，说又发生了一个案子需要你帮忙。不过我说了，你的本职工作是我们这里的医生，可不能长时间不回来上班啊……哦,对了,你找我有事吗?"

俞莫寒直直地看着他,缓缓问道:"你为什么要催眠我?"

顾维舟一下子就愣在了那里,脸色大变,不过很快就笑着说道:"小俞,你这是什么意思?我什么时候催眠你了?"

俞莫寒冷冷地道:"你又何必如此装模作样?你自己做过的事情你自己最清楚。说实话,一直以来我都非常尊敬你,虽然你针对我做了那么多的事情,但我还是一直在说服自己理解你,毕竟你的出发点是为了医院的发展和未来,可是你的那些手段实在是太卑鄙太下作了,完全违背了一个精神病执业医生的底线,我深以为耻。不过即便这样,我觉得还是应该提醒你一句,有些事情可能不像你以为的那么简单,某人很可能牵涉到一起命案,如果你继续为虎作伥,有一天很可能会为此付出你自己难以承受的代价。顾院长,你好自为之吧。"

说完后俞莫寒就转身出了顾维舟的办公室,然后直接走向医院外面的公交车站。当他走出医院大门的那一瞬,顿时感觉全身轻快无比。俞莫寒不得不承认自己的内心深处确实存在着懦弱与妥协,然而父亲的教导让他终于挺直了腰杆,而此时,他忽然感觉到自己眼前的世界发生了很大的变化,就连脚步都变得轻快了起来。

此外,俞莫寒相信自己今天所走的这一步一定会对滕奇龙起作用。他拿出手机给靳向南拨打了过去,讲明了情况后说道:"让你下面的人随时关注高格非的动向,也许就在这两天他就会赶回来的。"

靳向南叹息着说道:"俞医生,你父亲真是一个值得我们好好学习的前辈,我们当中的很多人缺少的就是他的那种铮铮铁骨,等我有空了一定请他出来喝两杯。"

其实俞莫寒也挺佩服父亲的,他笑着说道:"你有空的时候还是去我家里陪他喝酒吧,他不大喜欢外面的场合。"

靳向南笑道:"也行,不过俞医生,我们不能等着高格非回来后再说，最好是能够提前掌握更多的信息和证据，到时候即使是他高格非想隐瞒某些事实也不可能。"

俞莫寒点头道："我明白你的意思，主动权一定要掌握在我们自己的手上。我知道该怎么做，接下来我和小冯就去医科大学。"

顾维舟感到非常震惊。是的，是震惊，而不是愤怒。他不但震惊于俞莫寒的这种敢于直接上门面对面质问的勇气，而且更震惊于俞莫寒最后所说的那番话。

顾维舟在这家医院任职多年，无论是曾经作为普通医生还是后来成为上位者之后的经历都告诉他，知识分子的妥协根本就是源于内心的懦弱，除非是把他们逼到了绝处，否则他们绝不会轻易反抗。当然，医院里面的后勤人员不一样，他们的学历与素质相对比较低下，所以行事粗鲁、不顾后果。然而现在的俞莫寒并没有被逼到绝处，即使是自己对他动用了一些手段但都没有伤害到其根本……如果是我遭遇到他那样的情况，肯定也会非常的愤怒，但绝不会像他那样直接找上门去，我没有那样的勇气。也许这个俞莫寒不一样，他有过在西方国家留学的经历，嗯，他是不能容忍自己的尊严遭受到如此巨大的侵犯，更是愤怒于我顾维舟突破了职业的底线。不过如此看来，这个俞莫寒后面所说的那番话很可能并不是危言耸听。

最近一段时间以来，顾维舟始终觉得滕奇龙在高格非这件事情上面的举动非常的奇怪，虽然对方曾经对此有过听起来还算是比较合理的解释，但他依然有一种不安的感觉。我为虎作伥？某人牵涉到了一起命案？他说的是滕奇龙？如果他讲的是真的，那么滕奇龙的所作所为也就可以理解并符合逻辑了。

顾维舟越想越觉得这件事情非常严重，后来竟然发现背上开始冒冷汗。不行，我必须去当面向他问清楚。

一个多小时后,在顾维舟的强烈要求下两个人在江边见了面。滕奇龙一见到他就皱着眉头不高兴地问道:"究竟什么事情让你不方便在电话里面讲,非得当面来问我?"

　　顾维舟直接问道:"你是不是向我隐瞒了什么重大的事情?高格非、俞莫寒,你为什么如此忌惮这两个人?"

　　滕奇龙惊讶地看着他:"你这话是什么意思?"

　　顾维舟冷冷地说道:"我们是同学关系,有些事情我可以替你做,但我做事情是有底线的,你自己干了见不得人的事情,竟然还想把我拉进去,你这样做也太过分了吧?"

　　滕奇龙的目光中露出一股寒意:"你究竟想要说什么?"

　　顾维舟即刻就感受到了滕奇龙目光中的阴冷,此时的他只想马上离开这个地方,远离此人,于是就转身朝自己的座驾走去,同时说道:"以前的事情就算过去了,我什么都不知道,不过从今往后我不会替你做任何事情了,我们医院的事情也不需要你再多费心。老同学,你好自为之吧。"

　　滕奇龙顿时感觉到巨大的危机正在向他逼近,急忙追上前去拦住了他,问道:"你刚才的话究竟是什么意思?"

　　顾维舟的心里更加笃定,他停住了脚步,用一种同情的目光看着他:"老同学,收手吧,你自己做过的事情难道还不明白?"

　　滕奇龙看着他,问道:"是不是俞莫寒对你说了些什么?你怎么能够相信他的话呢?"

　　顾维舟朝他摆手道:"不,谁的话我都不相信,如今我只相信我自己。"

　　说完后他绕过滕奇龙上了车,猛踩一脚油门扬长而去。

　　滕奇龙坐在江边的一块石头上,看着缓缓东去的江水,还有目光所及的浅水中自如游动的几条小鱼,呆坐在那里许久、许久,才缓缓起身,用力地跺了跺有些发麻的双脚,脚下的一块碎石子裂开了，混合着泥土的江水溅到了他那双锃亮的皮鞋上，不过他仿佛并不在意，拿出电话拨打了一个号码。

"高格非真的会马上回来？"在去往医科大学的路上，小冯向俞莫寒问道。

俞莫寒点头："这是靳支队的分析，我也觉得他一定会马上回来的。一方面滕奇龙会这样要求他，因为顾维舟的退出及我们前段时间对滕奇龙所施加的压力，如今滕奇龙已经有些承受不住了。另一方面，高格非也不希望真实的自己被暴露出来，所以他别无选择。"

小冯提醒道："可是滕奇龙不一定知道高格非患有绝症的事情。"

俞莫寒道："如果高格非前妻的死真的与滕奇龙有关，那么高格非至少是知情不报，而且也会因此被人们认为他后来的提拔是用他前妻的生命换来的，而不是他的能力，更何况他还会因此面临坐牢的风险。你想想，如果你是高格非，接下来会如何抉择？"

小冯点头："听你这样一说，如果我是他的话也会回来的，不过他肯定会替滕奇龙隐瞒真相。"

俞莫寒道："那是当然。所以我们必须提前了解更多的情况，到时候当我们面对他的时候也就多了一些胜算。"

小冯问道："那接下来你准备怎么做？"

俞莫寒回答道："我们首先得去拜访他那个小团体的一部分人，然后抓紧时间尽量拜访到更多的人。"

小冯看着他："你好像有些兴奋？"

俞莫寒点头道："是的，以前我对你讲过，我对医科大学这个特殊的群体很感兴趣，说不定这次我还会有另外的收获呢。"

小冯不解地问道："这个群体所存在的问题不就是你说的奴性么，还需要你继续去调查什么？"

俞莫寒反问道："那么，这个群体为什么会产生出如此普遍的奴性？这样的现象是个别的还是具有普遍性？如此等等问题你现在能够回答我吗？"

小冯依然不解："可是，你去调查这样的问题有意义吗？"

俞莫寒正色道："当然有意义。如果这个群体的整体意识和心理都出现了问题，那么个体的意识和行为都会因此而受到影响。你要注意，这个群体是高校，它培养的是治病救人的医学人才。你想想，如果这个群体的病态真的存在而且越来越严重，那是多么的可怕啊。"

小冯摇头道："据我所知，这个学校培养出来的学生还是很不错的，全省医疗系统的骨干都是这所学校毕业的学生。"

俞莫寒愣了一下，说道："那就更值得研究了，你说是不是？"

第四章
一个人的医学杂志编辑部

在省城，医科大学的附属医院永远都是最繁忙的地方。以前，天还没亮医院挂号处的外边就已经排起了长队，于是医院里面不仅有医托，而且"黄牛"横行，直到如今的网上预约挂号才基本上解决了这个问题。互联网时代，全新的生活方式就是以这样的形式慢慢进入了人们的日常。

作为医科大学附属医院的院长，傅传伦每天的日常当然是非常忙碌的。偌大的一所医院，上千名的医生、护士，这些人的待遇、职称等都需要经过他的手，他本人也是一位博士生导师，数名弟子及整个医院的科研、教学任务都需要他去指导完成，如果需要对他这个人进行正规介绍的话，一张小小的名片根本就容纳不下他所有的职务，比如享受国务院专家津贴、长江学者、全国外科协会理事、心脏外科协会副会长……不一而足。

在很多人的眼中，像傅传伦这样的人简直就是无所不能的天才。而他自己却十分清楚，这一切华丽光环的背后完全是权力在起着至关重要的作用。

当然,俞莫寒对此也是十分清楚的:无论是医院的人满为患还是这位院长名下的所有职衔,说到底就是资源分配向权力倾斜的问题,而且这也是学术腐败的根源。

俞莫寒一直在调查高格非的案子这件事情傅传伦有所耳闻,他也知道此人肯定会在某一天找上门来,所以前段时间他都在外面出差试图回避此事,不过没想到对方好像根本就没有要来找自己的意思,于是也就慢慢将这件事情放在了一边。医院的事情实在是太多了,很多非常重要的事情比如设备购买、药品招标、新外科大楼的设计方案、今年的职称评定等,都必须要他表态并亲笔签字。

当医院的办公室主任向他通报俞莫寒和一位警察一起前来拜访的时候,傅传伦顿时就愣在了那里,随即就很不耐烦地对着办公室主任说道:"难道你不可以告诉他们说我不在吗?"

办公室主任急忙道:"他们其中的一个拿出了警官证,说是要请你协助调查一起重大案件。"

重大案件?傅传伦愣了一下,这才吩咐道:"那就请他们进来吧。"

对于眼前的这位医科大学附属医院的院长,俞莫寒是从内心里面敬仰的,毕竟他是自己的前辈,而且更是国内心脏外科方面的知名专家。所以,他坚持让小冯走在自己的前面,并让他首先讲明此次拜访的来意。

傅传伦看上去有些年轻,他的年龄还不到五十岁。不胖不瘦的他身着白色短袖衬衣,笔挺的西裤,头发黝黑规整,整个人看上去干干净净、清清爽爽,典型的学者模样与打扮。他客气地请小冯和俞莫寒坐下,并吩咐办公室主任给两位忽然前来造访的客人泡茶,根本看不出他脸上有丝毫的不快。

也许是受到俞莫寒的影响,小冯也直接说明了来意:"傅院长,听说你一直以来都和高格非的关系不错,今天我们来就是为了了解有关他的一些情况。配合警方调查案件是每一个公民的义务和责任,想来傅院长更能够懂得这一点……"

他的话还没有说完,傅传伦就惊讶地问道:"高格非的案子不是已经判决了吗?"

小冯道:"现在我们有充分的证据怀疑高格非前妻的死另有原因。"

傅传伦一下子就震惊了:"可、可是那时候我和高格非还不是特别熟悉,他前妻的事情我怎么知道?"

这时候俞莫寒说话了:"傅院长,我先作个自我介绍,我叫俞莫寒,是省精神病医院的一名医生。其实对于我来讲,更希望能够搞清楚高格非忽然精神病发作的根本原因。您是我们医学界知名的专家,想来也曾经思考过这个问题吧?"

傅传伦看向俞莫寒的目光有些怪怪的,说道:"俞医生,我知道你。前段时间在微博上闹得沸沸扬扬的,你现在也算是名人了。"

这当然不是赞扬,而是揶揄与嘲讽。俞莫寒苦笑着说道:"我哪里算是什么名人?我所做的那一切也只不过是作为一名精神病医生、一个普通公民应该做的事情罢了。"

傅传伦从抽屉里面拿出一包软中华来,抽出两支香烟朝二人递了过去,不过小冯和俞莫寒都说"不会"。傅传伦用一次性打火机替自己点上了烟,深吸了一口后说道:"我确实思考过这个问题,却一直没能够想明白。"

俞莫寒问道:"您的意思是说,高格非在您的眼里一直都很正常?"

傅传伦点头,说道:"是的,我根本就不相信他会精神分裂,事实却偏偏就是如此,这个世界上的有些事情实在是太不可思议了。"

俞莫寒笑了笑,问道:"您可是医学专家,面对如此不可思议的事情难道就没有去一探究竟的想法？"

傅传伦淡淡地道："我可不是精神病医生。"

俞莫寒紧接着说道："但他是您的朋友。"

傅传伦呵呵笑道："他已经在法庭上被无罪释放，至于其他的事情也就不再重要了。"

俞莫寒问道："当时您也在场？"

傅传伦摇头道："很是遗憾，那天我正好有一台重要的手术。而且想来他也并不希望在那样的地方看到我，男人其实和孔雀是一样的，总是喜欢把自己最光鲜的一面展示给他人，如果受伤了就躲到一旁独自一个人舔舐自己的伤口。"

俞莫寒的双眼一亮，问道："这是不是高格非曾经讲过的话？"

傅传伦惊讶地看着他："你怎么知道这是他讲过的话？"

俞莫寒回答道："因为他曾经经历过那么多的不顺，这样的话只有像他那样的人才讲得出来。"

傅传伦问道："你还兼修过心理学？"

俞莫寒点头，说道："我还是一位有行医执照的心理师。"

傅传伦感叹道："听说你曾经到我们医院来应聘过？这是我的过错呀，如此优秀的人才竟然被我们错过了。"

"他这绝不是为了赞扬，而是变相地试图拉近与我的关系与情感。这是为什么呢？"俞莫寒心里如此想着，嘴上却谦逊地说道："您过奖了，对了，您和高格非是如何成为朋友的？"

"在一次酒局上……"傅传伦回答道。他仰起了头，嘴角处露出了一抹笑意，思绪进入回忆之中。

当时傅传伦还是这家医院的副院长，有一天晚上在附近的五星级酒店宴请一位医学杂志社的总编辑，同时还有医院里的几位副高级职称以上的医生作陪。准确地讲，请客的人是心内科的一位副教授，而傅传伦却因为职务坐在了当天晚宴首席的位子。

被宴请的这位医学杂志社的总编姓袁，此人在本地医疗界极有人缘，因为职称评定需要一定数量的高质量论文，而袁总编所负责的这家杂志属于国家一级刊物，只要是在上面发表的文章都会被列入优质论文的目录。

这位袁总编不到四十岁年纪，性格豪爽却极其张扬，毕竟平日里对他有所求的人不少。晚宴开始前，内科的那位副教授告诉傅传伦说他还请了学校那边的校办副主任高格非，并特别说明了他和高格非是老乡。作为附属医院的副院长，傅传伦当然认识如今校长跟前的这位红人，只不过两人之间的关系泛泛，从未有过深交而已。

当天晚上高格非来得最晚，到了后就不停地向在座的人道歉："校长临时开了个会，实在是没办法走开，一会儿我自罚三杯表示歉意。"

大家当然能够理解他的迟到了，校办副主任相当于校长的秘书，身不由己么。虽然傅传伦的级别比校办副主任要高两级，不过人家毕竟身份特殊，急忙站起身来试图将主位让给他，高格非急忙道："傅老师，万万不可。我是您的学生呢，如果我坐了您的位子岂不是大不敬？"

傅传伦疑惑地看着他："哦，我给你上过课吗？"

高格非笑着点头道："我们大班的《外科学》是您上的，我还在心脏外科实习了一个月，遗憾的是那时候您出国进修去了，错过了得到您进一步教导的机会。"

傅传伦大笑，说道："你现在不已经是校办的副主任了吗，心脏外科手术学了也是白学。"

随后高格非就朝在座的每一个人打招呼。很显然，他认识在座的每一位医生，而且都是以"老师"相称，当他的目光投到袁总编那里的时候问道："这位是……"

傅传伦急忙将袁总编介绍给了他，说道："小高今后肯定也会涉及职称评定的事情，到时候说不定还需要袁总编多多帮忙呢。"

高格非朝袁总编伸出了手："袁总编，幸会。"

袁总编对他倒是比较客气，与他紧紧握手说道："幸会、幸会！"

晚宴正式开始。傅传伦首先说了一番感谢袁总编的话，随后又赞扬了自己的学生高格非几句，然后按照本地的规矩大家一起连喝了三杯。之后就是每个人单独去敬酒，场面也因此开始变得有些混乱、热烈起来。高格非首先去敬的是傅传伦，当然是以学生敬老师的名义，随后才去敬了袁总编及其他的人。在座的每一个人都是如此在敬酒，敬的和被敬的酒一圈下来也就有了近二十杯的样子，所有的人都已经酒意酣畅，开始时的相互客气早已不再，称兄道弟成了酒桌上的常态。

袁总编早已兴奋，而且略有醉意。此人的嗓门极大，整个雅间里面几乎就只能听到他一个人的声音："现在，我要向傅传伦挑战！一次一瓶啤酒加一杯白酒，白酒倒在啤酒里面，我们连喝三杯！"

他直呼着傅传伦的名字，傅传伦倒是并不在意的样子，急忙道："我不能喝啤酒，痛风。"

袁总编鄙夷地道："你还是副院长呢，痛风都治不好？看来还是高看你了。你们医院里面的人每次都这样，既然请我喝酒那就好好喝啊……"

他越说越不像话，傅传伦的脸色也就越来越难看，可是其他的人并没有想要出头替他解围的意思，估计是担心因此得罪了这位大总编。也许正是因为如此，此人才养成了桀骜不驯的德行。这时候高格非实在看不下去了，说道："这样吧，我是傅院长的学生，这酒就由我来代他喝如何？"

其实袁总编也觉得有些下不来台了，此时见高格非出头，急忙道："既然你是他的学生，那也行。"

高格非让服务员拿来一件啤酒及两个干净的菜盆，分别倒入三瓶啤酒和三杯白酒后笑着对袁总编说道："我先干为敬。"说完就直接端起菜盆咕咚咚咚几下就将里面的酒喝了个精光，然后倒转菜盆，口朝下："袁总编，该您了。"

袁总编朝他竖起了大拇指："高主任豪爽！"说完后也端起喝了。

在座的人哄然叫好，袁总编摸着自己的肚皮笑道："舒服！"

这时候高格非却又分别在两个菜盆里面倒入了三瓶啤酒和三杯白酒，端起来对袁总编说道："刚才是替我老师敬袁总编的。今天初次认识袁总编，深感荣幸，我无论如何都得代表我自己敬您才是。"说完后在大家的目瞪口呆中又将里面的酒喝了下去。

袁总编当然不好拒绝，只好端起菜盆。然而这一次他喝得可不像高格非那样轻松，中途停歇了两次才终于喝完了里面的酒。他也学着高格非的样子将盆口朝下，想不到手上一滑，菜盆掉落到地上发出"哐啷"一声。大家正错愕间，只见他一下子就栽倒在了地上。

在座的都是附属医院的医生，急忙将他送往医院的急诊科洗胃、输液，好一阵忙活之后那位袁总编终于苏醒了过来。

其实当时高格非也醉得不轻，也在旁边的病房里面洗胃、输液。第二天早上高格非醒来后，傅传伦拍着他的肩膀说道："你这个朋友我交定了，今后你也别叫我老师，叫大哥吧。"

从此以后，只要不是公务性质的宴请，傅传伦就一定会把高格非叫上。后来高格非也报之以李，如果机会合适，学校校长或者副校长宴请客人的时候就提议将他也纳入陪客的名单。

再后来，傅传伦就将他所在科室的一位护士叫了出来，高格非也叫上了校长的司机和学校外文教研室的一位女教师，从此这五个人就经常在一起吃吃喝喝，很快就形成了一个小圈子、小团体。

傅传伦对后面的事情讲得非常简略，只是用几句话一带而过。

俞莫寒明显感觉到对方在顾忌着什么，想了想，问道："加入你们这个小圈子的标准是什么？"

傅传伦道："没什么标准。开始的时候大家都比较随意，而且每个人都很会处事，总而言之就是大家在一起觉得很愉快。后来高格非就说，就我们这五个人了，其他的任何人都不准再加入了。人一多就容易有不同的意见，甚至还会产生矛盾。我们也都非常认同他的这个说法，所以后来有人说要加入都被拒绝了。"

俞莫寒问道："其实，你们的这个小圈子从一开始就是高格非在主导。是不是这样？"

傅传伦想了想，说道："好像不是这样的吧……不过我们大多数的活动基本上都是他在安排。"

俞莫寒紧接着问道："您说的是活动的内容和经费？"

傅传伦急忙道："那时候可没有什么'八项规定'的说法。其实我们的活动也比较简单，就是在一起吃吃饭，打打牌，或者去野营，驾车去周边城市……花费不了多少的。"

当公款消费成为常态之后，一切也就成了理所当然。俞莫寒又问道："你们的活动，学校那边的校长、副校长会参加吗？"

傅传伦回答道："偶尔会，得看他们的时间和心情。"

俞莫寒将目光直视着他："你们男男女女像这样经常在一起，难道不怕别人说闲话？"

傅传伦淡淡说道："我们是同事、朋友的关系，行得正、站得端，别人想说什么无所谓，更何况我们每个人的家里人都知道是怎么回事，他们有时候也会来一起参加我们的活动。"

俞莫寒笑了笑，又问道："那么，高格非也行得正、站得端吗？"

傅传伦问道："你这话什么意思？"

俞莫寒看着他："您应该明白我是什么意思。比如高格非和你们这个小圈子两位女性的关系，再比如他是否把她们介绍给别的人……"

傅传伦摇头道："那我就不清楚了。"

俞莫寒淡淡一笑，说道："我刚才的那个问题您并没有直接否定，说明我的猜测很可能是存在的。傅院长，您为什么不愿意告诉我们实情呢？"

傅传伦勃然变色："我已经非常耐心地回答了你们提出的每一个问题，你们还要怎么样？俞莫寒，我告诉你，我也是医学方面的专家，你们的那一套对我没用！"

俞莫寒愕然，不过马上就淡淡笑着说道："傅院长，想不到您当了这么多年的院长，竟然还是无法控制住自己的情绪。嗯，也许因为权力，您从来都没有去想过要控制自己的情绪。您刚才的发怒其实已经告诉了我那个问题的答案了，当然，您依然可以不承认这一点。不过我们现在正在调查的并不仅仅是高格非精神病忽然发作的原因，而且还涉及他前妻的死因。我知道，您能够坐到现在这个位子也很不容易，而且一直以来还承受着巨大的风险，毕竟这个社会的诱惑太多了。好吧，今天我们就到这里，打搅了。"

说完俞莫寒便起身，同时递给了小冯一个眼神。小冯也站了起来，然后和俞莫寒一起走出了傅传伦的办公室。

俞莫寒最后说的那几句有如天马行空的话，让傅传伦感到心惊胆战，他本想叫住这两个人，但最终还是放弃了。

"他真的撒谎了？"到了医院的行政楼下面，小冯问道。

俞莫寒点头："他刚才的忽然发怒不仅仅是他手上的权力使然，更是因为内心的秘密被我点穿后试图掩饰恐慌的行为。他本来不应该出现那样的反应的，因为我前面的话已经表明了相信他但在怀疑高格非，然而他出现的这种反应恰恰说明了他们这个所谓的小圈子只不过是性贿赂的需要罢了。"

小冯问道:"也就是说,你觉得他们这个小圈子并不存在相互间乱搞男女关系的问题?"

俞莫寒想了想:"应该不会,刚才傅传伦说到他们每个人的家里人,有时候也会去参加他们的活动的时候神情非常自然,这说明他们之间的关系确实还算比较正常。说到底,这个小圈子里面的每个人都是最终的受益者,他们只不过是各取所需罢了。"说到这里,他看了看时间,"既然到了这里,我们就顺便再去拜访一下那位华主任吧。"

小冯问道:"为什么不直接去拜访那位护士?"

俞莫寒笑问道:"你是担心傅传伦会提前给其他的那几个人通气?这是肯定的,即使我们现在就去找到他们也来不及了,不就是一个电话的事情么。其实他们撒谎反倒是好事,一个谎言需要更多的谎言去弥补,这样反而会让他们露出更多的破绽。"

华勉开门的时候另一只手上的三颗核桃还不停地转动着,一身雪白麻棉唐装让华勉看上去很是精神。这哪里像是一个退休的老头?分明是一个精力旺盛的中年男嘛。俞莫寒看向他的眼神带着一种羡慕,歉意地道:"华主任,我们又来打扰您了。"

华勉倒是很客气:"没事没事,请进来坐吧。"随即就问道,"还是为了高格非的事情?"

俞莫寒点头:"是的,最近一段时间都在忙沈青青的事情,花费了不少的工夫才终于将她捉拿归案。"

华勉请他们坐下,问道:"沈青青是你找到的?"

旁边的小冯说道:"俞博士通过心理分析的方式最终寻找到了她的下落,而且还规劝她主动向警方自首了。"

小冯越来越默契了,俞莫寒暗暗赞赏,说道:"可是高格非的情况我们到现在为止还是没有搞清楚,而且他的背后还很可能涉及一起命案。华主任，我曾经以为您什么情况都不知道，只不过是故弄玄虚引起他人对您的重视。不过后来我发现自己很可能错了。试想，一个人经历过几任校长却能稳坐校办主任位子，这样的一个人怎么可能如此简单？您说是吧华主任？"

华勉对他后面的话恍若未闻，惊讶地问道："命案？高格非？"

俞莫寒点头道："是的，准确地讲是高格非前妻的死。"

华勉不住摆手："不可能，他前妻死的时候他正在上班，当时他就坐在我对面，当他听到妻子出事的那一瞬间，脸色一下子就苍白得可怕起来，而且全身都在发抖。那绝不是装出来的，这一点我完全可以肯定。"

俞莫寒点头道："我当然相信您所说的情况，不过我并没有说他就是凶手啊。华主任，您仔细回忆一下，高格非前妻出事的时候你们的那位滕校长究竟在什么地方呢？"

华勉霍然一惊，双眼瞪得大大的："你的意思是……"

俞莫寒看着他，脸上露出淡淡的笑意，神情恳切："麻烦您仔细回忆一下。"

华勉皱眉思索着："我记得……"这时候他一下子就停住了，对俞莫寒说道："即使他当时不在行政大楼里面，这也不能成为他与高格非前妻死亡有关的证据吧？"

俞莫寒心里一动，难道那个人当时真的不在？急忙说道："那就至少证明了我的推论是有着一定的依据的。"

华勉却摇头说道："你所说的依据并不是证据，不过就是反推出来的条件之一。这说明不了任何的问题。比如，当时还有好几个副校长都不在行政楼里面，有的在上课，有的在下面的学院检查工作，还有的在上门诊。"

俞莫寒点头道："您说得很对，那么，当时滕校长没有在行政楼的原因又是什么呢？"

华勉淡然说道:"时间太久了,我实在记不得了。"

俞莫寒看着他:"其实,您刚才已经告诉了我答案,难道不是吗?"

华勉的表情没有多大的变化:"那只是你的理解。"

俞莫寒笑了笑,问道:"华主任,虽然您这一生尊崇的是道家的无为与不争,践行的却是儒家所谓的中庸之道吧?"

华勉的眉毛一扬,说道:"要真正做到中庸这两个字也很不容易。"

俞莫寒看着他:"何谓中庸之道?"

华勉回看了他一眼,回答道:"中庸之为德也,其至矣乎。"

俞莫寒:"什么意思?"

华勉道:"中不偏,庸不易。指的是人生不偏离,不变换自己的目标和主张。讲的是持之以恒的重要性。还有就是要中正、平和,人需要保持中正平和,如果失去中正、平和,一定是喜、怒、哀、乐太过,治过怒唯有乐,治过喜莫过于礼,守礼的方法在于敬,只要保持一颗敬重或者敬畏的心,中正、平和就得以长存,人的健康就得以保障。此外,中指的是好的意思,庸同用,也就是中用的意思,意思是说人要拥有一技之长,做一个有用的人才。"

俞莫寒点头道:"您说得不错,不过在我看来,您对'中庸'二字的理解似乎格局也太小了些。"

华勉的目光一亮,看着他:"哦?"

俞莫寒微微一笑,说道:"在我看来,孔圣人所谓的中庸似乎还应该有更深层次的意思,一是要慎独自修,二是要忠恕宽容,三是要至诚尽性。而不是一味地和稀泥、明哲保身。华主任,您觉得呢?"

华勉耸然动容,随即长叹了一声,说道:"小俞,你确实是一个非常优秀的年轻人。不过我这辈子也就只有这样的格局,对此早已认命。俗话说，知足常乐，我这一辈子都是那样在行事，恐怕是改不过来了。"

俞莫寒在心里暗叹，问道："华主任，您对傅传伦这个人怎么看？"

华勉愣了一下，回答道："如今的知识分子大多追求名利，不思好好去做学问，却偏偏对当官这样的事情非常感兴趣。傅传伦本可以成为国内一流的心脏外科专家，最终却被俗事所误，实在可惜啊。"

俞莫寒道："如今不都是这样吗？真正能够静下心来做学问的人又有几个呢？"

华勉感叹道："是啊是啊，社会太浮躁，诱惑也太多，所以真正的大师也就越来越少。大学里面的情况也是如此，做教师的一门心思都在当官上面，而专职的行政人员却上升无望。"

俞莫寒问道："这其实也是您最终没有能够再上一层楼的根本原因吧？"

华勉道："一切都是天命，世事如此，我等凡人也就只能认命。"

俞莫寒又问道："对于高格非的那个小圈子，您又如何评价呢？"

华勉淡然说道："德不配位，即使通过一些歪门邪道上了位，最终也不可能在那样的位子上待得太久。"

俞莫寒看着他："您所说的不仅仅是高格非，还包括傅传伦是不是？"

华勉摆手说道："我可没有那样讲，因事论事而已。"

和这样的人说话还真是累，俞莫寒深知已无再继续下去的必要，起身告辞。

从华勉家里出来的时候已经临近中午，天空中的太阳正处于直射状态，明晃晃的阳光十分耀眼，俞莫寒用手在额前搭着阳棚朝天空中看去,问小冯道:"你知道古代斩首犯人的时候为什么要选择在午时三刻吗?"

小冯道:"据说是因为午时三刻时的阳气最重,犯人被砍头后不会变成厉鬼。"

俞莫寒却摇头说道:"你只是说对了一半,午时三刻时的阳气确实最重,但人体的阳气在这个时候却是最弱。这就是中午喝酒难受、午睡是一种养生好习惯的原因。道家学说认为,人与宇宙是一种和谐共生的关系,也就是人们常说的损有余而补不足。这位华主任虽然懂得养生之道,却将那一套用在了为人处世和工作上面,格局实在是太小了些。"

小冯问道:"那你觉得什么才是大格局?"

俞莫寒笑了笑,回答道:"修身、齐家、治国、平天下。这句话的意思是说,一个人首先要做好自己,在这个基础之上管理好家庭,与此同时还要心怀天下苍生,而不是让每个人今后都去做大官管理国家。比如我们做医生的,首先就是要有医德,救死扶伤,解除更多病人的痛苦,要天下无病才是医者的最大梦想。你们警察也一样,个人要有正义感,以百姓安居乐业为己任,最终实现天下无罪才应该是你们的终极目标。"

小冯顿时一凛:"俞医生,你说得太好了。"

俞莫寒朝他摆了摆手:"心有感悟,随便说说而已。走吧,我们去外边吃点儿东西,然后去拜访那位袁总编。"

小冯诧异地问道:"不顺道去拜访那位传说中的漂亮护士长了?"

俞莫寒道:"现在去拜访她有意义吗?说不定他们早就准备好了说辞。他们以为我们接下来就会一一去找他们问话,我们却偏偏要把他们晾在一边。从心理学的角度来讲,只有这样才能够始终占据主动权,不至于被他人牵着鼻子走。现在我们所面临的问题是,我们必须尽快确定高格非究竟是否患有那样的疾病,如果确实如此,那么这几个人的攻守同盟也就因此而不攻自破。"

小冯问道："既然如此，我们是否可以通过某种渠道散发高格非患病的相关消息？"

俞莫寒想了想，摇头说道："如果是在电影或电视剧里面的话，我们可是正面人物，最好不要采用阴谋，应该堂堂正正、阳谋先行为好。"

小冯思索了一小会儿后问道："什么才是阳谋呢？"

俞莫寒笑着回答道："比如生意就是最常见的阳谋——我们明明知道人家是低价进货高价卖出，却认为是理所当然。再比如围魏救赵，无论是攻敌必救还是围点打援，这都是阳谋。"

小冯顿时明白了，感叹着说道："俞医生，你说得很对。可是你看看那个华主任，他明明知道一些情况却就是不愿意讲出来，说的话也都是云里雾里的让人心烦。"

俞莫寒笑道："他这一辈子习惯了那样说话做事，说不定还因此自鸣得意。我感觉得到，刚才我说他的格局小之后他似乎有了些醒悟。不过人家已经是退休的人了，如今追求的是身体健康和长寿，想要让他有所改变几乎不大可能。即便如此，他其实也给予了我们一些有用的信息，至少到目前为止我们还不能推翻以前的推论。"

"倒也是。"小冯点头，随即上车给一位刑警支队的同事打了一个电话后对俞莫寒说道，"那位袁总编的办公室距离这里不远，需不需要我提前给他打个电话？"

俞莫寒道："先联系一下吧，免得我们白跑一趟。"

袁总编的办公室竟然在一个小区里面，两室一厅的商品房，客厅办公，一个房间存放期刊书籍，另一个房间是他的休息室。里面也不见有其他的工作人员，给人的感觉更像是一家皮包公司。

袁总编四十岁左右，中等身材，略显消瘦，面色黧黑，目光浑浊。简单说明了来意后俞莫寒打量了一下四周，问道："这里好像就你一个人在上班？"

袁总编指了指天花板，说道："编制里面倒是有几个人，不过都是上面的亲属，真正在这里上班的就我一个。"

此人还真是与众不同，竟然连这样的话都敢对陌生人讲。俞莫寒问道："一个人干多个人的活儿，难道你就没有意见？"

袁总编道："没意见，没意见。工资是上面在开，我又不用给他们奖金，这个地方的效益都是我一个人的，皆大欢喜。"

原来如此。俞莫寒微微一笑，又问道："你这里的效益看起来还很不错，是吧？"

袁总编咧嘴笑道："还算不错，毕竟需求的人多。对了，你也是医生？今后如果有这方面需要也可以来找我。"

俞莫寒倒是对这件事情有些感兴趣，问道："你们是如何操作的？费用大概需要多少？"

袁总编被他的话搔到了痒点，兴致勃勃地道："如果论文的质量达到了要求，那就直接刊登出来，发表费也很便宜，一千块左右吧。但这样的情况很少，很多人的文章连狗屁都不如，我们就得找有关的专家进行修改，根据需要修改的程度进行收费，几千块到几万块不等。"

俞莫寒很是惊讶：很多人都说如今的学术很腐败，却没有想到会腐败到这样的程度。这不是明目张胆地弄虚作假吗？他皱了皱眉，问道："这样的事情难道从来都没有人管过？"

袁总编将手一挥："只要论文达到了国家一级刊物刊登的标准，又没有人举报抄袭，谁会管？如今不都是这样的么，职称评定的标准就摆在那里，符合条件就可以了。"

这一刻，俞莫寒的心里顿时生起一股难以抑制的悲哀：如此下去，长此以往，医学如何能够得到真正的发展？想到那些衣冠楚楚、名片上标以各种职衔的专家,他忽然感到一阵阵的恶心。这一刻,他也完全明白了眼前的这位为何如此的肆无忌惮——这一切其实只不过是公开的秘密,大家早已见怪不怪。

"其实那位华主任早就看到了问题的本质,原来可笑的那个人是我自己。"俞莫寒顿时对这件事情没有了任何的兴趣,正准备直接询问有关高格非的事情,却听袁总编继续兴致勃勃地说道:"其实这些都不算什么,毕竟那些申报副高以上职称的医生大多还是有丰富的临床经验的,即使通过这样的方式评上了职称也没有人多说什么。最可笑的是医科大学里面的那些行政人员,他们拿来一份工作总结就要我们改成高质量的论文,真是让人哭笑不得。"

俞莫寒心里一动,问道:"那么,像这样的文章你们改吗?"

袁总编道:"人家愿意给钱,我们为什么不改?"

俞莫寒又问道:"医科大学里面的行政人员很有钱?"

袁总编道:"行政人员申请副高以上职称的基本上都是正处级以上,都有签字报账权,你以为他们会自己出这笔钱?"

俞莫寒暗自嗟叹,紧接着问道:"高格非为了这样的事情来找过你没有?"

袁总编摇头道:"没有,这家伙一向自视清高,他发表的文章可是实打实自己写的。"

一向自视清高?那只不过是他的一种表象,准确地讲是自卑使然,不过从人们对他的评价上看,高格非此人还是比较有文采的。俞莫寒心里想着,又问道:"你与他的交往多吗?"

袁总编摇头道:"很少,主要是我怕他。和他第一次喝酒就被他灌得住了院,后来我见到他就绕道走,别人请我吃饭的时候只要听说有他在,我就马上找借口不参加。"

这时候俞莫寒忽然想起傅传伦所讲的那个场景,不禁暗暗好笑,又问道:"所以,你一直都不喜欢这个人?"

袁总编摇头道："不存在这个问题，主要是我喝酒怕他。在那以前，只要是我出那一招就没有不服的，而且每一次的酒局也都就此圆满结束，想不到那家伙会反过来搞我那么一下……"

这时候坐在一旁的小冯不禁笑了起来，说道："其实那天晚上高格非也醉得一塌糊涂，难道你不知道？"

袁总编愕然："真的？我就说嘛，他哪来那么大的酒量？听了你这话我总算可以消除多年来的心理阴影了。可惜啊，此人如今出了那样的事情，今后想要找他报仇的机会估计不会再有了。"

俞莫寒指了指他的脸："袁总编，我看你的脸色和眼睛，不但可能患有胃溃疡而且肝功能似乎也不大好，还是尽量少喝酒吧。"

袁总编苦笑："人家请我，不喝怎么可以？"

俞莫寒不以为然："主要还是你自己想喝。你和你老婆的关系不大好，还是你们两地分居？"

袁总编叹息："离了，以前穷，她看不起我。"

俞莫寒觉得有些奇怪："现在你应该比较成功了啊，而且还认识医院里面那么多的人，找个护士做老婆应该没什么问题吧？"

袁总编不住摆手："不找了，不找了，太麻烦，太累。"

这也是一个曾经受到巨大情感挫折从此自暴自弃的人，所以才长时间用酒精去麻醉自己。不过此人这些年来经常与医科大学和医院里面的人接触，想来对高格非和滕奇龙的情况所知甚多。俞莫寒在心里叹息着，又问道："你了解高格非这个人吗？"

袁总编道："他刚刚工作的时候一直受排挤，郁闷了很多年。后来滕奇龙来了，他才由此飞黄腾达。这个人的能力是有的，而且为人也比较仗义，不过给人的感觉比较阴。我不喜欢和他在一起，不仅仅是喝酒怕他。"

"阴？什么意思？"俞莫寒问道。

"我也说不清楚，就是一种感觉。"袁总编回答道。

"是不是睚眦必报？"俞莫寒继续问道。

袁总编摇头："也不完全是那样，就是觉得他看人时候的眼神阴阴的，就好像……好像是被毒蛇盯住了的那种感觉。"

俞莫寒顿时就笑了起来，问道："这样的感觉是你一个人有呢还是其他的人也是如此？"

袁总编道："可能就我是这样的感觉吧，倒是没听到别人说起过，不知道是不是那次喝酒后的心理阴影造成的。"

俞莫寒笑了笑，继续问道："对于他忽然精神分裂发作的事情，你怎么看？"

袁总编道："假的吧？这个人很有办法的。"

俞莫寒摇头道："是真的，因为我就是当时司法鉴定小组的成员之一。他没有在这件事情上作假，这一点我完全可以肯定。"

袁总编恍然大悟的样子："俞医生，原来你就是那个俞莫寒啊。你看我这脑子，我就说看你的时候有些眼熟呢。他真的是精神分裂症？"

俞莫寒非常慎重地点头："是真的，不过是一次性的，所以我后来一直在调查他的发病根源。"

袁总编道："那就奇怪了，他还不到四十岁就做了专科学校的校长，还有什么不满意的？"

俞莫寒又问道："据你所知，高格非这个人在男女关系问题上是不是有不大检点的地方？"

袁总编顿时就笑了，指了指附属医院所在的方向说道："医院里面的离婚率是最高的，医科大学里面的情况稍微好一些。学医的人把有些事情看得很平常，特别是在男女关系的问题上。"

准确地讲，俞莫寒本身就是学医出身的，他可不赞同袁总编的这个说法。人是社会动物，一个时代的人对某件事情的认识基本上差不多，这其中也包括对性的态度，不能因为职业将他们归于某一类特别的人。相对来讲，医生的离婚率确实是偏高，这主要和压力与诱惑有关，而其中的根源还是因为做妻子或者做丈夫的对自己的配偶关心太少。当然，俞莫寒不可能在这样的问题上去和对方纠缠，说道："我说的是高格非。"

袁总编道："我说的就是他啊，他们那个小团伙经常在一起吃吃喝喝、到处玩耍，没有问题才怪。还有就是，听说傅传伦还给他介绍过不少漂亮的女医药代表。"

俞莫寒看着他："这些事情究竟是你听说呢还是有明确的对象？"

袁总编道："虽然只是听说，但像这样的事情总不会是无中生有，你们说是不是？"

果然只是猜测。俞莫寒在心里面暗叹，又问道："对于滕奇龙，你了解多少？"

袁总编急忙摆手道："今天我已经说得太多了，人家可是医科大学的校长，不可以随便去议论的。"

俞莫寒笑道："我还以为你是一个什么都敢说的人呢，想不到还是会顾忌到有些事情和某些人。"

袁总编有些尴尬，说道："我和医科大学及附属医院的人接触比较多，听到的八卦当然不少。不过很多事情都只不过是传言罢了，不能拿出来随便讲的。"

俞莫寒鼓励道："如今是什么时代了？言论自由，你姑且随便讲讲，我们也就随意听听。"

袁总编依然不停摆手："不能随便讲，我会因此丢掉饭碗的。"

俞莫寒似乎有些明白了，问道："滕奇龙和你的上级关系不错？"

袁总编道："岂止是不错？不说这个了，不说了。有些事情你们还是去问医科大学里面的人吧。对了，你们去问沈明德教授，他可是一位老愤青，长期以来在医科大学里面格格不入，他知道的情况多。"

他这是在将麻烦转移出去,由此看来此人也不是那么完全口无遮拦,实际上心计很深。不过对此俞莫寒也没办法,只好和小冯一起告辞了出来。

"这个人很有意思。"到了外面后,小冯笑着对俞莫寒说道。

俞莫寒也笑,说道:"这是一个标准的现实主义者。一本小小的医学杂志在他的手里被他玩得出神入化,这也是一个了不起的人才。"说到这里,他不禁长长叹息了一声,"想不到学术腐败到了这样的程度,学者教授满天飞,真不知道其中名副其实的究竟有多少。大学啊,一直以来我心中的象牙塔呀,如今怎么变成这个样子了?"

小冯道:"也许这只是特例。"

俞莫寒郁郁地道:"但愿如此吧。"

第五章
另类教授

高格非接到滕奇龙电话的时候正陪着父母在伊犁的牧区旅游。一望无际的大草原天高云淡，满眼碧绿，即使面对这样的美景他的心境也难以变得真正舒畅起来，不过依然强颜欢笑陪着父母说话、拍照。这一次出来，高格非对父母的照顾非常细致，甚至在每天的行程结束后还亲自给父母洗脚、按摩。

然而高格非的父母并没有因此而感到不安，在他们看来，儿子出了那么大的事情，如今没有了官位也就几乎失去了所有的一切，所以才会像孩子一般对父母更加依恋。对于做父母的来讲，他们又何尝不是尽心尽力在陪着儿子出来散心？

高格非看着手机上的电话号码眉头顿时皱了一下。这次出来旅游，他没有再使用以前的那个电话号码，不过警方告诉他说必须要随时保持电话的畅通，一旦案情出现反复他就得马上赶回去。滕奇龙竟然能够通过警方内部的关系搞到这个新号码，此人确实神通广大。然而高格非却不想破坏了这一段时间来难得的内心宁静，他甚至对滕奇龙在这种情况下还给自己打电话的行为深感厌恶。他没有接听，直接挂断了。

可是不多一会儿，手机的短信提示音就响了起来，高格非只好拿出手机。短信果然还是滕奇龙发来的：事情紧急，请马上回电话。

究竟发生了什么事情？难道他不知道我的电话很可能已经被警方监控？高格非用短信回复了过去：我们之间的事情已经彻底了结，此后互不相欠，请你不要再来烦我好不好？

滕奇龙看到对方回复的短信后顿时就笑了起来：你担心电话已经被警方监控，由此看来你还是很在意和害怕有些东西啊。这样就好，这样你就不会对这件事情置之不理了。他马上又写了一条信息：那个叫俞莫寒的精神病医生最近和警方一起在调查你前妻的死因，而且目标有针对我的意思，这件事情你得回来向警方和你前岳父讲清楚。他仔细看了一遍，觉得没什么问题，这才点下了发送键。

高格非看了这条短信后顿时就明白了对方文字中所包含的深意，冷哼了一声，心道：即使我要回去也得让你着急两天，这个世界上哪来那么容易的事情？

他删除了手机上刚才出现的所有短信，将手机放回到衣兜里，过去对父亲和母亲说道："走，我们去骑马。"

滕奇龙等了许久却一直没有等到高格非的回复，开始的时候还心烦意乱地数次去看手机，不过后来他就明白了：高格非这是在和自己置气。高格非并不尊重他，甚至还比较厌恶他，其实他对高格非又何尝不是如此？如今滕奇龙对自己当初对待下级的态度后悔不已——下级其实就如同女人，近之则不逊，远之则生怨。然而现在一切都晚了，只怪自己当初新官上任心里飘飘然，由此酿下了如今的恶果。

可是滕奇龙并不敢赌这一把，他身居高校校长的位子，而高格非如今却已经几乎是一无所有，怕就怕对方破罐子破摔并趁机把他拉下马来。滕奇龙的思绪越来越烦乱,想了想,又给对方发去了一条短信:你有什么要求就直接说。

父母年龄大了,受不了马上的颠簸,便让牧民牵着缰绳慢慢行走在如地毯般柔软的绿色草原上。骑在马上的高格非觉得天空距离自己更近了些,不知道人生尽头后的那个世界是什么样的,应该比眼前的这一切都美吧?抑或是传说中无尽恐怖的黑暗?

多年前从老家楼上的那一跳,当时自己确实没有害怕,只有决绝,而事后却是懊悔自己选择跳下的地方不够高,以及来自肉体的那种难以忍受的疼痛。从那以后,当他遭遇到其他类型疼痛的时候也就觉得根本算不上什么了。有一次胳膊上生了疮,他用手挤破后用水冲洗,还将整个疮面全部用指甲清除掉,然后直接撒上一些青霉素的粉末。一点儿都不痛,反而让他觉得有些兴奋。而此时此刻,他却不得不承认自己有些害怕。

手机短信的提示音又响了,高格非皱着眉头拿出手机看了看,嘴角处微微翘起:我怎么没有想到?我不在了,父母还得有质量地生活下去,还有那个可怜的女人。不过不能要得太多,否则就很难脱身而去。

他骑在马上,扶着马背,另一只手很快就在手机上摁下了一行字:两百万,今天送到我家里。

很快,手机屏幕上就出现了一个醒目的"好"字。高格非笑了,他知道,像滕奇龙那样的人根本就不用去银行,说不定他家的床底下所藏的就远远不止两百万现金。高格非侧身对父母说道:"我们得回去了,就今天晚上。"

父亲诧异地问道:"有急事?"

高格非笑道:"我忽然想起以前的一笔投资马上就要到期了,所以必须要赶回去交割。"

高格非做事非常干脆,直接就带着父母去了伊宁机场,他根本就不担心滕奇龙反悔。这一趟出来的时间虽然不长，不过该去的地方都差不多去过了。本来准备乘坐飞机去西安，然后北上到京城，如今整个计划只能临时改变。回去后就陪着父母回老家，叶落归根。人生不就是如此么，赤条条地来，然后赤条条地去，最终归于黄土，只不过每个人在这个世界上所待的时间有长有短，所以经历的事情不一样罢了。想想古时候的人平均年龄也就三十来岁，无数的人年纪轻轻就死于饥荒、战争、疾病。这样一想，自己的人生也就没有什么遗憾的了。

这次出来的每一天，高格非时刻都思考着类似的问题，他不住地在心里和自己对话，试图以此去战胜内心深处的恐惧……当然，这样的方式确实很有作用。发明自我心理暗示的那位心理学家实在是非常伟大。

临上飞机前高格非还是给妻子打了个电话，而此时席美娟正因放在面前的那只皮箱感到心惊胆战，不知道是不是应该将此事报告给警方。高格非担心的正是这个，在电话里面对妻子说道："里面有两百万，你拿出一半放在家里，不要去存银行。剩下的给我留着，我另有用处。"

妻子顿时放心了，高格非赚钱的本事她是知道的。

俞莫寒又一次来到医科大学的教师所住的小区，也许是因为正值暑假，四周一片宁静。上次来这里的时候俞莫寒就已经注意到，小区三楼以下的住户都安装了防盗网，这究竟是因为小偷曾经频繁光顾此地，还是住在这里的人们心里缺乏安全感呢？

来之前小冯已经让人查到了沈明德的相关资料：国家一级教授，国内知名病理学专家，中国科学院院士提名人，曾留学英国，获病理学博士，回国后就一直在医科大学任教。妻子是省气象局的高级工程师，儿子已经获得美国绿卡并娶妻生子，目前是华盛顿某医院的一名外科医生。

"沈教授正好在，他们夫妻俩前两天刚刚从美国回来。"小冯最后补充道。

俞莫寒点头，若有所思地说了一句："哦，要开学了。"

小冯问道："什么意思？"

俞莫寒道："就是字面上的意思。要开学了，该回来的都要回来的，一切照旧，如此周而复始。对于有些人来讲，他们这辈子的生活就是如此，只不过是另外一种形态的行尸走肉。"

小冯仔细一想，不禁寒战了一下。

两个人说话间就到了沈明德的家门口处。这栋楼房就在副校长潘友年家的后面，两栋楼房看上去一模一样。来开门的是一位三十多岁的女人，从模样和穿着上看应该是保姆。

"我是俞莫寒医生，特地来拜访沈明德教授，沈教授在家吗？"俞莫寒对眼前这位保姆模样的女人说道。

保姆模样的女人急忙道："在，在的。"

估计是平日里前来拜访这位沈教授的人不多，更何况他没有任何官位，所以才会如此毫无阻碍。

两个人刚刚在客厅坐下，沈明德就从里面出来了。眼前的这位病理学专家个子有些高，戴着一副深色光片的眼镜，面色红润，白发如银，没有一根杂色，甚至连眉毛都是白色的。他见俞莫寒和小冯都惊讶地盯着自己看，笑着说道："白化病，遗传性疾病。"他摘下眼镜，俞莫寒发现他的瞳孔是淡粉红色的，双目微微眯缝着，那是色素缺乏造成的畏光。

沈明德的目光看向了俞莫寒："我听说过你。"

俞莫寒苦笑："看来我还真是臭名远扬了。"

沈明德哈哈一笑，随即问道："高格非真的是精神病？"

俞莫寒心里一动，问道："您为什么会怀疑这件事情？"

沈明德并没有回答这个问题,目光一直盯着他:"我看你长得清清爽爽,目光清澈,不像是什么坏人,为什么要替高格非弄虚作假?"

俞莫寒将目光迎视着他,问道:"沈教授,您这一生所追求的是什么呢?"

沈明德愣了一下,回答道:"科学与真理。"

此人的性格果然有些特别。俞莫寒继续问道:"追求科学与真理的态度是什么?"

沈明德似乎明白了,问道:"难道高格非真的是突发性精神病?"

俞莫寒点头道:"沈教授,我也是一名医学方面的从业者,我也追求科学与真理,所以从来都秉承着实事求是的态度去面对自己遇到的每一个问题。关于高格非的医学鉴定过程我并不想向您详细讲述,但我可以用自己的人格担保,不但整个过程符合程序而且结论非常明确。不过我倒是觉得有些奇怪,您好像对高格非这个人存在某些偏见?"

沈明德摇头道:"不是偏见,而是这个人本来就不怎么样。"

俞莫寒看着他:"哦?那您具体说说。"

沈明德问道:"你们今天来找我的目的是什么?"

俞莫寒回答道:"我想搞清楚高格非忽然精神分裂的根源究竟是什么。"

沈明德指了指小冯:"他可是警察,为什么会和你一起?事情恐怕不是那么简单吧?"

俞莫寒只好实话实说:"警方怀疑高格非前妻的死另有原因。"

沈明德满脸惊讶:"原来如此。那么,你们为什么来找我?"

俞莫寒笑道:"有人告诉我说,您在医科大学比较另类。按照我的理解,所谓的另类其实就是当权者的对立面,而对立面说出的话当然相对要客观一些。"

沈明德愕然，转瞬便勃然大怒："这话是谁说的？我另类？我哪点另类了？"

俞莫寒呵呵笑着说道："众人皆醉我独醒，难道您不就是这样的另类吗？"

沈明德转而大喜："听你这样一说，倒也好像还真是那么回事。"

俞莫寒暗暗觉得好笑，继续说道："我是研究精神病和心理学的，一般来讲，无论在一个群体还是一个单位里面，大多数人都是处于盲从的状态，甚至盲从到没有了自我，而您却不一样，不但特立独行，而且还敢于发出不同的声音。"

沈明德很是高兴，说道："我就是看不惯他们乱搞，好好的一所大学被那些人搞得乌七八糟，简直是岂有此理！"

俞莫寒问道："他们究竟是如何乱搞的？又乌七八糟到了什么样的程度？"

沈明德摆手道："一言难尽……总而言之就是搞一言堂，什么事情都是一个人说了算。一直都是如此，换了人依然是这样。好像他什么都懂，面对什么事情都是专家，结果搞出来的事情都成了四不像。"

俞莫寒很有耐心："您能不能说得更具体一些？"

沈明德道："学校的每一任校长都像饿狼一样，一上任就搞基本建设，要么把以前的房子全部拆掉重新修，要么直接盖新的，前面的把钱花完了，赚足了，后面来的就把刚刚修好不久、装修得好好的房子重新装修一遍，将足球场的草挖掉换成塑胶的，到处买名贵树种来移栽，如此等等，总之就是想尽一切办法做项目从中渔利。大学城新校区投资数十个亿，无论是风格设计还是功能定位都是一个人说了算，结果修出来的新校园奇丑无比，有一位副处长对此提出批评，结果第二天就被免职了。我可不怕，我到处骂，可是骂了又有什么用？钱已经花出去了，一切都已无法改变。"

他越说越激动，到后来变成了深深的叹息。俞莫寒也觉得心里堵得慌，问道："您的身份与众不同，可以向上面反映啊！"

沈明德摆手："早就反映过了，没用。大家都知道那些人在从中渔利但是没有任何证据，如果不是因为我的身份特殊，可能早就被他们踢出这所学校了。"

俞莫寒看着他："既然如此，您为什么不主动离开？"

沈明德叹息着说道："我在这里已经几十年了，周围的人都熟悉，也习惯了这里的气候，更何况到了别的地方也可能依然如故。还有就是，我离开了谁还敢站出来说反对的话？有我在，他们至少还不敢太过明目张胆。"

这时候俞莫寒忽然想起一件事情来，问道："其实您对这一切已经非常失望了，所以才把自己的孩子送到了国外？"

沈明德再次叹息："他也是搞学术的，国内的学术氛围太糟糕了，年轻人比较浮躁，喜欢走捷径，我可不希望他也这样。当然，这和是否爱国没有一丁点儿的关系。"

俞莫寒忽然想到了自己，问道："难道这一切都已经无法改变了吗？"

沈明德的手一下子捏紧了："会改变的，一定会改变的，只是还不到时候罢了。我就不相信上面的人看不到这样的现状，更不相信他们会容忍这样的状况继续下去。国家的教育和科研经费啊，那可是纳税人的钱……所以，我一定要留下来，一定要等着看到那一天的到来。"

俞莫寒点头，心里觉得稍微好受了些，又问道："我听说学校里的人习惯于相互告状，是这样的吗？"

沈明德又激动了起来："奴性，到处都充满着奴性！包括你说的那个高格非，简直就是校长的奴才！"他喝了一口水，情绪稍微平静了些，叹息着说道，"这个人以前还是很不错的，敢说话。我还找他聊过，叫他不要怕，想不到他最终竟沦为校长的奴才。"

俞莫寒道："他和您可不一样，您可是有特殊身份加持的。"

沈明德摆手道："这只是一个方面，最关键的还是他自身的改变。其实他骨子里还是追求权力和地位的，特别是在经受了多年的挫折之后，一旦尝到了权力的滋味就再也难以自拔了。"

俞莫寒有些明白了："其实您痛恨他的原因就是因为怒其不争？"

沈明德摇头道："不，我并不痛恨他，只是厌恶他，因为我发现自己以前看错了人，这个人说到底还是一个奴才，他的骨子里面充满着奴性，只不过那时候他的奴性还没有表现出来罢了。"

俞莫寒道："可是，如果他不改变的话，结局就很可能是永远的不如意。"

沈明德正色道："宁可直中取，不可曲中求。有脊梁的中国知识分子已经所剩无几，像高格非之流即使最终身居高位，在我的眼里也只不过是人渣，是垃圾。这样的话不是我现在才说，当时高格非的任命刚刚下来的时候我就在公共场合说过。"

他果然非常的另类。俞莫寒顿时肃然起敬，问道："您如何评价滕奇龙这个人？"

沈明德道："看上去道貌凛然，实则是一个自以为是、不学无术的官僚，更是一个贪得无厌、卑鄙下流的流氓。所以，我将此人归纳为衣冠禽兽。"

当面一套、背后一套，也就是医学意义之外的精神分裂。沈明德对滕奇龙的评价让俞莫寒浑身一震："真是如此？！"

沈明德此时却变得平静了许多，点头道："此人到了医科大学任职后，很快就利用自己手上的权力获取了正高级职称，更可笑的是还因此成为博士生导师。据说他的论文都是找人代笔的，职称考试也请了枪手。"

俞莫寒皱眉问道："那他教授的专业是什么呢？"

沈明德嗤之以鼻地道："当然就只有卫生管理了。他在省卫生厅任职多年，这个方面倒是有些经验，不过博导……嘿嘿！这简直就是滑天下之大稽！"

俞莫寒哂然一笑，问道："据说这样的情况在你们学校还比较普遍？"

沈明德指了指学校行政楼的方向："那里面的处级干部哪个不是硕导？全部是卫生管理专业的硕导！那些人连论文的格式都搞不清楚，拿着一篇工作总结去找人改成管理方面的论文发表，简直是骇人听闻……更让人感到可笑的是，这些人的名片上还堂而皇之地印着硕导、博导的名衔，恬不知耻到这样的地步不以为耻反以为荣。每每想到自己竟然与那样的一些人为伍，我、我真是深以为耻、深以为耻啊……"

俞莫寒暗暗叹息着，又问道："那么，这些人能够招收到学生吗？"

"趋之若鹜！"沈明德再一次激动起来，"能够成为他们的学生也就意味着未来比较好的就业，因为那些人的手上掌握着权力。每年报考滕奇龙的硕士和博士生的人尤其多，特别是学校里的那些年轻行政人员，其中的原因当然是不言自明。可惜的是学校里的那些年轻漂亮的女孩子，成了他的学生之后……"

虽然他后面的话没有讲完但俞莫寒已经明白了其中的意思，问道："这样的事情是传言还是有证据？"

沈明德满脸鄙夷地道："他和自己的学生乱搞，被女方的老公在酒店里面抓了个现行，据说后来还是花了一笔钱才抹平了这件事情。"

俞莫寒道："结果还是传言。"

沈明德不以为然地道："无风不起浪，像这样的事情岂会有假？"

不管怎么说，传言就只能是传言，最终的结果都不会因此动摇滕奇龙的地位半分。由此可见,滕奇龙此人确实能量不小。想到这里,俞莫寒接着问道:"还有呢?"

沈明德道:"此人在我们学校简直就是一个土皇帝……其实他的前任们也都差不多,总而言之就是坏透了。"

俞莫寒倒是对这个问题比较感兴趣,问道:"这里其实存在着一个问题,难道是上面选人的机制出了问题?不见得是这样吧?"

沈明德反问道:"那你认为问题究竟出在了什么地方?"

俞莫寒看了小冯一眼,因为他们两个人以前探讨过这个问题。俞莫寒道:"我觉得一方面是权力不受约束,另一方面是下面的人过于奴性,或阿谀逢迎,或主动以金钱美色投其所好,其目的当然是从中获取利益,而这样的结果就让少数人更加内心膨胀,于是更加肆无忌惮,由此形成了恶性循环。"

沈明德猛地一拍沙发,道:"就是这个道理!"

俞莫寒笑了笑,道:"我们还是回到高格非的话题上来吧,沈教授,您觉得他忽然精神病发作的根源究竟是什么呢?"

沈明德道:"一直以来我都认为他的精神病是假的,所以也就从来没有认真思考过这个问题。不过现在想来这件事情确实有些奇怪……小俞,你如今得出的结论是什么?"

俞莫寒哭笑不得,心想你怎么反而将这个问题问到我这里来了,笑了笑说道:"我这不是正在调查之中吗?"

沈明德也不禁笑了,又问道:"你前面说到有关他前妻的死,这又究竟是怎么回事?"

对于这件事情俞莫寒倒觉得不需要太过保密,说不定眼前这位知道了情况后还能够从中起到一些作用,比如通过他的传播进一步加大滕奇龙的心理压力。于是俞莫寒就将情况大致讲了一下,沈明德听完后皱眉自言自语道:"那,究竟是谁干的呢?"

俞莫寒问道:"您觉得会不会是那个卑鄙下流的滕奇龙?"

沈明德一下子就瞪大了眼睛："不会吧？嗯，倒也可能。"

"还是一无所获。"从沈明德家里出来后小冯郁郁地对俞莫寒说了一句。

俞莫寒思索了一会儿后说道："我总觉得好像漏掉了些什么，也许，高格非就要回来了。"

小冯觉得他的思维太过跳跃，不过却因此想到了一种可能："据我所知，艾滋病主要是发生于吸毒和同性恋群体。俞医生，你说这个高格非会不会……"

其实俞莫寒思考过这个问题，摇头道："首先他不可能是吸毒人员，这次他在看守所里面待了那么多天也不曾有过毒瘾发作的表现。至于同性恋嘛，据宁夏讲，在这件事发生之前，高格非一直与她保持着联系，由此看来高格非的性取向应该不存在什么问题。"

小冯点头，不过却又问了一句："那他会不会是双性恋呢？"

俞莫寒怔了一下，道："你的这个想法很有意思，不过我心里面老是觉得好像错过了什么，可就是一时间想不起来。"这时候他的手机忽然响了起来，急忙拿出来一看，笑着说道，"刚才还在说她呢，想不到她这就打电话来了，还真是说曹操曹操就到啊。"

电话是宁夏打来的："俞医生，你现在有空吗？"

俞莫寒问道："你有什么事情吗？"

宁夏说道："高格非给我发了一条短信，说最近两天想见我一面。我想了一下，觉得还是应该告诉你一声。"

俞莫寒心里面一沉，心想幸好你告诉了我这件事情，否则你很可能将万劫不复，急忙道："你说个地方，我马上就过来。"

第六章
美丽女士的经历

对于"说曹操曹操就到"这种现象,很多人认为这只不过是一种巧合,或者将其归结于人类的第六感,也就是人们常说的心灵感应。俞莫寒当然不会这样认为,因为荣格早就对此有过明确的解释。

因果关系,是我们平常的思维定式,也就是说,一件事的发生是有原因和结果的。而荣格采用"共时性"来描述这种心理状态与客观事件间的非因果关系:共时性原则就是非因果关系的,是无因无果,是一种平行的关系,其决定性因素来自个人的主观经验,而并不只是巧合——各种事件以意味深长的方式联系着,包括内心世界与外部世界之间、无形与有形之间、精神世界与物质世界之间等。

换一句话讲,客观的诸事件彼此之间,以及它们与观察者主观的心理状态之间存在着一种特殊的互相依存的关系。因此荣格认为:这种事件往往是观察者对观察对象有着强烈的参与情感,而且是在没有自我意识介入的情况下才可能发生。

事实上,我们每个人的日常生活中都会发生众多共时性事件。

它是时空的"契合",并不会偏爱某个人,它的发生率取决于个人的主观经验。只有当个体意识到它们的存在并能够识别它们的时候,共时性的意义才会呈现,而更多的人会如同做梦一般,并没有特别去关注它们,它们也就相当于从未出现过。

所有我们过分担心或害怕发生的事件,其发生的概率就会变得越来越高;而所有我们坚定相信并为之努力的事件,其发生的概率也会变得越来越高。因此,共时性原则就是,看似巧合的状态里展现了个体心灵无意识状态下所隐藏着的巨大能量。

这同时也是荣格对"心诚则灵"的心理学解说——你所看到的世界,其实就是你内心里面的样子。

也就是说,其实在俞莫寒的内心深处早就意识到高格非很可能会向宁夏提出见最后一面的请求,只不过在此之前这样的想法并没有在俞莫寒意识中显现出来罢了。

高格非是男人,没有得到的永远都是最好的。与此同时,没有得到的也会因此成为他内心深处永远的遗憾。因此,得到她,最终征服她,这就成为高格非最大的心理动因。当然,这其中还应该存在报复社会的可怕心理。

必须阻止他!俞莫寒在心里如此告诉自己。

与宁夏约定的地方还是上次的那家咖啡厅,俞莫寒想了想没有让小冯一起去。宁夏给他打这个电话是因为信任他,如果有其他人在场,很可能会让她产生戒备心理。

日头已经西斜,阳光依然炽烈。从地铁站出来后这短短的距离就已经让俞莫寒身上的蓝色T恤几乎湿透,而当他进入咖啡厅里面的那一瞬,一缕缕芬芳的清凉一下子就将他带入了另一个美好的世界。

精神和肉体密不可分。当一个人从一种极致环境走向另一种极致环境的那一刻,精神上的感受要么是天堂,要么是地狱。

眼前的宁夏穿着一条白色的露臂长裙，看上去像是棉麻质地的，给人的感觉淳朴而大方，不像上次那样让人觉得惊艳。略施粉黛的她虽然眼角处露出些许皱纹，但容颜和气质的美丝毫都没有受到影响。俞莫寒忍不住还是去看了一眼她那双光洁如玉般的双臂，歉意地道："对不起，又让你久候了。"

宁夏朝他粲然一笑，问道："俞医生任何时候都是这样客气吗？"

俞莫寒有些尴尬："也许是职业习惯吧，我的那些病人可不喜欢凶神恶煞的医生。对了，你给高格非回话没有？"

宁夏点头："我没有理由拒绝他。"

这肯定也是高格非的想法和判断。俞莫寒看着她："如果他再一次向你提出那样的要求呢？你会答应吗？"

宁夏的脸唰地一下就红了，不过她知道眼前的这个年轻医生绝不是在调侃自己，于是便如实回答道："我可能无法拒绝。"

俞莫寒又问道："因为你觉得亏欠他，还是因为你觉得他可怜？"

宁夏轻声道："这两个方面的因素都有吧。"

俞莫寒轻叹了一声，说道："可是你分析过他的想法没有？他的最终目的是得到你。"

宁夏却依然在点头："我知道。男人嘛，得不到的才是最好的，得到了心里面也就满足了，然后就慢慢淡了。这样也好，总算是有了个了结。"

俞莫寒心里暗暗感叹，同时又觉得有些奇怪，问道："我看你为人处世非常不错，而且重情重义，按道理说以前不应该走那样的一条路啊？"

宁夏的神情瞬间就黯淡了下去，轻叹一声后才将目光看向他，问道："俞医生，你是希望我把你当成朋友呢还是心理医生呢？"

俞莫寒怔了一下，回答道："还是把我当成你的心理医生吧，当然，作为心理医生，我首先要得到你的信任。所以，我们之间也可以算是朋友。"

宁夏本身就是学医的，俞莫寒的话她当然能够明白。此外，宁夏也算得上阅人无数，但是她发现俞莫寒和自己以前所遇见的那些人完全不同，他的目光非常干净，而且流露出的是极其自然的真挚，还有悲天悯人般的同情。"他是一个非常优秀的医生。这一点我没有做到，但他做到了。"于是，宁夏决定告诉俞莫寒自己曾经所经历的一切，当然，这其中也有源自她内心深处倾诉的渴望。

当初宁夏选择医学专业仅仅是因为听说这个专业以后比较好就业，这对于一个出身于普通家庭的人来讲尤其重要，仅凭这一点就足以让她心动并为之不懈努力。当然，最终是命运关照了她，她如愿以偿地上了医科大学，而且所学的专业就是临床医学。

宁夏和沈青青是那一届新生中最为漂亮的两个女孩子，如花般的年龄，如花般的容貌，她们俩也就必然成为众人瞩目的焦点。

沈青青很快就被一位外校中文系的高年级男生追到手，而宁夏也紧接着被爱情俘虏。他叫盛亚东，是医科大学大四的一名学生，校学生会的体育部长，长得高大英俊，据说获得过全省大学生运动会羽毛球赛单打冠军。

盛亚东绝对是一位卓尔不群的美男子，乌黑的长发，漂亮的络腮胡，当他第一次捧着盛开的玫瑰、目光充满着真诚当众向她求爱，她就彻底陷落了。从此，无论在学生食堂还是在校园的林荫小道上，都可以看到他们两个人亲密无间的身影。几乎没有人去嫉妒那位长发飘飘的美男子，在许多"金童玉女"的啧啧称赞中，两个人成为医科大学里面的一道风景线。

哦，原来传说中的、自己向往了已久的爱情是这样的，那是一种弥漫于灵魂之中的幸福及归属感，即使是肉体处于病痛的状态下也会因为对方的细心呵护而充满着柔情蜜意。这当然是宁夏的初恋，对于那时候的她来讲，与盛亚东恋爱、今后和他结婚生子、天长地久是一件理所当然的事情，而且她也是时常如此幻想、憧憬着。

宁夏尽情地享受着爱情的美好滋味，而且她感觉得到，盛亚东对她的爱是真挚的。他们一起吃饭，一起散步，总是有无穷无尽说不完的话语，即使是偶尔的沉默也会迎来相视一笑的美好。慢慢地，靠近他，依偎在他强壮身体的一侧，将头轻轻靠在他那坚实的肩膀上也就极其自然地成为一种习惯。再后来，她的初吻终于如愿以偿地来到。

对于很多青春少女来讲，对初吻、性爱这些伴随着爱情而来的东西总是充满幻想的，而流淌在血脉中的基因却让她们中的大多数人选择被动。所以，从宁夏开始恋爱的第一天起都是由盛亚东掌握着爱情旋律的节奏，在每个周末学校举办的舞会上，她始终都是盛亚东的舞伴。

恋爱中的女孩是没有时间概念的，因为幸福的感觉会冲淡其他所有的一切。一个月后的一天晚上，当两个人像往常一样散步到了校园的小树林里面之后，盛亚东忽然侧身捧起了宁夏那张精致非常的脸庞，然后就那样深情地看着她。宁夏预感到了更大幸福即将来临，轻轻闭上了眼睛。那是在等待，同时也是一种鼓励。

他来了。宁夏感觉到嘴唇处一片温热，而紧接着伴随而来的是触电般令人飘飘欲仙的感觉，她的双腿开始发软，身体却被一只强有力的胳膊紧紧拥抱住了。他的吻是那么热烈，让她感到呼吸困难，灵魂却似乎已经飘上了九天，而肉体中每一个细胞都在欢呼雀跃。她的世界在那一瞬间忽然静止，她沉湎于其中，仿佛沉睡在梦乡之中。

他的呼吸明显变得急促起来，双手感受着怀中这个美好肉体如玉般的细腻及它延伸出去的优美弧线。宁夏能够感觉到他那正游走于自己身体上颤抖着的双手，仿佛他正在抚摸着的是一件精美的艺术品,她忘记了害羞,忘记了躲藏,不过身体却始终不争气地战栗着。

忽然间,她听到盛亚东发出了一声惊呼:"咦?怎么会这样?"

而此时,盛亚东的手正触及她的胸部。随即就感觉到他的双手又在自己的胸部摸索了几下,而这一次他发出的声音仿佛是在质问:"怎么什么都没有?"

对自己身体的这一点缺陷宁夏当然是知道的,不过她并不十分在意。不是有那么多女明星都在说"我平胸我骄傲,我为祖国省布料"么?从医学的角度来讲,这只不过是遗传或者其他原因造成的局部发育不全罢了,人群中这样的现象并不罕见。宁夏羞涩地回答道:"可能是遗传,因为我妈也是这样……"

"哦。"此时盛亚东的双手已经从她的衣服里面抽了出来。汹涌的激情就在刚才那一瞬间骤然消退,在经历了短暂的沉默之后宁夏忍不住问道:"你怎么了?"

"没什么,"盛亚东的声音听起来很是疲惫,"我们回去吧,我有些不大舒服。"

宁夏竟然相信了他的话。是的,自从和他在一起后她的潜意识就已经选择了无条件地信任他、依赖他。

然而让宁夏万万没有想到的是,从第二天开始盛亚东就再也没有去找她。他生病了?要不要紧?为什么不告诉我一声?拨打他的电话却发现处于关机状态,直接跑去询问他的同学才得知他昨天夜里大醉而归,如今依然宿醉未醒。

女性大多是天性敏感的,宁夏忽然想起头天晚上的事情来,心里面顿时涌起一种极度不安的感觉:难道他非常在乎我是平胸?怎么可能?我容貌的美足以弥补那样的缺陷啊……

一整天都在不安中度过,一直到晚餐的时候她再次来到盛亚东所在宿舍的楼下。他终于出现了,眼前的他眼窝深陷,满脸的憔悴，头发和胡子都是蓬乱着的。宁夏心疼不已，急忙问道："你怎么了？不要紧吧？"

盛亚东摇头说道："我、我没事。宁夏，我们分手吧。"

虽然心里已经有了一种不好的预感，但当事情真的出现在面前的那一刻她还是无法接受："为什么？"

他没有回答她原因，只是朝着她深深鞠下了一躬："宁夏，是我的问题，对不起。"

那是宁夏的初恋，让她刻骨铭心的初恋，却也让她品尝到了失恋的痛苦滋味。这样的结局让她痛彻心扉，使她不止一次在午夜梦萦的痛哭中醒来。

然而宁夏的美是青春期男生绝对无法抵御的，当盛亚东与她分手的消息传出之后，一批追求者很快就纷至沓来。如此多的追求者顿时让宁夏失恋的痛苦减轻了许多，她选择了让她觉得最顺眼的那一个。

这一次她选择的对象是一位身高只有一米七多一点点、肤色白净、看上去有些文绉绉的男生，他是一名大五、正在医院里面实习的学生，而且成绩优秀，是他们那一届学生分会的学习部长。

如此快速更换了恋爱的对象，难免会遭受他人的非议，宁夏却毫不在意。盛亚东对她的抛弃让她开始自卑，自卑于身体的那个缺陷，然而她的内心却又是非常自尊的，她试图用这样的方式告诉人们被抛弃的那个人其实是盛亚东。即使她明明知道自己每一次在半夜时候的哭泣已经说明了一切，她却无法控制自己鸵鸟般的心态。

然而第二次恋爱的结局却依然如此，那位长相帅气的学习部长在探寻到她胸部空空如也的状况后也决绝而去。

第三次，她选择了班长。他是一个和她差不多身高，模样普通但家庭条件还不错的男生。然而这一次的结局却更加惨烈，班长在得到她的身体之后竟然毫不顾及同学之情将她抛弃。虽然班长只坚持了数秒,却真真实实地得到了她,那是她的第一次。

班长在和她分手前说了一句让她当时感到莫名其妙的话:"虽然我一再想说服我自己,但我最终还是决定放弃,因为我害怕失去作为一个男人的尊严。"

从此,宁夏对爱情彻底失望。

三场轰轰烈烈、全身心投入的恋爱,最终的结果是让她身心俱疲,而且严重耽误了专业课程的学习,等待她的是毕业前的数门课程的补考。那样的一份成绩单是不可能有任何一家医院接纳她的,所以她才不得不选择去一家医药公司上班。

"俞医生,在你们男人的心里面,女性的那个器官真的就那么重要吗?"讲到这里,宁夏忽然问了这么一句。

俞莫寒没有丝毫回避这个问题的想法,因为此时的他已经是一名心理医生的角色,虽然需要委婉,但真诚是更加必需的。他点头说道:"是的。"

其实这个问题早已在宁夏的内心压抑了许久,作为女性,她实在很难了解到男性的内心世界,而且也无法理解。这一刻,当她见到俞莫寒的回答竟然如此肯定,不禁又问了一句:"为什么?"

俞莫寒回答道:"因为人类最原始的本能。生存与繁衍后代是动物最基本的两大本能,女性的性器官和乳房是女性最突出、最鲜明的第二性征,前者代表的是生育能力,后者代表的是哺育能力。当然,无论是盛亚东还是你后来的那位学习部长和班长,他们不可能直接就想到这一点,在他们的显意识中所想到的是你的这种缺陷严重破坏了你的整体美,甚至会让他们有一种自己正在和一个男性恋爱的感觉,正因为如此,他们才会最终痛苦地选择放弃。其实你父母年轻的时候也出现过感情危机,想来其中最可能的原因也是这个问题。"

这当然是正确的解释，不过却十分残忍。俞莫寒注意到宁夏的嘴唇在微微颤抖，脸色也有些苍白，继续说道："其实女性也一样，她们在选择配偶的时候也一样遵从于自己的本能。无论你当初选择男子汉气息浓厚的盛亚东，还是相貌出众的学习部长，或是家境不错的班长同学，说到底都是源于你潜意识中繁衍优良后代和生存的需要。诸葛亮选择长相丑陋的黄月英，那是因为黄氏家族在荆州的巨大影响力，说到底其实依然是他在生存与繁衍后代之间做出了最终的选择。人类的这种本能具有巨大的能量，我们每一个人都很难摆脱。不过现在已经有了比较发达的整形美容的技术，这样的问题已经可以通过一定的手段得以解决……"

宁夏急忙问道："你的意思是说，通过整形的方式就可以让男性接受像我这样的缺陷？"

俞莫寒笑了笑，反问道："难道不是吗？你后来离婚的根本原因想来并不是因为你的这种缺陷吧？"

宁夏点头："他根本就不知道我曾经去做过胸部整形手术，而且我做的是最贵的那一种，用自己身上其他部位的组织进行填充。"

宁夏在医院实习期间见过不少的医药代表，据说这个行业的收入不错，从这些人的穿着打扮上看就可见一斑。可是当宁夏入行后才发现这份工作的竞争压力竟然如此巨大，而且隐藏在表面光鲜之下的潜规则也竟然是如此明目张胆。幸好她有一张足以打动任何一位男性医生的漂亮脸蛋，所以刚刚进入这一行不久就已经有了不菲的收入。

然而，这个世界上并没有免费的午餐。那些手上掌握药品采购权力的人，不但继续像往常那样收受药品销售的回扣，而且开始暗示她需要进一步的付出。宁夏是女人，何尝看不出那一道道充满着淫邪的目光所代表的真实想法？

我即使出卖自己也必须卖一个好价钱,早已对爱情深深失望的宁夏如此告诉自己。于是经过再三思考后她决定去报考空姐,因为她需要那样的一个身份,一个可以经常接触到达官贵人的身份。

宁夏的同事们无法理解事业正处于上升期的她为什么突然辞职,而她也并没有对此作任何解释,接下来她就用赚到的那笔钱去做了胸部的手术。当时的她虽然不明白男人为什么会如此在乎女性的这种缺陷,但她已经知道这样的手术对自己来讲是必需的。

大学本科,身高一米六八,容貌、气质都非常出众,因此成为空姐对宁夏来讲是顺理成章的事。半年后,她结识了一位富商。当时她不到二十五岁,而那位富商也只有三十五岁,不但气质儒雅而且出手大方,虽然明知道对方已经有了家庭但她还是义无反顾……

"家庭出身不好,父母都是穷人,所以我的前半生都是在为金钱活着。既然父母给了我这样一副漂亮的躯壳,那我就应该让它物有所值。这就是我当时的想法,虽然我明明知道那样做不对,但是无法克制自己对金钱的欲望。"宁夏幽幽说道,随即轻叹了一声,"可惜这个世界上没有后悔药,时光不可能倒流……"

俞莫寒也在心里暗暗嗟叹:宁夏的这种心理已经不能简单地用"浮躁"两个字去解释了,社会、家庭及她个人的经历都在其中起着重要的作用。这时候他忽然想起先前心里出现的那个疑问,问道:"你为什么那么轻易就将自己的第一次交给了你的那位班长同学?"

宁夏的脸红了一下,轻声说道:"我就是想赌一把。我爸爸和妈妈结婚后虽然经常发生矛盾,后来不也一直生活在一起吗?当时我真的没有想到自己的那个缺陷对男人来讲那么致命。"

俞莫寒明白了,又问道:"后来呢?后来你的那几个前男友与你还有过联系吗?"

宁夏摇头说道:"没有,即使是他们想与我联系我也不会接受的。"

俞莫寒看着她:"你恨他们?"

宁夏点头:"是的,是他们摧毁了我心中最美好的东西。"

对此,俞莫寒能够理解。他的目光再次看向她,温暖如春,脸上露出的也是极富亲和力的微笑:"现在,你是不是觉得心里面舒服多了?"

多年来一直压抑在内心深处的东西终于得到了宣泄,就如同死死铐在灵魂上的枷锁突然被松解了一样,她点头道:"俞医生,谢谢你。"

俞莫寒并没有对她讲客气的话。作为心理师,学会并懂得倾听是一项非常重要的技能。俞莫寒朝她微微一笑,说道:"其实我也应该感谢你对我的信任……不过现在有一件特别重要的事情我必须告诉你:你可以答应去和高格非见面,不过一定要将见面的地方选择在公众场所,比如我们此时所在的这个地方。"

宁夏瞪大双眼看着他:"为什么?"

俞莫寒道:"因为我怀疑他患有艾滋病。"

宁夏满脸的骇然:"你说什么?!"

俞莫寒心里一沉,问道:"你不会已经和他……"

宁夏急忙道:"没有,绝对没有,我一直都没有在你面前撒谎。可是、可是他……"

俞莫寒这才松了一口气,说道:"其实,这才是我调查你的根本原因。"接下来,他就将自己对高格非病情的分析大致讲述了一遍,最后叹息着说道,"我不止一次去分析高格非精神病忽然发作的根源,但是到目前为止还没有想到其他的可能,可惜的是我并没有找到支持这个结论的依据。不过我希望你相信我的分析并接受我的这个建议,千万不要拿自己的生命去冒险。"

宁夏的脸色早已变了,哆嗦着问道:"可是,他为什么要那样对待我?虽然他帮了我许多,但我对他也不错啊。"

俞莫寒道："这其中的原因很简单，他是一个极度自私的人，因为自私，所以在他的眼里就只有他自己。即使他曾经帮助过你，但他的出发点依然是为了他自己。他在你面前炫耀是为了克服内心的自卑，他想得到你更是为了欲望的满足。仅此而已。"

宁夏的眼泪瞬间就滚落了下来，喃喃说道："为什么我遇到的都是这样的人？为什么？"

俞莫寒的心情有些糟糕，不仅仅因为自己无法回答宁夏最后的那个问题。宁夏那如泣如诉般的质问让俞莫寒想到了自己，想到了他曾经在倪静与苏咏文之间的动摇。为此，俞莫寒不由得想起了姐姐曾经对他与倪静之间感情的刁难——其实说到底姐姐考虑的就是自己家族繁衍后代的问题，这也是源于人类的本能，因为当时的她认为自己不能行使这样的责任，所以就把所有的希望寄托在了自己的弟弟身上。

可是我自己呢？难道我真的一点儿也不在乎姐姐说的倪静早已失贞并极有可能不能生育的状况吗？不，我是在乎的，我的潜意识是在乎的。对配偶独占性，以此保证自己的后代拥有纯正的血脉和基因，这也是人类动物属性的本能啊。可是，我为什么最终还是选择了倪静呢？

嗯，唯一的解释就是人类所拥有的情感与理智。想到这里，俞莫寒顿时豁然开朗。是的，就是人类特有的情感体验及懂得独立思考的理智，因为我心里明白，相对于更漂亮一些的苏咏文，倪静更加适合做我的妻子，更何况倪静的容貌也并不比苏咏文差许多。

可是，难道我也要像宁夏的几位前男友那样对自己的那一段情感毫不负责吗？

从咖啡厅里面出来，在去往附近地铁站的路上，俞莫寒的脑子里面一直在思考这样的一些问题，以至于完全忽略了天气的酷热，而当他结束思考的时候才忽然间发现自己已经身处地底深处的地铁站，周围人流如织，却并无喧闹，顿时让他有一种恍然若梦般极其不真实的感觉。

我不能逃避，正如倪静告诫我的那样。于是，他拿出手机给苏咏文发去了一条信息：对不起。

当他将这条看似简单却让他犹豫为难了许久的短信发出去之后，心里面一下子就轻松了许多，真的有一种如释重负的轻快之感。这一刻，他是多么希望对方能够回复自己说：没关系，我们还可以做朋友。

如果真是这样的话，那么所有的一切就完美了。与此同时，他也就可以因此而彻底放下了。然而，不多一会儿他等到的结果却是：既然你已经有了选择，又何苦再来撕裂我的伤口呢？

看着出现在手机屏幕上面的文字，俞莫寒顿时感觉到心脏骤然收缩了一下，同时伴随着一丝丝钻心的疼痛。

对不起。他再次通过短信的方式对她说。

为什么选择她？苏咏文在短信上面问道。

因为我觉得她更适合我。俞莫寒在手机上打着字，犹豫了一下，将"我"改成了"一些"，这样看上去更温和一些。

一些是多少？我究竟比她差在哪里了？没想到对方却紧跟着问了这样一句。

不，也许你比她更优秀。是我自己的问题。俞莫寒无奈地回答。

接下来对方没有再回复，一直等了很久，手机屏幕上都没有再出现新的文字。俞莫寒暗暗松了一口气，却又觉得有些莫名的失落。轻叹了一声，将手机放回到裤兜里面。

俞莫寒强迫着让自己的思绪回到高格非的事情上面……下一步应该怎么办呢？

刚才俞莫寒完全沉浸于通过手机与苏咏文的交谈中，以至于完全忘记了自己正处在人流如潮的地下通道。而此时，当他看向那黑压压如蚂蚁般涌动的人群时才忽然间感觉自己是如此的渺小。跟随着人群进了站，挤进了列车里面，幸好头顶上还有一只吊环，正准备伸出手去，却被旁边的一位高挑女子抢了先，他只好将手收回。这时候女子突然怒声道："流氓！光天化日之下竟然耍流氓！"

周围的目光一下子就集中在了女子及周围几个可疑的人身上，其中也包括俞莫寒。俞莫寒见女子的目光正投射在自己的脸上，心里顿时暗叫不好，还没有来得及反应就见女子满脸怒容地瞪着自己："说的就是你！臭流氓！"

四周顿时群情激愤。"揍他！""把他抓起来！""拍下来传到网上去！"……

这就是群体意识。处于群体意识的人不会关心真相，他们心甘情愿被他人左右与裹挟，以所谓正义的名义不加任何控制地发泄自己的情绪。在这样的情况下我们大多数人要么选择辩解，要么保持沉默，而最终的结果都将使事态快速发酵以致不可控制。

只是经过了极其短暂的惊愕，俞莫寒瞬间就意识到了巨大的危机正在向自己逼来，根本就来不及去思考这件事情的背后究竟是阴谋还是恶作剧，他霍然间大声道："我报警！"

俞莫寒喊出来的这三个字完全出乎所有人的预料，正当众人惊讶间，他已经拿出了手机开始拨打，而且声音依然高亢："冯警官，请你马上赶到百家园地铁站来。对，马上！记住，要带上一位女警察。"

什么情况？周围的群情激愤瞬间消失得无影无踪，个人意识又回到了他们的灵魂之中并开始分析起来，有人开始窃窃私语："原来这个人是警察。""这个女的可能是坏人。""差点儿上了这个女人的当。"

很显然，高挑女子完全没有想到事情会朝着这样的方向发展，一下子就变得恐慌起来,正要试图朝着列车的出口处挤过去,却听到俞莫寒冷冷地说道:"你的头顶上、地铁站里面的每一个角落,还有大街上到处都是摄像头。究竟是在下一站和我一起等着警察的到来,还是让警察上门去抓你,你可要想清楚了。"

高挑女子的脸色一下子变得惨白:"我、我和你开玩笑的。"

这一刻,俞莫寒已经基本上可以判定这应该是一起有人精心策划并指使的阴谋,他看着周围的人:"你们相信她刚才的这句话吗?"

众人看向高挑女子的目光一下子就不友善了,她身后的几个人还刻意调换了站姿形成了一堵人墙。城市地铁站之间的距离大多比较近,列车很快就到了下一站。俞莫寒朝列车门口处走去,同时对高挑女子说道:"和我一起下车吧,一会儿老老实实告诉警察究竟是谁指使你的。"

高挑女子的脸色更加苍白了,她犹豫了一下,随即跟随俞莫寒一起下了车。这个站点依然拥挤不堪,俞莫寒在前面不远处粗大的立柱旁站定,问高挑女子道:"告诉我,究竟是谁指使你的?"

高挑女子的嘴巴动了动,忽然间朝着前面的扶梯处跑去,俞莫寒一惊,瞬间就意识到了什么,正待朝高挑女子逃跑的方向追去,却发现她早已隐没在了如织的人流中,没有了踪影。

半小时后小冯才终于赶到。俞莫寒将刚才发生的情况详细讲述了一遍后懊悔地道:"是我疏忽了,这个女子很可能不是本地的常住人口,接下来她必定会离开这座城市,不然她肯定不敢逃跑。"

小冯点头道:"也许你说得对,不过我们还是要调看监控录像然后去调查这个女子的情况。"

俞莫寒当然不会反对,只不过他并不对此抱有希望罢了。他想了想,忽然就笑了起来:"滕奇龙的这一招确实厉害,只不过他忘记了我是干什么的。医科大学的校长,嘿嘿!也不过就是这样的水平。"

小冯问道:"为什么不会是顾维舟?"

俞莫寒摇头道:"不可能是他,他已经比较了解我了,不可能再使用这样的方式。而且他并非愚蠢之人,现在的他必定对滕奇龙敬而远之,甚至还可能选择提前退休。其实顾维舟这个人并不坏,只不过一时之间利令智昏才干出了蠢事。对了,高格非那边的情况怎么样了?"

小冯用钦佩的目光看着他:"我差点儿忘了告诉你,他一家三口已经订了今天晚上返回的机票,出发地是伊犁。"

俞莫寒若有所思地道:"也许明天他就会去你们那里。对此我有一个建议,你们警方最好对他采取一些措施,比如限制他离开省城,并对其进行监视居住,理由就是警方怀疑他前妻的死另有原因。"

小冯点头道:"我这就把你的建议向靳支队汇报。"

俞莫寒皱着眉头自言自语说了一句:"今天晚上的航班……"

小冯不解地问道:"今天晚上的航班怎么了?"

俞莫寒摇头叹息着说道:"到目前为止,我们的猜测依然还是猜测,实在是太遗憾了。算了,我得回家去休息一下,脑子里面糨糊似的,太难受了。"

俞莫寒感到非常的烦闷。

没有证据的推论就永远只能是推论,而且根本无法确定其是否正确。本来那个高挑女子很可能就是突破口,却偏偏被一时间得意的自己给放跑了。这是一个不可原谅的错误,因为他不应该低估金钱和侥幸心理的能量。是的,那个高挑女子正是在金钱和侥幸心理的驱使下才最终选择了逃跑。

然而让他更加烦闷的是紧接着又接到了倪静的电话。倪静在电话里面告诉他说,苏咏文约她今天晚上一起吃饭,而且吃饭的地方竟然是山上的那家鱼庄。

苏咏文这样做究竟是什么意思和意图？向倪静讲述她的恋爱经历并以此证明自己的真爱？这不仅仅是摊牌，更是作最后一搏啊。

"你有什么想法？"倪静在电话里面问道，声音中带着一种幽怨。

俞莫寒嘴里有些发苦，说道："你可以拒绝她的。"

倪静的情绪忽然激动起来："我为什么要拒绝？你告诉我，我拒绝她的理由是什么？"

猛然间，俞莫寒这才意识到了倪静这个电话的意图，急忙说道："其实说到底，这件事情的关键还是我的态度。我的态度很简单，那就是选择你。"

倪静一下子就笑了起来，说道："看把你得意的，你还真以为自己是香饽饽了？"

俞莫寒哭笑不得，不过同时也松了一口气，笑道："还别说，我还真是香饽饽。"

倪静轻啐了一声，道："明明是一个臭肉包子……呸呸呸！如果你是臭肉包子，那我和她成什么了？我怎么能这样说呢？"

俞莫寒大笑，顿时就觉得心情好了许多，说道："我这边刚才出了点儿状况，高格非今天晚上就将返回省城。他回来后我会尽快去向他询问一些问题，不过在那之前我必须尽可能了解更多有关他的情况，所以……"

倪静顿时就明白了他的意思，说道："你自己去忙就是。我还是准备去和苏咏文吃这顿饭，说不定我们俩会因此成为好朋友呢。"

俞莫寒急忙提醒道："千万别在她面前提起龚放。"

倪静却说道："我会注意自己的方式，你放心好了。"

她的意思是说还会在苏咏文的面前提起龚放？俞莫寒有些担心起来，却又在一时之间找不到合适的词语去说服倪静。当他正在搜寻措辞时，倪静那边竟然已经挂断了电话。

也罢，随便她们吧，俞莫寒唯有苦笑。不过刚才提及龚放之后倒是让他想到了一点：说不定他能够替我指点一下迷津，毕竟旁观者清啊。

其实俞莫寒知道，自己在潜意识中是不大愿意去听取龚放的建议的，这其中的原因是骨子里面的骄傲。他讨厌自己这种在同学面前的骄傲，这样会让他故步自封，所以他最终说服了自己。

俞莫寒注意到不远处有一家冷饮店，进去要了一杯加冰的咖啡后坐到了角落处，一边喝着咖啡一边组织语言。

龚放听完了俞莫寒的情况介绍后沉默了好一会儿，说道："我觉得你可能太注重规则了，这样会让你变得过分小心翼翼。"

俞莫寒不明白："什么意思？"

龚放道："既然你的背后是警方这座大山，那就应该让他们出面直接去调查高格非的那个小圈子里面是否有人患有艾滋病。这是首先应该排除的，而且这样的事情对警方来讲难度并不大。"

俞莫寒觉得他的话很有道理，自己确实因为太过顾虑他人的隐私，所以才忽略了那样的方式，问道："如果那几个人都被排除了呢？"

龚放道："其实我也觉得那几个人不大可能。艾滋病与其他绝症不同，它不但直接威胁着一个人的生命而且还不能轻易告知他人，这就很容易造成患者心理上的巨大波动与变化，如此一来其行为就会出现异常，而且这是我们大多数人很难控制的，就如同高格非突发精神分裂一样。医科大学虽然是一个大单位，但相对来讲又比较封闭，而且整个群体非常奴性，这样的群体除了甘愿被驱使、被奴役之外，还喜欢告密以此获得上级的奖赏。所以，这样的群体必定对他人的隐私非常敏感，一旦有人出现了异常的情况就很容易被他人发现。"

俞莫寒深以为然："确实是这样。"

龚放道："因此，我觉得接下来应该去直接询问那位附属医院的院长，他究竟是否给高格非介绍过女医药代表？如果真的介绍过，那么其中都有谁？这也是必须要排除的，你说是不是？"

俞莫寒感觉到思路逐渐变得清晰起来，道："是的。还有吗？"

龚放道："还有就是你应该去调查一下高格非所带的那几个硕士的情况。按照医科大学的现状，他也应该是硕导不是？"

也许这正是我忽略掉的地方。俞莫寒又问道："还有吗？"

龚放道："你还是先调查清楚这件事情之后再说吧，到目前为止我也只能想到这么多。其实我也经常出现像你这样的情况，自己走进了死胡同却一点儿都不自知。最近我就遇到了一个很麻烦的案子……对了，一会儿我把案卷发到你的邮箱里面，你能不能帮我也分析分析？"

这时候俞莫寒忽然就想起了倪静先前对他说过的话，心里面顿时一动，说道："如果事情不是特别紧急的话，我倒是建议你出来走动走动。高格非今天晚上将从伊犁返回，我准备明天再次去和他好好谈谈，如果你在的话就好了，至少可以帮我分辨一下他究竟在哪些问题上撒谎。"

龚放笑道："除此之外，你不会真的想给我介绍女朋友吧？"

俞莫寒觉得有些尴尬："我和她真的没有过你想象的那种关系，甚至连手都没有牵过。不过倪静一直有这样的想法，要不你过来和她见见面？"

龚放问道："她真的很漂亮？"

俞莫寒忽然觉得心里面不大舒服，不过还是如实地回答道："是的。"

龚放又笑问道："你真的舍得？"

俞莫寒苦笑着说道："所谓舍，那是在得到的基础之上。其实我就是在中途的时候有些犹豫，更何况我不可能两个都要吧？还有就是，如果你和她真的能够在一起，我倒是觉得更容易接受一些，肥水不流外人田嘛。"

龚放大笑:"那,我考虑一下。"

俞莫寒能感觉到,龚放极有可能会将此次的行程付诸实施,倒不完全是因为苏咏文,更多的是他需要通过这样的方式清醒一下头脑。然而很奇怪,此时俞莫寒的心里竟然不再有那种酸酸的感觉。嗯,可能是我确实想明白了,同时也是彻底放弃了。

其实我们很多时候都是这样,需要面对现实很难,而面对现实也就意味着必须要放弃幻想。当一个人能够真正做到面对现实的时候,也就意味着他正在走向成熟。

第七章
心理暗示的巨大能量

小冯没有想到俞莫寒会在这个时候跑到刑警支队来。他不是说要回去休息吗？俞莫寒仿佛知道他在想什么，笑着解释道："到你们这里来吃晚饭，顺便和靳支队交流一下案子的事情。"

小冯笑道："靳支队刚刚从现场回来，又发生了一起凶杀案。"

俞莫寒一听，脑袋顿时就大了，正准备马上离开这个地方，却见靳向南忽然就出现了："俞医生来了？我正好有几个问题想要咨询你呢。来，办公室里面坐。"

俞莫寒暗自苦笑道：得，自己撞上来了，怪不得别人。

到了办公室里面坐定，俞莫寒首先就说道："其他的案子最好不要找我，高格非的事情我还正焦头烂额呢。十天的时间很快就要到了，我必须抓紧时间把手上的事情做完才可以。"

靳向南大笑："你放心，我不会给你加码的，只是咨询你几个问题。"

俞莫寒这才放下心来，问道："你们的档案库里面有没有个人的健康状况信息？"

靳向南顿时明白了他想要问的问题，回答道："常规的信息肯定是有的，不过你需要的那一类特殊信息需要通过疾控中心才能够获取，而且还必须要这个人在正规医院确诊过才会有。我们已经调查过了，疾控中心那里并没有高格非相关的记录。"

俞莫寒道："以高格非的身份地位，他即使怀疑自己患上了那样的疾病也不会去正规医院就诊的。最可能的情况是，他得知自己的性对象患上了艾滋病，然后又在自己的身体上发现了相关的症状，他毕竟是学医的人，所以不一定非得去医院就诊，更何况一旦去了医院就极有可能被暴露出来，那也就意味着他将失去现有的一切，而且即使死了也会被人耻笑。这些都是他不能接受的。不过现在我需要调查另外几个人的情况，因为那几个人必须首先排除掉。"

靳向南问道："你指的是他的那个小圈子？"

俞莫寒点头："是的。"

其实靳向南早就想到了这一点，只不过他对高格非的事情并不是特别的重视，所以才一直将这件事情放在了一边。不过此时俞莫寒已经当面提到了这件事情，他也就不好推辞了，只好即刻派出人去衔接此事。俞莫寒还特别提醒了一句："最好能够马上就有查询结果。"

靳向南苦笑了一下，说道："那我还是直接给疾控中心的负责人打电话吧，让他们特事特办。"

俗话说得好：有所予就必定有所求。俞莫寒一下子就明白了，问道："今天的这个案子非常棘手是吧？"

靳向南点头，忽然问了一句："俞医生，你相信这个世界上真的有鬼魂存在吗？"

俞莫寒怔了一下，回答道："如果单纯从精神病学和心理学的角度来讲，这两门学科并不排除鬼魂的存在，还有一小部分的学者专门在研究这个课题,而且据说已经找到了鬼魂存在的证据。不过我是一个唯物主义者,在我看来,即使鬼魂真的存在,那也只不过是一种非常微弱的能量,并不足以对我们人类造成太大的影响。"

靳向南又问道:"灵魂出窍的现象是否也真的存在呢?"

俞莫寒觉得有些诧异,不过还是如实回答道:"肯定是存在的。经过对大量濒临死亡病人的调查,其中几乎一半的病人都有过灵魂出窍的经历。而且临床实验证明,通过电刺激大脑的海马区就会让人产生灵魂出窍的体验。不过所谓的灵魂出窍并不是什么人体的特异功能,而是因为视觉、触觉、平衡感、方位感等多种感官接受的信息流互相错位,也就是说,大脑同时获得了不同的感受却不能协调处理,于是便产生了错觉。"

靳向南看着他:"你能肯定所谓的灵魂出窍真的就是一种错觉吗?"

俞莫寒非常肯定地点头,好奇地问道:"究竟是一个什么样的案子?怎么会扯到鬼魂和灵魂出窍的事情上呢?"

靳向南道:"省城里面一位知名企业家的孙子今天凌晨三点钟的时候离奇死亡。当时死者一个人睡在自己的房间里面,是死者发出的惨叫声惊醒了家人。当家人醒来朝他房间跑去的时候,死者的母亲忽然看到一个身穿白色长裙的女子从窗户处飘了出去。家人进入房间里面的时候孩子已经死亡。死者满脸的惊恐状,身上到处都是触目惊心的抓痕。可是经过现场勘查后我们却发现死者的指甲干干净净,也就是说,他身上的那些抓痕根本就不是他本人造成的。此外,据死者的母亲讲,昨天白天的时候她也看到过那个身穿白色长裙的女子出现在别墅的外面,不过一瞬间就突然消失不见了。死者的母亲还告诉我们说,她觉得那个女子很像儿子班上的一位名叫金楠的女同学,不过金楠在一个月前因为一场意外变成了植物人,如今一直躺在医院里面没有苏醒过来。我们已经调查过,她说的情况属实。"

俞莫寒皱眉想了想，问道："死者今年多大？"

靳向南道："十六岁，高二。"

俞莫寒又问道："还有其他的人看到过所谓金楠的灵魂吗？"

靳向南摇头："我们已经询问过了，就只有死者的母亲看到过，先后两次。"

俞莫寒思考了一小会儿，微微一笑，说道："我大致知道是怎么回事了。"

靳向南大喜，急忙道："你赶快说说，究竟是怎么回事？"

俞莫寒却起身说道："走吧，我们去死者家里一趟，有些事情得当面向他们询问并解释清楚，否则他们不大可能接受我得出的结论。"

虽然靳向南很想知道俞莫寒的结论，不过想了想也就没有再问。当然，靳向南也是不相信鬼神之说的，从刚才俞莫寒的表情和语气来看，这起案子似乎与鬼怪并没有任何关系。

这就好，只要俞莫寒能够用他所掌握的理论知识解释清楚这个案子就行，即使他暂时不想揭开谜底也无所谓了。

接下来靳向南给疾控中心的负责人打了个电话，话语、语气都非常客气，讲完了事情后还哈哈大笑着说抽空一定请对方喝酒。俞莫寒这才明白，像这种并不紧要的案子靳向南完全就是把公事当成私事在办。

随后，靳向南和俞莫寒一起去了案发现场。

距离城市的中心五十多公里，国家森林公园旁边的半山腰上隐隐可见数栋西式建筑，这里就是传说中的森林豪宅别墅区。

"果然是有钱人才可能居住的地方。"俞莫寒看着那一栋栋被绿色环抱的建筑，感叹道。

靳向南道:"是啊,这里的别墅五千万起步,像我们这样的小老百姓只能望楼兴叹。"

俞莫寒笑道:"你可不是什么小老百姓……不过无论是小老百姓也好,大老板也罢,做错了事情就应该承担起相应的责任。"他指了指上面,"很多时候上天还是比较公平的。"

靳向南心里一动,问道:"你说的就是这个案子?"

俞莫寒"嘿嘿"冷笑着,说道:"有一点我是知道的,有些人心里面的那只鬼可是比真正的鬼可怕多了。"

两个人说话间就到了一栋别墅前,一道栅栏铁门自动开启,警车开进去后是一个小院,小院的左侧就是车库。古铜色的大门打开了,从里面走出来一个中年男人,躬身朝靳向南和俞莫寒道:"请进。"

"这家的管家。"靳向南低声朝俞莫寒说了一句。

进入大门后俞莫寒顿时惊叹不已:原来这别墅是沿山而建,下方五米左右的地方是宽大的客厅,巨幅的落地玻璃、北欧风格的高档家具使得整个空间看上去无比的大气恢宏。透过落地玻璃还可以看到再下一层外面碧绿的游泳池,而游泳池的外边就是高达数丈的悬崖,整个画面给人以惊心动魄的美感。

在管家的引导下,靳向南和俞莫寒乘坐电梯下到客厅里面。死者的家人都在,不过眼前的整个空间却被沉闷所笼罩,空气中充斥着一种悲伤、恐怖的气息。靳向南向死者的家人简单介绍了一下俞莫寒,只说他是警方的顾问。

来的路上俞莫寒得知死者的尸体目前还停放在家里,因为他的家人对是否进行法医解剖还存在着不同的意见。俞莫寒说道:"我还是先去看看尸体吧。"

尸体就停放在死者生前住的房间里面,里面的空调开得很足。也许是因为报案及时,现场保存得非常好,死者侧卧、下肢蜷曲,这应该就是死亡时的状态。俞莫寒凑近仔细观察了一下，发现死者的双目睁得大大的，面容充满着恐惧，裸露在衣服外面的脸上、胳膊等处有无数深深的划痕，不过出血却很少。这时候靳向南在旁边说了一句："他的胸腹部、后背和大腿部位都是如此。"

俞莫寒点了点头，说道："可以了，我们去客厅吧。"

到了客厅后坐下，有人给他们奉上茶。俞莫寒正觉得口渴，即刻就喝了一口，顿觉两颊生津，清香满口。真是好茶，包括这泡茶的功夫。俞莫寒并没有将赞叹说出口，他不想让自己显得小家子气。此时死者的家人全都在，其中有那位久闻大名的企业家，七十多岁的年纪，虽然脸上的悲伤显露无遗却依然腰背挺直，并保持着沉稳与客气，那是死者的爷爷；一对坐在一起的夫妻，女的歪斜着靠在沙发上，伤痛欲绝的状态，男的双眼通红，头发凌乱。他们应该就是死者的父母；此外，沙发上还坐着几对夫妻及年龄大小不等的孩子，从他们的相貌上和亲近关系上大致可以看出都是这家人的近亲，要么是死者的叔叔、姑姑，要么就是舅舅、姨妈及他们的孩子。这些人的表情各式各样，不过他们脸上的不安与恐惧却最为明显，特别是那些孩子。

俞莫寒的目光扫视了一下所有的人，缓缓说道："首先我想告诉大家的是，这个世界上并没有所谓的鬼魂，即使有也只不过存在于我们的这里。"他指了指自己的左胸位置，然后又指了指自己的脑袋，"还有这里。"

人类最原始而强烈的情感便是恐惧，而这种最原始而强烈的恐惧则往往是源于未知。俞莫寒的这句话一下子就稳定了所有人的情绪。接下来他继续说道："其次我还要向大家科普一下两个非常著名的心理学实验。其中一个著名的心理学实验是用死囚作为研究对象，在实验开始之前，死囚被蒙上眼睛，然后实验者告诉死囚，他将被执行一种特别的死刑方式,那就是放血。接下来就用小刀在死囚的手腕处割开一个小伤口,随即死囚身旁的木盆中就开始传来血液极速滴入的声音。其实滴入的并不是死囚的血液,而是水,而且死囚手腕处的伤口很浅,渗出的血液极少并很快就凝固了。但是死囚并不知道,在他的感觉中自己的血液正通过手腕处滴落到了木盆之中,开始的时候滴速很快,然后变得越来越慢……后来死囚竟然真的死了,而且通过解剖后发现,死囚的死因完全符合因为失血造成的心脏及多器官功能衰竭的病理特征及症状。"

这个实验在心理学界虽然众所周知,普通人却大多并不了解,眼前的众人顿时都露出了惊讶的表情。俞莫寒继续往下讲道:"另外一个心理学实验的对象是一位志愿者。实验开始时,实验者首先从炉火中钳出一块被烧红了的铁块,悬置在志愿者手臂的上方约三十厘米处,然后,逐渐慢慢放低,并询问受试者感觉如何,一直到志愿者感到灼痛并无法忍受为止。接下来,实验者用黑布将志愿者的双眼蒙住,再用常温的木块代替铁块并重复上述的过程,与此同时还不断告诉志愿者'铁块'正在降落,随后假装不小心将'铁块'掉在受试者手上。这时候不可思议的一幕出现了:志愿者的手臂竟然被这个普通的木块'烫'出来了一个大水泡。"看到众人惊讶的目光,俞莫寒继续道:"这两个实验都是为了验证心理暗示的巨大能量,而实验的结果足以说明一切。"

此时,在座的众人中大多数已经明白了俞莫寒的意思,死者的爷爷问道:"你的意思是说,我孙儿是被人心理暗示了?"

俞莫寒点头,说道:"在我看来,您的孙子很可能是死于自我心理暗示。"

在座的众人顿时变色。死者的父亲怒声问道:"你的依据呢?"

俞莫寒不慌不忙地道:"依据之一就在你儿子的身上。"他转过身去对靳向南说道,"想来法医已经对死者做过常规的检查和化验了吧？如果我所料不错的话，死者血液里面的肾上腺素浓度异常高，这是因为受到极度惊吓极度恐惧。当然，死者受到惊吓的原因除了自我心理暗示出现了幻觉之外，还可能是他真的看到了可怕的东西。"说到这里，他将目光投向了死者的母亲，问道，"据说你看到过金楠的灵魂？"

死者的母亲回答道："我看得清清楚楚，那就是金楠，不，是金楠的鬼魂。"

俞莫寒看着她："可是，你前面告诉警察说，你所看到的那个鬼魂……嗯，就当她是鬼魂吧，你当时说的可是很像是金楠。"他将"很像"二字说得比较重，以此提醒对方。

死者的母亲摇头道："就是她，我看得清清楚楚。"

俞莫寒点头，语气温和地道："我一点没有怀疑你是在撒谎的意思。那么，你认识那个叫金楠的女孩子吗？"

死者的母亲怔了一下，摇头道："我、我不认识她。"

俞莫寒继续问道："那你是怎么知道她的相貌的？"

死者的母亲一下子就变得慌乱起来，急忙道："儿子班上有合影照片，我在照片上面见过。"

这时候就连死者其他的家人都觉得她的这个回答不大靠谱了，纷纷用诧异的目光看着她。俞莫寒看向她的目光依然温和，轻叹了一声后说道："在我看来，无论一位母亲为自己的儿子做过什么事情，我都能理解。比如，为了儿子而不得不去伤害他人，因为这就是母爱。"

死者的母亲更加慌乱："不，不是我做的。"

俞莫寒双目炯炯地看着她："那就是你儿子做的。这就对了，否则他不可能产生如此强烈的自我心理暗示，而且也不可能产生如此巨大的能量。"

死者的母亲一下子就愣在了那里，转瞬之后她才似乎听懂了俞莫寒话中的意思,顿时就在那里号啕大哭起来。

俞莫寒站起身来对靳向南说道:"我们走吧。"

这时候死者的爷爷一下子拦住了俞莫寒,沉声问道:"究竟是怎么回事?请你务必告诉我们事情的真相。拜托了。"

俞莫寒叹息着说道:"您问问您的儿媳妇吧。还有就是那个叫金楠的女孩子,想来她的家庭状况并不好,而且她才是真正的受害者。不要以为有些事情别人不知道就可以瞒天过海、心存侥幸……"他指了指头顶上面,"但是老天知道。告辞了。"

"究竟是怎么个情况?是不是死者曾经侵犯过金楠,然后又对她做了什么以至于让她变成了植物人?"从别墅里面出来后,靳向南就迫不及待地问道。

俞莫寒点头道:"虽然具体的情况我并不十分清楚,但金楠变成植物人的事情肯定与死者有关,而且这件事情死者的母亲肯定是知道的。从死者的死状来看,其情状与我所讲到的两个心理学实验十分相像,因此,死者是死于心理暗示也就比较明确了。除此之外,死者的母亲也不同程度地受到了心理暗示,比如她两次看到了金楠所谓的灵魂,而且其受到的心理暗示越来越强烈……"

靳向南点头道:"我注意到了这个问题,开始的时候死者的母亲告诉我们那个灵魂很像金楠,而刚才她所说的确实就是她,而且她还说看得清清楚楚。"

俞莫寒道:"确实如此。当然,金楠的灵魂是不可能出窍甚至到这么远的地方来杀人的,因此,无论是死者还是死者母亲所受到的心理暗示就应该是来源于他自己,也就是自我心理暗示。"

靳向南问道:"不管怎么说,他的自我心理暗示总应该有一个源头吧?"

俞莫寒赞道:"靳支队的这个问题问得非常好,而且问到了最为关键的地方。因为死者的母亲坚持自己所看到的就是金楠的鬼魂。鬼魂是什么？当然是人死后的产物。也就是说，死者的母亲认为儿子的死是金楠死后鬼魂来索命的结果。那么，她为什么会这样认为？"

靳向南道："当时金楠所受的伤很重，随时都可能死亡。这个情况死者的母亲非常清楚。"

俞莫寒点头道："或者是，金楠出事的时候死者的母亲就在现场，而当时的凶手就是她的儿子。也许当时金楠并没有在第一时间昏迷过去，于是她就对死者母子俩说了死后要复仇的话，这，就是后来死者和死者母亲出现心理暗示的源头。死者只不过是一个高二的学生，从来不曾经历过如此重大的事情，当他做下此事之后难免会害怕、恐惧，因此首先应该是他最开始出现反应，比如噩梦、幻觉。由于母子俩当时都在金楠出事的现场，所以儿子的反应很快就会影响到他母亲的心理。随着死者的自我心理暗示越来越强烈，在长达一个多月的积聚之下所产生的能量有多么可怕是可想而知的，而死者的母亲也因此产生幻觉就并不奇怪了。"

靳向南皱眉道："可是，金楠的父母并不认为女儿的意外受伤是他人所为。"

俞莫寒问道："金楠的父母是做什么工作的？"

靳向南回答道："金楠的父亲是小学教师，母亲是一家国企的普通员工。"

俞莫寒想了想，说道："这里面可能存在两种情况，一是他们确实不知道实情；二是死者的母亲曾经给了他们一大笔封口费。靳支队，你想过没有，死者为什么伤害金楠？"

靳向南道："我觉得很可能是性侵。可是……"

俞莫寒微微一笑，说道："现在的孩子成熟得早，也许事情的真相并不像你以为的那么简单。好了靳支队，麻烦你先把我送回去。

这个案子接下来就非常简单了,真相就在死者的母亲那里。"

回到刑警支队的时候疾控中心那边已经回话了:数据库里面没有名单上面那几个人的信息。此外,疾控中心还查阅了他们近三年来的健康资料,发现其中有两个人分别有过阑尾炎和胆囊切除手术的记录,不过血液检查的结果显示艾滋感染均为阴性。

如今医院在手术前对病人进行传染病检查已经形成了一种常规,检查的项目包括梅毒、淋病及艾滋等,这样做,一方面是为了检测出传染病病源携带者;另一方面是为了明确手术病人出现感染的情况究竟是在术前还是术后,防止个别病人在治疗的过程中无理取闹。虽然疾控中心提供的信息并不能完全排除那几个人患有艾滋病的可能性,不过俞莫寒认为龚放的分析是很有道理的。因此,他决定按照龚放的建议再次去拜访医科大学附属医院的院长傅传伦。

俞莫寒给小冯说了自己的想法,小冯指了指外边,提醒道:"这个时间点,人家可能正在外面应酬呢。"

俞莫寒这才注意到外面的天色早已黑尽,看了看时间已经是晚上八点过了,他忽然觉得有些饿,问道:"你们的饭堂还开着吗?"

小冯也看了看时间,歉意地道:"这个时候可能只有面条了。走吧,我带你去。"

到了饭堂后俞莫寒发现正在就餐的警员并不少,不过这个点确实也就只有面条了。小冯当然已经吃过晚饭,俞莫寒想了想,还是让他马上给傅传伦打个电话,随后叹息着说道:"我也是想在高格非回来之前能够掌握尽量多的信息……所以,你给傅传伦打电话的时候一定要强硬一些,请他务必配合警方的调查。"

小冯点了点头,拿着手机出去了。很快,一大碗热气腾腾的面条端到了俞莫寒的面前,面条上面有杂酱,还有一些翠绿色的葱花,香气扑鼻。俞莫寒顿时食欲大增,正准备大快朵颐,却忽然听到一个熟悉的声音问:"俞医生,你怎么也这么晚才吃饭?"

俞莫寒抬头一看,原来是杜小刚,前不久调查魏小娥案子的时候认识的。俞莫寒苦笑着说道:"还不是因为临时被你们靳支队拉了差……你呢?"

杜小刚将端在手上的面条搁在桌上,回答道:"刚刚出现场回来……"

俞莫寒正后悔自己刚才问了那么一句,急忙打住了他的话:"别给我说案子的事情,我这里都忙不过来呢。"

杜小刚咧嘴一笑:"好,我不说就是。"

俞莫寒觉得有些歉疚,岔开话题说道:"在电影电视上老是看到你们警察吃方便面,其实你们的后勤搞得还不错。"

杜小刚道:"那得看情况,比如我们在蹲守的时候就经常吃方便面。如果在野外蹲守的话那就只能吃干粮了。身体可是革命的本钱啊,如果真像电影电视里面那样让我们天天吃方便面,说不定这身体早就垮了。"

俞莫寒笑道:"倒也是。"

杜小刚又叹息着说道:"干我们这一行,工作不但辛苦,待遇也很一般,还时常面临生命危险,如果不是真正喜欢这份工作,谁会继续在这里待下去?"说到这里,他抬起头来看着俞莫寒问道,"俞医生,你现在是不是也喜欢上这份工作了?"

俞莫寒急忙道:"喜欢不一定非要把它当成职业。我所学的专业可不是这个方面,即使是对你们有所帮助也只不过是针对一些特殊的案子而已。"

杜小刚道:"虽然你说得很有道理,不过我和小冯都希望你能够加入我们。其实我们所遇到的特殊案件也不少,你可以专门负责这一部分啊。"

杜小刚的话不禁让俞莫寒想起了自己如今的工作环境,同时又想到了龚放与警方的合作,难免有些心动。不过他一直以来都是将冯特、弗洛伊德、荣格、皮亚杰等世界著名心理学家作为偶像,并希望自己也能成为他们那样的学者,且以他们从事的事业作为理想和奋斗目标,然而没想到现实与理想之间的差距竟然如此巨大,有时候想起来实在让人感到沮丧。

杜小刚见他在那里自顾自吃着面条,而且没有像刚才那样态度坚决,顿时暗喜,心想一会儿就将这个情况报告给靳支队,说不定今后我们城南支队真的会因此多上这么一员干将。

小冯很快就回来了,他告诉俞莫寒道:"傅传伦正在外面吃饭,他说一会儿就回办公室。"

俞莫寒刚刚吃完面条,看了看碗里面的面汤,又端起来喝了几口,说道:"那我们走吧。"这时候他又忽然笑着对杜小刚说道,"你是魔鬼,差点儿把我给引诱住了。"

杜小刚刚刚吃到嘴里的面条一下子就喷了出来。小冯诧异地看了看杜小刚,又将怪异的目光看向了俞莫寒,俞莫寒起身道:"不是你以为的那样。我们走吧。"

这时候杜小刚也急忙补充了一句:"小冯,真的不是你以为的那样。"

任何一家医院院长的位子都是非常敏感的,毕竟坐在这个位子的人掌握着巨大的资源。自从高格非出事之后傅传伦就开始推却一些不必要的应酬,他是担心自己遭受池鱼之殃。自从俞莫寒和那个警察来了一趟之后,他的内心也就再也难以平静下来,特别是后来这两个人根本就没有去找圈子里面其他几个人更是让他惊疑不定。下午的时候一家大型医药公司的老总打电话来说晚上一起聚聚,他本来想拒绝的,最终却鬼使神差地答应了下来。

压抑得有些久了,需要释放一下。傅传伦懂得自己的内心。然而刚刚酒过三巡,警察的电话就来了,看着桌上那几瓶珍藏了十多年的五粮液,以及这次医药公司老总刻意挑选的几位漂亮医药代表,他也只能选择提前离开。对方的语气太强硬了,根本就不给他考虑的余地。如果不是高格非出了那样的事情,他本可以对这样的小警察不加理会。

傅传伦故意在路上耽搁了点时间,让俞莫寒和小冯在他的办公室外面等候了好一会儿。傅传伦的心里面憋着一团火,不过当他见到这两个人的时候还是歉意地说了一句:"对不起,有个应酬。"

俞莫寒当然知道医科大学附属医院院长的能量,手上掌握着的资源也就相当于权力,这个世界上谁不会生病?在眼前这个人的手机里,肯定有一长串大大小小官员的名字和电话号码,但他还是十分配合地回来了。这说明了什么?说明了高格非就是他的软肋。

俞莫寒也客气地道:"我们知道傅院长很忙,那我们也就不兜圈子了。情况是这样的,在我们最近的调查中有人提到,您曾经给高格非介绍过不少女医药代表认识。呵呵!"他笑了笑,继续说道,"也许'不少'这个词有些夸张,您说是不是?"

傅传伦的脸色一下子就变了,怒道:"根本就没有那样的事!这是有人造谣、诽谤!"

俞莫寒的目光投向小冯放在茶几上的袖珍录音机,说道:"哦,原来是这样。不过傅院长,你真的确定这是谣言和诽谤?你能对自己所说的每一句话负责?"

傅传伦将手上的香烟深吸了一口,这才稍稍冷静了下来,心道:喝酒还真是误事,差点儿就被眼前的这个年轻人给坑了进去。他又吸了一口烟,缓缓问道:"二位,据我所知,高格非可是当庭无罪释放的,也就是说,现在的高格非就是一个合法公民,而俞医生的目的是调查他忽然精神病发作的根源,恐怕我没有任何义务帮助俞医生搞科研调查吧?"

俞莫寒微微一笑，点头道："如果我仅仅是为了调查这件事情而来，傅院长当然没有帮助我的义务，不过我已经告诉过您了，我们正在调查的还有高格非前妻的死亡案。"

虽然如今医学界以西医为主导，但国内医学界还是秉承着几千年来中医行业的传统，那就是晚辈对长辈的尊敬，即使是毕业于不同的医学院校，但只要比对方晚一年执业都应该保持晚辈的姿态。正因为如此，俞莫寒才一直在傅传伦面前使用"您"这个尊称。当然，上次他面对顾维舟的时候是例外——既然对方已经欺负到自己的头上来了，该有的尊敬也就没有必要了。

傅传伦看着俞莫寒："上次我就已经告诉过你们了，高格非前妻出事的时候我还没有与他有来往呢。既然如此，你刚才的那个问题与他前妻的死有关系吗？"

俞莫寒即刻回答道："当然有关系。"他侧脸去看着小冯，"冯警官，你说呢？"

自从开始协助俞莫寒工作以来，小冯总是静静地在一旁听着、看着，他知道，其实俞莫寒需要的只不过是他的警察身份而已，而且他也早已注意到俞莫寒做事情很讲规矩，绝不会信口胡说，然而此时的他没有想到俞莫寒好像变了一个人，说起谎话来竟然如此镇定。不过在这种情况下他也不可能去拆俞莫寒的台，只好点头说道："是的。"

傅传伦差点目瞪口呆，狠狠将烟头摁进了烟灰缸里面，怒道："这简直也太荒唐了吧？！"

俞莫寒淡淡地道："一点儿也不荒唐。如果高格非真的如同传言中所说的那样习惯于婚内出轨，那他很可能一直都是这样的德行。如果真是如此，他与前妻之间的关系可就不那么简单了，与此同时，有关他前妻的死因也就有了无穷的想象空间。"

这下轮到小冯差点儿目瞪口呆了，不过还是不禁在心里暗暗赞叹着：虽然他是在胡说八道，但听起来好像还真的很有道理。

傅传伦顿时没有了话说，沉默了好一会儿才说道："其实……准确地讲，那两个医药代表并不是我介绍给他认识的，最开始的时候是在一起吃饭，后来还是高格非主动来找到我，希望我同意那两个医药代表代理的药品进我们医院。我仔细看了一下资料，觉得东西倒是不错，而且我也得给高格非面子不是？既然高格非帮了人家的忙，对方当然也就会投桃报李……事情就是这样的。首先我要讲明白的是，我自己可在中间没有拿任何好处。"

俞莫寒淡然一笑，说道："傅院长，我们对您在中间是否拿好处一点儿都不感兴趣，所以您也不需要在这件事情上有所忌讳。傅院长，您的意思是说，高格非和两位医药代表有那样的关系？"

傅传伦道："这样说吧，我所知道的就那两个。对了，那两个医药代表当时分别属于不同的医药公司，不过后来她们都成立了公司自己做了。"

那是当然。医科大学附属医院的门诊量可怕得惊人，只要有一两个代理的药品进入到这样的医院就足以保证每年丰厚的利润了。俞莫寒问道："那两个医药代表叫什么名字？她们的联系方式您有吗？"

傅传伦翻看着手机，很快就找到了那两个人的联系方式。俞莫寒记了下来，问道："她们两个人的公司还在为你们医院提供药品吗？"

傅传伦点头道："是的，这两家公司并无过错，我们也不可能随便取消她们的供货权。据我所知，她们的公司这两年发展得都非常好。"

俞莫寒笑了笑，说道："您不用解释的。对了傅院长，请您实话告诉我们，高格非和你们圈子里面的那两位女性是否也存在不正当的关系呢？"

傅传伦即刻道："应该不可能。大家是朋友，一旦突破了那样的关系就很难再维持以前的关系了。"

俞莫寒倒是相信他的这句话，更何况此人身居附属医院院长的位子，看人看事的水平还是有几分的，如果高格非真的和那两位女性有不正当的关系，他完全能够看得出来。

俞莫寒正准备起身告辞，傅传伦却忽然说了一句："俞医生，冯警官，如果我告诉你们说，一直以来我还算比较律己，你们相信吗？"

小冯没有回答。俞莫寒笑了笑，说道："刚才我已经说过了，我们对您和您这方面的事情毫无兴趣。当然，我个人是愿意相信您的，而且也希望您就是那样的一个人，因为我觉得干我们这一行的大多数人都还是很不错的。"

傅传伦看着他："小俞，谢谢你。"

"你为什么不问他滕奇龙和那两个女人的关系？"从傅传伦的办公室出来后小冯问道。

俞莫寒深呼吸了一下，说道："你认为他会讲出来吗？而且我也不想为难他。他曾经也只不过是一名普通的外科医生，能够一步步走到现在很不容易。我们每个人的价值观不一样，对于他来讲，地位越高也就意味着他的人生越有意义，无论是他讨好高格非还是滕奇龙，其最终目的就在于此。从近年这家医院的发展来看，此人的能力还是非常不错的，而且我也相信他足够自律，所以，如果因为高格非或者滕奇龙让他被免职的话，也不一定就是什么好事。"

小冯深以为然："倒也是。"

俞莫寒仰头看着天空，仿佛在对着浩瀚的星海说话："我有一种感觉，这两个女人基本上可以被排除掉。"

小冯问道："是不是因为傅传伦告诉你说她们的公司最近几年发

展不错？"

俞莫寒点头道："是的。如果她们真的患了绝症，即使不是生无可恋，至少也不会对赚钱的事情那么有激情。"

小冯问道："那接下来我们……"

俞莫寒看了看时间，苦笑着说道："欲速则不达。算了，回去休息吧。"

小冯提醒道："可是明天高格非就要回来了啊。"

俞莫寒轻叹了一声，说道："明天上午还有点儿时间。再说吧，你们这工作还真不是人干的，长此以往的话我肯定得活生生被累死。"

小冯不禁笑了起来。

第八章
粪池旁现无名壮汉尸体

倪静和苏咏文自己都有车，苏咏文给倪静发去了位置共享，两个人几乎同时到达鱼庄，苏咏文看了一眼倪静的车，心想原来做律师那么赚钱，难怪俞莫寒他……不，他不是那样的人。

山上的气温要比下面的城市稍微低那么一点点，不过空气却好许多，仅仅是炎热而不是闷热，呼吸起来也觉得顺畅许多。倪静早已想明白了一些事情而且暗自对苏咏文有了安排，心情也就不再像以前那样抑郁，下车后她深吸了一口山上的新鲜空气，只见苏咏文刚才瞟了一眼自己的车后嘴角处又微微翘起，急忙上前主动和对方打了招呼，说道："咏文，谢谢你。本来我也一直想约你来着，只是鱼姐答应了要替沈青青和洪家父子辩护，她一个人肯定是忙不过来的，而且还准备要孩子，所以就把事情全部交给了我。"说到这里，她抬头看了一眼鱼庄的招牌，又笑着说道，"听莫寒说，他曾经在这个地方请你吃过饭，想来味道一定不错。走吧，我们进去说话。"

苏咏文心里憋闷得慌：明明是我约的你好不好？怎么占主动的

却是你？与此同时，她也在心里面暗暗觉得奇怪，自己平时的口才并不差啊，怎么到了这个时候竟然找不到话说了？不过她很快就明白了，说到底还是因为自己是后来者，心里面难免有些心虚和愧疚。不，我不应该这样，因为我对莫寒的感情是真挚的，而且也是纯洁的。既然如此，我为什么还要心虚和愧疚呢？

然而，到了鱼庄里面后，苏咏文却觉得更加憋闷与难受。两个人刚刚坐下倪静就直接拿起了桌上的菜单，招手将服务员叫了过来吩咐道："我们不喝酒，但是要你们这里最好的鱼和最新鲜的蔬菜。这山上的俞医生你认识的是吧？我们是他的朋友，味道就按照俞医生平日里最喜欢的做。"

这时候苏咏文实在有些忍不住了，说道："倪律师，今天是我请客好不好？"

倪静笑道："谁请客不重要，重要的是我们俩终于有了机会坐在一起。咏文，其实我对你的印象一直挺不错的，如果可能的话说不定我们俩还会成为好朋友呢。你觉得有没有这样的可能？"

苏咏文愣了一下，说道："如果是我和莫寒先在一起的话，你还会对我说这样的话吗？"

倪静看着她，真挚地说道："问题是，这个世界上并不存在如果，我和莫寒先认识而且有了感情，然后又确定了恋爱关系，这是不可改变的事实而不是如果。不过我觉得这并不重要，我曾经不止一次对莫寒说过，无论是现在还是将来他都有选择的自由。所以，你来找我谈这件事情其实并没有多大的意义。咏文，你明白我的意思吗？"

苏咏文神情黯然。她又何尝不懂得这个道理？可是她不甘心，总觉得自己各个方面都比倪静好许多，所以才要和对方争上一争。而此时，她忽然觉得自己好像错了。倪静说得对，我和她争其实毫无意义，这件事情最关键的是俞莫寒的选择。

还有，刚才倪静说，无论现在还是将来她都会给俞莫寒选择的自由。如果是我的话能够做到吗？恐怕不大可能。这一刻，她似乎终于明白俞莫寒为什么最终选择倪静了：不受束缚的情感乃至未来的婚姻关系，这不正是大多数男人试图想要而不可能得到的吗？

见苏咏文一直没有回答自己，倪静继续说道："男人其实就是永远也长不大的孩子，他们最需要的是灵魂上的自由，把他管得越紧他就越是逆反。但大多数男人都是有责任心的，你对他越是宽松他反而会觉得自己的责任更重。咏文，今后你谈恋爱的时候千万要注意这一点才是。"

苏咏文觉得嘴里有些发苦："是吗？"

倪静看着她，目光温暖而且充满着怜惜："咏文，要不我们俩喝点儿酒？"

苏咏文的心情糟糕极了，然而不知道为什么，她发现自己竟然一点儿也不恨眼前的倪静了，也许已被倪静刚才的真诚所打动。不过她还是犹豫了一下："我们的车……"

倪静道："如果你真的想喝酒我就陪你。一会儿叫代驾就是，或者我们打车下山明天再来开车也行，那都是小事情。"

苏咏文道："好。"

锅里面的汤在翻滚，鱼片已经熟透，倪静朝苏咏文举杯："来，我敬你一杯。为什么呢？嗯，为了我们俩从今往后成为朋友，成为姐妹。"说到这里，她忽然就笑了起来，"要是在古代的话，我倒是不介意莫寒把你也一起娶进家门。"

苏咏文愣了一下，怒道："他想得美！"

倪静笑道："其实他就是这样想的，这个坏蛋俞莫寒！"随即就一饮而尽。

苏咏文也一口喝下，恨恨地道："你说得对，俞莫寒就是个大坏蛋！"

将俞莫寒送回刑警支队后，靳向南叫上了几个刑警一起返回到距离城区五十多公里的森林豪宅别墅区。死者的爷爷将靳向南叫到了一边，用商量的语气对他说道："孩子已经不在了，我们想撤案，就按照自杀处理吧，希望靳支队能够通融通融。"说着，就朝他递过去了一张银行卡，"一点儿小意思，请你务必笑纳。"

靳向南即刻拒绝道："这是不可能的事情，人命关天，岂能儿戏？！"

老人并没有收回银行卡的意思，继续说道："那，这点儿小意思就算是我捐给你们刑警支队的吧。此外，那个女孩子今后的治疗我们也会负责到底的。孩子已经不在了，这一切都是命，我们认了。"

靳向南听出了他话中的另外一层含义，问道："您的意思是说，您孙子的死另有隐情？那就更不能草草结案了。"

老人惨然一笑，说道："人都已经死了，现在去追究究竟是谁的责任还有意义吗？我们集团公司无论在省里面还是全国都有一定影响力，如果这件事情处理不好的话必定会造成巨大的影响，俗话说'树大招风'，那些个竞争对手一直在盯着我们呢，一旦有个风吹草动，到时候受损的可不仅仅是我们企业，股民们也会因此遭殃啊。"

靳向南道："如果需要的话，我可以向上级请示对此案保密，甚至到时候对外宣称您孙子属于自杀身亡也是可以的。不过我没有这样的权限，我的职责是搞清楚此案的真相，仅此而已。"

靳向南的话正中老人的下怀。他可是全省知名企业家，还有着省政协委员的头衔，完全可以和警方上层直接沟通，但是他最担心的是下面的具体办案人员太过较真。对此靳向南何尝又不清楚？心里面不禁腹诽：果然是老奸巨猾，此人能够有如今的成就绝非偶然。

老人微微一笑，再次将手上的银行卡朝靳向南递了过去："那就收着吧。"

靳向南笑道："既然您有这份支持我们警方工作的心意,那就等事后按照相关的程序去办理吧,这也是一次难得的宣传你们企业的机会。您说是不是?"

老人只好将银行卡收了回去,叹息着说道:"我们民营企业最害怕三件事情:一是国家政策多变;二是政府不作为;三是执法机关滥用职权。靳支队做事尽职尽责,严于律己,我对集团公司未来的发展也就更有信心了。"

他这是在警告我呢。靳向南微微一笑:"这是我们应该做的。那现在就请您将真相告诉我吧。"

于是,老人这才将事情的真相讲了出来:"金楠是我孙儿的同学,长得还算漂亮。学校是不允许中学生谈恋爱的,不过他们两个人却悄悄在一起了。后来我孙儿告诉他母亲说,这件事情从头到尾都是金楠占主动,准确地讲,是金楠主动勾引了我孙儿。然而事隔不久,金楠就告诉我孙儿说她怀孕了,而且还说要把孩子生下来。我孙儿吓坏了,只好将这件事情告诉了他母亲。靳支队,你应该知道,像我们这样的家庭,个人的婚姻往往是不能自主的,政治或者商业联姻是一种必然,更是一种必需,这是为了让企业的根基更加稳固,未来的发展更广阔。商业,要么是弱肉强食,要么就是强强联合,自古以来都是如此。早在几年前,我们就和明氏集团商量好了两个孩子今后的婚事,只等着他们长大后订婚,然后结婚。我孙儿的母亲得知这件事情后,开始的时候并没有觉得是一件大事,她主动找到了金楠,提出给她一笔钱了结此事。可是金楠不同意。我孙儿的母亲将筹码从最开始的五十万一直涨到两百万,想不到金楠的态度越来越强硬,说她今后必须嫁给我孙儿,否则就要去告我孙儿强奸。我孙儿的母亲这才知道自己做错了事情。她一开始就拿出了五十万,这对于一个普通人家的孩子来讲那是多么大的诱惑啊,而且她还连连加码,给人的感觉就好像一两百万对于我们这个家庭来讲就是一件微不足道的事情……"

说到这里，靳向南不禁说了一句："对你们来讲，区区两百万也确实是一件小事情，也许你们以前一直都是采取这样的方式。是吧？"

老人知道靳向南说这句话的意思。他的家族是做房地产生意的，无论是征地还是拆迁都难免会遇到一些麻烦的事情。老人叹息了一声，说道："也许应该怪我，我曾经不止一次对家里面的人讲，能够用钱解决的问题就尽量用钱解决。可是我这个儿媳却忘了这次她面对的是一个普通人家的孩子，那样的方式岂不是会诱惑起对方更大的欲望吗？其实我的这个儿媳也不是愚蠢之人，她很快就意识到自己做错了事情，于是只好去找了金楠的父母。但是没有想到事情竟然变得越发糟糕起来。金楠的父亲是一名教师，特别在乎脸面，当他听闻此事后顿时怒不可遏，直接就将我儿媳递过去的银行卡扔在了地上。其实他并不觉得这件事情就全部是我孙儿的责任，只不过认为我儿媳这样的方式对他和他女儿来讲是一种极大的羞辱。金楠母亲的想法却完全不同，她从地上捡起了那张银行卡，问那里面有多少钱，我儿媳告诉她说只有五十万，如果对方答应息事宁人，这件事情还可以商量。金楠的父亲见妻子如此，顿时气急败坏，正准备发作却被妻子一阵劈头盖脸的怒骂，说他一辈子窝囊等，接着她就向我儿媳提出了五百万的价码。我儿媳说她能够动用的钱最多也就两百万。当然，她这只不过是一种谈判的技巧。最终，双方在三百万的价格上达成了共识，而且我儿媳当天就把剩下的两百五十万打到了那张银行卡里面。"

说到这里，老人又叹息了一声，继续说道："我儿媳本以为这件事情已经得到了圆满解决。然而她根本就没有考虑孩子的想法。我孙儿已经是高中生，对有些事情已经有了自己的看法和想法。

"我们家与明氏集团联姻的事情孩子是知道的，而且他也见过明家的那个女孩子,心里面很是喜欢,他与金楠之间的事情只不过是没有经受住诱惑、一时间冲动罢了。当他得知因为自己的一时冲动竟然让母亲付出了那么大的代价,顿时觉得自己像个傻子一样被金楠给骗了,于是就把金楠叫了出来准备和她理论一番。

"两个人在学校后面的小山上见了面,我孙儿就当面质问她为什么要那么做。估计当时金楠刚刚在父母的安排下悄悄去做了人流手术,心情也是极度糟糕,她就骂我孙儿是垃圾,是一个做了事情不敢负责的渣男,我孙儿一气之下就过去推了她一下,想不到她所站地方的后面就是十多米高的悬崖,结果金楠就一下子掉了下去。

"我孙儿吓坏了,急忙打电话把情况告诉了他母亲。我儿媳急匆匆跑了去。当时金楠还没有昏迷,她看着我孙儿母子恶狠狠地说了一句:你们想杀我灭口,我死了也要变成厉鬼来找你们索命!

"我儿媳并不是一个糊涂的人,她急忙就抱着金楠去了医院。金楠的情况非常糟糕,医生告诉我儿媳说病人的脑干有出血点,不能做手术,随时都可能死亡。我儿媳只好再次来到金楠的家里,想不到金楠的母亲不依不饶,竟然提出了两千万的赔偿价码。

"我儿媳不想让更多的人知道这件事情,包括我和她丈夫,因为她害怕自己儿子在家族的眼里是一个蠢货,更担心被明氏家族知道了此事影响到孩子的未来。后来,经过我儿媳再三与对方进行谈判,最终给了他们五百万并承诺负责金楠所有的治疗费用才再一次了结了此事。可是我孙儿从那天晚上就开始发烧、做噩梦,一直到……"

老人没有再说下去,用长长的带着悲怆的叹息声结束了他的讲述。

靳向南问道:"这一切你们一点儿都不知道?"

老人苦笑着摇头:"我和孩子的父亲平时都很忙,家里的事情都是儿媳在照料。我另外那个儿子的家里也是一样。说起来我们和那些平常的人家并没有什么不同，只有在失去了某些东西后才发现自己所做的那些事情其实并没有多大的意义。可是现在说这些又有什么用处呢？一切都已经晚了啊。"

靳向南经手过许多案件，但他发现眼前的这一起更令人深思。这时候他忽然想起俞莫寒先前那若有所思的一笑，心想难道他早就分析到了这样的结果？难道他对人性的恶早已到了洞若观火的地步？

回到家后俞莫寒即刻打开了电脑查看电子邮件，他很好奇：能够将龚放都难住的究竟是一起什么样的案件呢？

果然是一起凶杀案，而且案情从一开始就让人感到有些离奇……

村民在一个废弃的粪池里面发现了一具全裸的尸体，而且尸体已经高度腐烂。

经过法医鉴定，死者是被人用钝器重力打击头骨致死的，面骨被打得粉碎，由于身体高度腐败，已经无法从面部去识别受害者的身份。

法医通过尸体的有关数据，基本上确定死者的身高为一米八到一米八五，体重九十余公斤，年龄在三十到四十岁之间，死亡时间是在三个月到一年之间。

案发的这个粪池在当地算是比较偏僻的位置，离村民们住的地方有数公里远，隐藏在农田旁边杂草丛中，除了之前在这农田上干过活的村民偶尔会想起来，基本上没有人知道。而且距离案发时间已经过了很久，就算当时凶手不小心留下了血迹或是脚印什么的线索，也早就被雨水给冲刷得一干二净。

值得庆幸的是，现场的调查并不是一无所获，侦查员在粪池底下发现了一把斧子。

法医将斧子带回去进行检验，却没有从斧头上发现任何的指纹和血迹。不过法医注意到，这把斧子的材质虽然寻常，样式却不一般，在斧头和木头把之间有两片加固用的金属片。

一般家庭是用不到这种斧子的，所以说凶手的目的很明确，就是特意买来行凶的。

警察便准备从斧子入手，他们调查了附近所有的五金店，发现仅有一家是卖这种加固型斧子的。

老板一共进了数十把，到警察上门调查时，斧子已经基本上都卖了出去，而且具体卖给了谁老板已经记不清了，只记得进这批斧头的时间是在一年前。

这时候有一位村民前来反映，他在今年年初的时候发现案发的粪池旁有暗红的血迹。

由此警方可以推断，案发时间应该就在去年年底与今年年初之间。

大概确定了案发时间后，为确定死者身份，警方便开始从案发现场周边的村子查找这段时间失踪的村民。

经过上百名警察数天的查找，发现一共有二十名失踪人员，然而这些失踪人员的DNA都与死者不相符。

更蹊跷的是，不仅这一批失踪人员里没有他，整个县、省乃至全国的失踪人员里都没有这个人。

线索就此断了。

邮件里面的内容也到此结束了。俞莫寒觉得有些奇怪，因为龚放最拿手的可是微表情观察，以此来分辨犯罪嫌疑人是否在撒谎。而在这起案件中他还没有面对犯罪嫌疑人，案情的描述就戛然而止了……他这是在考我？

拿起手机给龚放拨了过去，却发现对方正处于关机状态。精神或者心理不正常的病人随时都可能出现突发的情况，俞莫寒知道，无论是他自己还是龚放都有二十四小时开手机的职业习惯，除非迫不得已。难道他真的赶过来了？

再一次拨打。确实是关机而不是不在服务区，俞莫寒马上在网上查看了一下从深圳或者广州到本地的航班，发现果然有一个从深圳过来的航班是在一个小时前起飞的。这家伙！俞莫寒即刻给小冯拨打了个电话："方便开车和我一起去机场接个人吗？"

本来他是想给倪静打电话的，但想到此时她很可能正和苏咏文在一起，也就只好作罢，而且现在的他心里面还充满着忐忑。

小冯当然不会拒绝，不多一会儿就驾驶着一辆警车来到了俞莫寒父母家的楼下。结果出门不多久就遇上了堵车，因为前面不远处发生了一起交通事故。小冯打开警笛后才得以快速通过。俞莫寒感到有些不安："这样做不大好吧？"

小冯道："接了你的电话后我请示了靳支队，他说龚博士可是我们警方的朋友，让我好好接待呢。"

"看来上次我去广州的事情早已被靳向南查了个透，他从中了解到龚放的情况也就并不奇怪了。"对此俞莫寒并不感到生气，反而暗暗惊叹于靳向南缜密的思维以及快速反应能力。

刚刚上机场高速，俞莫寒就接到了靳向南打来的电话："俞医生，你那朋友到了先安排一下夜宵吧，时间和地方确定后再告诉我。对了，千万别去那家小酒馆，那可不是招待客人的地方。"

俞莫寒问道："你那边的事情忙完了？情况搞清楚了吗？"

靳向南就将死者爷爷所讲述的情况大致说了一下，问道："你觉得他的话可信吗？"

俞莫寒沉吟着回答道："我觉得事情的真相大致就应该是这样，不过在细节上他主要还是更加偏向于他孙子和儿媳这一边，比如，死者和金楠发生关系究竟是女方主动还是被强奸？此外，当时死者究竟是一气之下推了金楠一把呢，还是故意将金楠带到那个地方行凶？还有就是他儿媳与金楠父母的谈判细节，从两千万到五百万，这里面双方的较量估计不可能那么简单。当然，我只是从心理学的角度在分析此案的案发过程，不过悲剧已经酿成，继续去追寻其中的细节似乎已经没必要了。"

靳向南觉得他的分析很有道理，如果事情的真相完全如死者爷爷所讲述的那样，那么受害者就应该是死者才是，由此他们完全可以控告对方敲诈勒索，但是他们并没有那样的想法，由此可见，这起案件到目前为止并没有完全明了。俞莫寒继续说道："如今金楠的治疗需要一大笔费用，长此以往，其治疗费用很可能是一个天文数字，如果你继续去调查案件的真相，结果有可能意味着无力治疗而造成金楠的死亡。靳支队，难得糊涂一回吧，毕竟生命比什么都重要。"

这一刻，靳向南忽然想起那位老人试图送给自己的那张银行卡，心里面更加相信了俞莫寒的分析与判断，不过他也就只能叹息着选择作罢。情与法，这二者本来就是他时常要面对却又不得不去做艰难选择的问题，而这一次俞莫寒已经替他做出了选择，所以他也就没必要再去自寻烦恼。

龚放从出机口出来，看到俞莫寒的时候一点儿也没有表现出惊讶，只是笑着说了一句："幸好你及时看了我发给你的邮件，不然我就只能自己打车去找你了。"不过当俞莫寒将小冯介绍给他的时候，他却客气地道了一声"谢谢"，说道，"辛苦你了。"

小冯不禁有些受宠若惊，心里面也很温暖，心想搞心理学的人果然与众不同，这种独有的个人魅力绝非其他人能够拥有。

俞莫寒的心思却在邮件中的那起案子上面，直接就问道："你那案子好像并没有讲完，你是想考考我？"

龚放点头道："案子的情况确实没有讲完，不过我并不是想考你。我对你的能力可是十分清楚的，怎么可能干那种无聊的事情？"

俞莫寒顿时明白了："也就是说，案子调查到后面就没有了方向，于是你就想看看我的思路是不是和你一样？如果我的思路和你是一样的，那就说明你前面的方向并没有错。是不是这样？"

龚放笑道："正是如此。"

俞莫寒沉吟着说道："如果是我在调查这起案子，接下来或许会去调查那二十个失踪人员失踪的具体时间，如果某个人的失踪时间和死者的死亡时间比较接近，那么这个人就是我接下来的调查对象。"

龚放很高兴地道："英雄所见略同，当时我就是这样思考的。结果想不到还真的就找到了这么一个人，此人名叫祝童，在当地开了一家养猪场，离异单身，还欠了银行一百多万的贷款。不过祝童的身高只有一米六五，体形瘦小，所以他不可能是死者。而他这样的体形想要背负死者的尸体到那么远的地方去弃尸似乎也不大可能。

"还好，接下来警方在调查祝童的过程中发现了一件怪事：在祝童失踪前，他曾把自己刚买不到半年几乎全新的汽车拉去修理厂进行整车喷漆。而祝童失踪之后这辆车就一直停在修理厂。试想，一个欠了一百多万的人，还要拿着新车去做整车喷漆，警方对此产生了怀疑。

"于是，法医和痕检技术人员赶到了修理厂，在极尽仔细的搜寻后，在后备箱里的备胎下面发现了一片小树叶，而小树叶上有一处类似油漆的印记，警方怀疑这有可能是血迹。因为时间过去太久，经过反复的尝试，总算将血液里的 DNA 提取成功，并确认是死者的血液，也就是说失踪的祝童曾经拉过死者。

"警方调出了祝童的通话记录，发现在今年年初的时候他曾与两个外地号码联系比较密切，这两个外地号码的持有者，一个叫苏大林，另一个叫颜顺德，而苏大林的电话在一月二十号之后就关机了。

"苏大林的身高一米八二，颜顺德一米七三。警方赶去了苏大林的家中进行了DNA比对，之后终于揭开了死者的身份。死者就是苏大林。"

这时候驾车的小冯忽然问了一句："难道是祝童和颜顺德合谋杀害了苏大林？"

龚放惊讶地看向他，问道："你为什么这样认为？"

小冯道："祝童那段时间与苏大林和颜顺德联系密切，说不定就是为了谋划此事。一方面是将苏大林诓骗过去，同时与颜顺德合谋杀害苏大林。"

俞莫寒却道："不需要猜测，找到祝童或者颜顺德之后，案情也就明了了。不过事情很显然并非这么简单，否则这个案子也就难不倒龚放了。"

龚放说道："这起案件的关键并不在这里。警方很快就找到了颜顺德，审讯此人的时候我也在场。他说自己根本就不认识苏大林，不过与祝童却有生意上的来往。当时我就发现他在说谎，于是就告诉他说我们已经掌握了他杀害苏大林的充分证据，因为警方在粪池旁边找到了一个烟头，而烟头上就有他的DNA。这当然不是真的，不过颜顺德一下子就崩溃了，终于承认了自己杀害苏大林的犯罪事实。"

小冯问道："原来他不是与祝童一同作案？"

龚放道："准确地讲，应该是合谋。颜顺德是外地人，在广东做点儿小生意，此人好赌博，先后一共输给了祝童十多万块钱。有一天祝童找到了他，希望他能够帮他杀了苏大林，事情办好后不但就此免去他的赌债而且还另外再给他十万块。颜顺德问他为什么要苏大林死，祝童说苏大林从他那里拉走了上百头猪后一直赖着不给钱，而且几年前还把他老婆给睡了。颜顺德也觉得这样的人该死，于是就去买了一把斧头杀害了苏大林，随后半夜他就和祝童一起将苏大林的尸体抬到了村外的粪池扔了，连同那把斧头一起，随后颜顺德就拿着祝童给他的那笔钱回到了外地的家里。我看得出来，这一次颜顺德说的是真话，可问题的关键是，一直到现在为止警方都没有寻找到祝童的下落。自从此人失踪后就再也没有了通话记录，也没有出境记录，而且从未使用过银行账户，甚至连身份证都没有使用过的痕迹，这个人就好像一下子从人世间消失了一样，警方也因此不能对这起案件结案。"

俞莫寒沉默了片刻，问道："警方调查过没有，苏大林究竟欠不欠祝童的钱、究竟睡没睡过他老婆？"

龚放回答道："当然调查过，苏大林是祝童那家养猪场猪饲料的供货商，不过警方发现欠钱的一方却是祝童，至于苏大林是否睡过他老婆的事情就无从得知了。据村民反映，几年前祝童就莫名其妙地与妻子离婚了，后来他妻子带着孩子不知去向。"

俞莫寒皱眉道："一个人不可能就这样无缘无故消失掉，他是在谋划杀人后才忽然消失的，不大可能在短时间内去办理另外一个身份的身份证，更何况他有能力付给颜顺德那么大一笔钱，不可能从此之后不再花钱，不再使用身份证，除非他已经死了。"

龚放点头道："我也是这样认为的。可是，如果他真的死了，那么杀害他的凶手究竟是谁呢？对方的作案动机又究竟是什么呢？"

俞莫寒没有回答他的这两个问题，而是问道："警方后来找到祝童的前妻没有？"

龚放回答道："正在寻找。据我分析，由于祝童的前妻学历比较低，很可能是在城市里面做钟点工，而且极有可能是与某个男人同居，平时很少使用到身份证，再加上她的孩子还没有到入学的年龄，又很可能因为离婚而改了孩子的名字，所以警方才一直没有寻找到她的下落。"

俞莫寒忽然问道："那个孩子是男孩还是女孩？"

龚放一愣，问道："你的意思是说，他们两个人离婚的过错方不一定是祝童的前妻？"

俞莫寒道："听说有些广东人重男轻女的思想比较严重，而且大多数人还特别迷信，如果那个孩子是男孩的话，那么这两个人的过错方就很可能是祝童，而不是他的妻子。"

龚放思索了一小会儿，摇头道："苏大林离婚多年，目前也是单身，他有一个女儿在外地上大学……更何况苏大林确实是被祝童和颜顺德合谋杀害的。所以，即使祝童已经死亡，那也应该与颜顺德没有任何的关系。"

俞莫寒忽然觉得眼前一亮，说道："关于祝童告诉颜顺德他要杀死苏大林的两个理由，你怎么看？"

龚放喃喃地道："欠钱，老婆被人睡了……你的意思是说，这其实只不过是他潜意识里面的东西？"

俞莫寒道："一般情况下，人们编造理由的过程中多多少少都存在着某些潜意识中的东西。也许当时祝童只不过是随意编造了他要杀害苏大林的理由，但其中的关键词恰恰就是他潜意识里面真实存在着的焦虑与担忧。"

龚放问道："或许是他睡了别人的老婆？也可能是真的有人欠了他的钱？"

俞莫寒摇头道："不，还有一种更大的可能就是，他不但欠了另外某个人的钱，而且还去睡了人家的老婆，于是对方恨不得杀之而后快。而祝童也早就意识到了这一点，所以潜意识里面才一直在担忧并害怕着。"

龚放皱眉道："可是苏大林的死……"

俞莫寒忽然大声道："也许苏大林的死与祝童的遇害根本就是没

有任何关系的两起单独的事件而已,你想想,难道没有这样的可能吗?此外,在这起案件中已经有了一个非常重要的信息,却恰恰被你们忽略了。"

龚放也忽然大声道:"祝童也喜欢赌博!"

俞莫寒淡淡一笑:"正是!查一下他的那些赌友,也许杀害祝童的凶手就在其中。"

龚放急忙拿出电话拨打,神情和语气都非常激动。刚才小冯一直在静静听着,却发现自己越来越适应不了他们那种跳跃性的思维模式,不过此时的他也已经豁然开朗,不禁暗暗惊叹于这两个人天马行空般超乎寻常的想象力。

龚放打完电话,叹息着说道:"如果不是时间已经太晚了,我现在就想马上赶回去。"

俞莫寒知道他是为了高格非的案子而来,目的是想帮自己。至于刚才的那个案子,只不过是他一时之间进入了惯性思维模式罢了,以他的能力来讲,随时都可能想清楚那个关键点的。俞莫寒道:"龚放,谢谢你。"

龚放微微一笑:"其实,我也对你手上的这个案子很感兴趣。"

俞莫寒大笑:"那你就在这边多待几天吧。"

接下来俞莫寒就将最近几天来关于高格非案的调查情况大致讲了一下,龚放听后叹息着说道:"虽然说排除得越多就距离真相越近,但一直这样下去的话却很容易让人丧失信心,而且还会因此开始怀疑自己先前的判断。"

俞莫寒点头道:"是啊,最近我总是反复推演自己以前所得出的结论,而且已经开始怀疑自己了。"

龚放问道:"高格非今天晚上就回来了?你准备明天去拜访他?"

俞莫寒忽然想起眼前这个家伙的特殊技能,眼前一亮,说道:

"有你在，我以前的推论就很容易得到印证了，因为即使是他撒谎也瞒不过你的眼睛。"

龚放笑着点头道："我也是这样想的。"这时候他的目光再一次移到小冯身上，好像一下子想起了什么，低声问俞莫寒道："好像你一贯都不是很张扬的人啊，怎么这次叫上警察开着警车来接我？"

俞莫寒急忙解释道："我也是没办法，临时起意……"随即就将苏咏文邀约倪静一起去吃饭的事情对他讲了，苦笑着说道，"一直到现在我的心里面还在忐忑着呢。"

龚放不禁笑了起来，说道："想不到我们俞莫寒同学如此有魅力……由此看来，那位女记者对你可是一往情深啊。莫寒，你有些过分了啊，无论是对她还是对我。"

俞莫寒急忙再次解释："我和她真的没有你以为的那种关系，而且这也是……唉！我已经解释不清楚了。这样吧，一会儿我自罚三杯向你赔罪，这样总可以了吧？"

话音刚落，他的手机响了起来。电话是倪静打来的，听声音有些含混不清："俞莫寒，你这个浑蛋！"紧接着又传来了苏咏文同样大舌头般的声音："俞莫寒，你这个浑蛋！"

俞莫寒目瞪口呆，急忙问道："你们都喝醉了？开车了没有？"

苏咏文说："不要你管！"紧接着又是倪静的声音："对，不要你管！"

俞莫寒无奈地对小冯说道："我们直接上山去吧，麻烦你告诉靳支队一声，我们改天再找时间喝酒。"

龚放在旁边大笑："有趣，有趣！"

小冯将俞莫寒和龚放送到山上后就立即返回去接靳向南。靳向南为人比较豪气，听说俞莫寒的同学来了，他岂有不亲自前来相陪的道理？

俞莫寒和龚放进入鱼庄的时候倪静和苏咏文正兴高采烈地碰杯,俞莫寒低声问服务员:"她们喝了多少了?"

服务员朝他竖起了两根手指:"第二瓶刚刚开始。"

俞莫寒这才暗暗放下心来,急忙过去对她们说道:"别喝了,再喝就要去医院洗胃了。"

倪静转身一下子就见到了俞莫寒旁边站着的那个人,惊喜地道:"龚放?你什么时候来的?"

这一刻,龚放的目光正直直地看着苏咏文,对倪静的问话恍若未闻。俞莫寒暗暗诧异,却不想让他失态,急忙轻轻拉了他一下,低声道:"倪静问你呢。"

龚放这才急忙道:"哦,刚刚到。"

倪静的心里却是暗暗高兴,急忙去招呼他:"这里的鱼味道不错,你们也坐下来喝点?"待大家都坐下后,倪静即刻吩咐服务员重新上酒上菜,随后就将龚放介绍给了苏咏文,"他是莫寒留德时候的同学,非常厉害的一位心理学家。"

此时苏咏文虽然已经半醉,但还是注意到了刚才龚放痴痴看着自己的眼神,心里面早已鄙夷与不高兴,撇嘴道:"我也是心理学家,也很厉害。"

倪静喝多了酒,一时间没有反应过来,惊讶地看着她问道:"是吗?我以前怎么不知道?"

俞莫寒朝龚放苦笑了一下,意思是说你知道了吧?挺厉害的。嘴里却问道:"我们喝点儿什么?"

龚放当然不会在意苏咏文刚才的话,同时也对她脸上的鄙夷视而不见。漂亮的女人总是有些自傲的,更何况她已经有了几分酒意。抑或是,她极有可能是将对俞莫寒的不满借着酒意发泄到了我身上。他说道:"随便喝点儿啤酒吧。"

没想到这时候苏咏文却又接过了话去,鄙夷地道:"要喝就喝白酒,还心理学家呢,喝酒还不如我们女人。"

这是什么逻辑?忽然想到不讲道理的女人从来都不管什么逻辑,于是他微微一笑,说道:"行,那就喝白酒吧。"

可是苏咏文却不依不饶:"你们来晚了,得先罚三杯。"

俞莫寒在一旁不好说话,倪静实在看不下去了,急忙道:"咏文,人家龚放可是远道来的客人,旅途劳顿,就不要为难人家了。"

苏咏文冷哼了一声不说话。龚放却微微一笑,说道:"我觉得苏记者说得也很对啊。莫寒,那我们俩就先喝三杯如何?"

俞莫寒朝他举杯:"来,我敬你,今后可要经常过来玩啊。"

龚放笑道:"一定,一定,一定。"他见大家都愣了一下,笑着解释道,"一个'一定'一杯,正好三杯。"

俞莫寒和倪静都忍不住笑了起来,苏咏文却撇嘴说道:"好低级的笑话。"

倪静急忙再次制止她:"咏文!"

龚放却依然不在意的样子,说道:"没事,苏记者看我不顺眼,说明我这个心理师还很不合格,不能给人以良好的第一印象,今后我一定更加努力,一直到让苏记者看得顺眼为止。"

倪静"扑哧"一笑,说道:"想不到你还真是好脾气,实在是太难得了。"

苏咏文也惊讶地看了龚放一眼,不过随即就沉默着不再说话。

不多一会儿靳向南来了,一阵寒暄过后这顿夜宵就一直吃到了午夜过后。靳向南已经在省公安厅的酒店里面给龚放开好了房间,又叫来了山上派出所的几个民警替倪静和苏咏文将车开下了山。

俞莫寒和倪静一直将龚放送到房间门口之后才转身离去。倪静对俞莫寒说道:"我觉得他们两个人有戏。"

俞莫寒点头:"我也觉得。"

倪静轻轻拍打了一下俞莫寒的胳膊:"你怎么不配合我说话呢?"

俞莫寒愣道:"你要我怎么配合?"

倪静笑道:"你应该问我,你为什么觉得他们俩有戏呢?"

俞莫寒笑得不住咳嗽,道:"好吧,你为什么这么觉得呢?"

倪静强忍住笑说道:"因为电影、电视上面都是这样演的,一男一女两个人初次见面就互相看对方不顺眼,最后的结局都是两个人终于好上了。"

俞莫寒大笑。

倪静却反过来问俞莫寒道:"从心理学的角度如何解释这样的现象?"

俞莫寒回答道:"因为女方这样的态度最容易激发起男性的征服欲。如果我所料不错的话,龚放明天就会直接跑去找苏咏文。"

倪静看着他:"你确信?"

俞莫寒笑了笑:"要不我们打个赌?"

倪静问道:"赌什么?"

俞莫寒不怀好意地看着她:"如果你输了,你就和我……"

倪静的心跳忽然加速,脸一下子就红了,轻嗔道:"你想得美!"

第九章
疯狂行为后的疯狂报复

　　头天晚上的酒喝得恰到好处，再加上心情也是特别的好，俞莫寒这一夜睡得非常香甜。在这个世界上，对于一部分人来讲，一次好的睡眠简直就如同上帝的恩赐般千金难求。自从俞莫寒开始调查高格非的事情以来就时常出现失眠的状况，夙夜辗转难眠，好几次让他从床上坐起来想要骂人。这天早上醒来后顿觉神清气爽，仿佛从窗外传来的雀鸟叫声也比往常欢快悦耳了许多。

　　龚放也有早起的习惯。从事精神和心理职业的人往往对自身养成好习惯的要求近乎苛刻，不过他们要做到相对于常人来讲也要容易许多，毕竟自我心理暗示对他们来讲早已是轻车熟路。

　　看得出来，头天晚上龚放回到房间后不但洗了个澡，而且还仔细修了面，此时就连俞莫寒都觉得眼前的这个家伙看上去顺眼多了，赞道："不错，很精神。走吧，我们下去吃早餐。"

　　这家酒店基本上是对内营业，早餐还算比较丰盛，龚放却没有吃多少就放下了碗筷，俞莫寒问道："怎么，不习惯这里的味道？"

龚放摇头道："昨天晚上伤了胃，平日里我哪里会像那样喝酒啊。"

俞莫寒意味深长地看着他："是不是对她动心了？"

龚放沉默了一小会儿，轻叹了一声后说道："现在，我终于相信一见钟情，也相信前世有缘了。昨天晚上我第一眼见到她的时候忽然就心跳加速了，像这样的情况我这辈子还是第一次。"

俞莫寒觉得他有些夸大其词，问道："你以前谈了那么多女朋友，难道从来都没有过这样的感觉？"

龚放摇头："以前那些只不过是初次见面后觉得还不错，于是就尝试着相处一段时间，不过最终还是都分了手。但这次的情况完全不一样，我刚一见她，怎么形容呢……"

俞莫寒笑道："你刚才不是已经形容了吗？心跳加速。"

龚放却在摇头："不准确，嗯，应该是那一瞬我的心脏如遭重击，震惊得差点儿呼吸困难。"

看来他是真的动情了。俞莫寒提醒道："对不起，这件事情我不能帮你，不过倪静倒是可以出面……"

龚放即刻朝他摆手道："不，这是我自己的事情，我自己去解决。"

俞莫寒又提醒道："我这边的事情你可不要耽误了。"

龚放笑道："你放心吧。对了，我手上的那个案子，你的分析是对的，警方已经找到凶手了。"

俞莫寒惊讶地道："这么快？"

龚放道："方向明确了，很多事情就事半功倍。你知道凶手是干什么的吗？"

俞莫寒当然很有兴趣，问道："干什么的？"

龚放咧嘴一笑，说道："火葬场的工作人员。"

俞莫寒愣了一下，忽然就明白了："难道他在杀害了祝童之后就偷偷把他的尸体给烧了？可是火葬场焚烧尸体是要进行登记的，民政部门在这件事情上的管理非常严格。"

龚放道："他将几天前的一具尸体又重新登记了一次。即使有人检查，也往往会认为那是重名的两个人。不过警方正是通过尸体的焚烧记录拿到了确凿的证据。"

早餐后龚放就真的去找苏咏文了。俞莫寒给倪静打去电话向她告知了此事，怪笑着问道："怎么样？打赌我可是赢了啊，你准备什么时候兑现啊？"

还不是因为苏咏文长得漂亮？漂亮的女人对男人的杀伤力可是致命的，电话那头的家伙不都差点儿……当然，理智告诉倪静不能再去计较这件事情，她还是那句话："你想得美……"随即却又说道，"行，我答应你。"

俞莫寒大喜，低声问道："那，什么时候啊？"

倪静回答道："当然是我们俩结婚的那天晚上。"

俞莫寒瞠目结舌，而倪静却在电话的那头笑个不停。

我们每个人都是有惰性的，心理学把这种惰性归属于人类的本能之一。此时的俞莫寒就是如此。头天他就已经想好了，如果龚放不需要他陪同，他就去拜访那两位曾经的医药代表。可是现在，当龚放去苏咏文那里之后俞莫寒却开始犹豫起来：应该不是那两个人，我去拜访她们就等于浪费时间。

后来小冯打电话来问他上午是如何安排的，这才让他最终抵御住了懒惰的诱惑。不管怎么说，这两个女人都可能与高格非有过那样的关系，也许能够从她们两个人那里了解到更多有关高格非的情况。

小冯做事情非常踏实，他已经提前将两个拜访对象的资料准备好。俞莫寒发现，这两个女人虽然都长得比较漂亮，她们后来的生活状况却截然不同。心想即使不能从她们那里得到有用的信息，也可以从中了解到这个行业的从业人员，或者是作为女性个体的一部分心理特征。

侯菲菲的家及公司都在城南。资料上显示，她目前是已婚状态，丈夫姓刘，无业，两个人有一个儿子，正在上小学。女主外、男主内？俞莫寒大致清楚了这个家庭的基本结构与状态。

侯菲菲的公司在一栋写字楼里面，整整占据了一层楼。进去后小冯一亮出警官证就十分顺利地见到了这个需要拜访的对象。

短发，漂亮，精明强干。这是侯菲菲给俞莫寒的第一印象。也不知道是怎么的，当俞莫寒见到侯菲菲的时候竟然一下子就想起宁夏来。宁夏也曾经做过医药代表，不过后来她却为了将自己卖一个好价钱决然地离开了这个行业，可是后来的她生活支离破碎，而眼前的这位似乎一切都非常如意。

说实话，对于高格非的案子，像这样的一次次拜访俞莫寒早已厌倦了。虽然每一次拜访的都是不同的人，但需要问的问题却大同小异，更让人感到难堪的是，他根本就不可能回避掉那些有关隐私的问题。

但是没办法，只能如此，而且也必须如此。

小冯介绍了自己和俞莫寒之后，俞莫寒还是采取以往非常直接的方式："我们是为了高格非的事情而来。"

侯菲菲刚才的热情转瞬之间变成了冷若冰霜："你们找错人了吧？你们说的这个人我根本就不认识。"

俞莫寒装出一副惊讶的样子："怎么可能呢？医科大学附属医院的傅院长不可能骗我们啊，难道是他搞错了？"

侯菲菲的脸色更是一变，随即就好像恍然大悟了一般："你说的是不是以前医科大学的校办主任，后来调到了其他地方，不过最近好像出了点儿什么事情的那个人？"

俞莫寒点头道："正是此人。"

侯菲菲道："多年前我们曾经在一起吃过饭，不过已经很久没有联系过了。"

俞莫寒看着她："是吗？"他的语气稍微缓和了下来，"我们对你，对你公司的事情一点儿也不感兴趣，只是想多了解一些有关高格非的情况。当然，这其中也必然会涉及你的个人隐私，可能会让你感到尴尬或者忌讳。然而，高格非的事情并不像你们以为的那么简单，也许还牵涉恶性犯罪。因此，如今你已经无法避开这件事情，说到底这其实就是因和果的关系。"

侯菲菲沉默了好一会儿，终于轻叹着喃喃自语般说了一句："我本以为这辈子再也不会有人提及这件事情了，你说得对，这其实就是因果……"

侯菲菲的故事其实很简单。

多年前，师范学院中文系毕业的侯菲菲选择去做医药代表，因为她听说这个行业很赚钱，而且赚钱快。所谓的医药代表其实就是医药公司的推销员，并不一定非得是医学类专业毕业，能够吃苦、口才好就行，如果长得漂亮当然就更有优势。那时候的她非常需要钱。

侯菲菲和男朋友青梅竹马，感情笃深，不过男朋友是计算机专业毕业的，性格内向。两人刚刚大学毕业就去办理了结婚手续，双方父母给了他们一笔钱本来是准备用来买婚房的，结果丈夫却偷偷拿去投资了一个所谓的朝阳产业项目，想不到那个项目根本就是一个骗局，结果那笔投资血本无归。

侯菲菲得知此事后虽然生气但又不好过分责怪丈夫，心想自己的这份职业收入还算不错，如果自己去代理一个利润高的药品并能够进入某个三甲医院就好了，如此，一年下来别说损失的那笔钱，就是加上装修的费用也都足够了。

当一个人的心里面有了某种想法之后就会极其自然地去留意相关的信息，即使是稍纵即逝的机会也不容易从手上滑过。"机会总是掌握在有准备的人手里"，这句话说的就是这个道理。有一次，公司老总请医科大学附属医院的傅院长吃饭的时候她也参加了，就是在那一次的酒宴上她发现傅院长对高格非特别的客气，而高格非言谈之间所表现出来的风趣及喝酒时的豪爽更是给她留下了极深的印象。

其实那一次的酒局对于侯菲菲来讲只不过是一个跳板。几天后她主动约了高格非，一开始高格非说他最近很忙，侯菲菲就问他大概什么时候有空，高格非并没有告诉她具体的时间，但是问了她一句：一起吃饭的都有哪些人？侯菲菲回答说：就我们俩，我有一笔生意想和高主任谈，不知道高主任有没有兴趣？高格非沉默了片刻后就说那你说个时间和地方吧。

时间当然是越快越好，至于地方，侯菲菲早已计划好。

就在当天傍晚，天际边夕阳已经暗淡的时候，两个人在靠江边的一家西餐厅见了面。想到自己有那么重要的事情要请高格非帮忙，侯菲菲当然极尽礼数，而且还动用了漂亮女人的武器：妩媚，还有娇嗔。

高格非主动朝她伸出手去，结果握住了就没有要放开的意思。侯菲菲不敢挣脱，就让他将自己的手握在了他的手心里面。高格非的目光一直聚在她那漂亮白皙的脸上，微微笑着说道："一日不见，如三秋兮。"

侯菲菲顿觉身上的鸡皮疙瘩都起来了：这人怎么这么酸？随即却听到他问自己："菲菲，你知道我刚才所说的这个三秋究竟是多久吗？"

侯菲菲媚了他一眼,回答道:"就是三年吧?三也是许多的意思……高主任这话真是让小妹我很是受宠若惊啊。"

这时候高格非终于放开了她的手,摇头感叹着说道:"听说你还是中文系毕业的呢,看来你在上大学的时候并没有好好读书啊。不过倒也是,如今你做医药代表倒是比较合适。"

侯菲菲羞愧得脸一下子就红了,不过却很是好奇,同时也是为了奉承对方,即刻就问道:"高主任,那这个三秋究竟是多久啊?"

高格非吟诵着说道:"彼采葛兮,一日不见,如三月兮;彼采萧兮,一日不见,如三秋兮;彼采艾兮,一日不见,如三岁兮。诗经里面的句子,你竟然没仔细读过。从这三个排比句中就可以知道,三秋就是三个季,也就是九个月。"

侯菲菲看向他的目光顿时充满着崇拜:"高主任,你简直是太博学多才了……"

高格非没等她奉承的话讲完就摆手说道:"我也就是平日里喜欢阅读罢了。不说这个了,你不是有事情要讲吗?直接说吧。"

侯菲菲随即就把自己的想法讲了出来:"我准备去代理一个药品,属于抗生素类国家二级新药,代理的价格与医院零售的价差特别大,利润当然也就非常丰厚。可是如今像这样的药品竞争太厉害了,如果没有特别的关系很难进到三甲医院里面去。高主任,如果您感兴趣的话我们俩合作做这个产品,不用您投资,只需要您想办法让药品进入医科大学附属医院就行,到时候我们五五分账。"

高格非朝她伸出手去:"我看看资料。"

药品的资料侯菲菲当然早已准备好,她急忙从随身的挎包里面取出来朝他递了过去。高格非看得很仔细,特别在价格表上面停留了好几分钟,看完后他点头说道:"东西确实不错,想要进我们附属医院也并不难,只需要我给傅院长打个招呼就可以了。不过我不可能与你合作做这样的事情,毕竟我是学校的校办主任,这样做很容易被人抓住以权谋私的把柄。"

侯菲菲急忙问道:"那您的意思是?"

高格非的目光看向她:"菲菲,你很漂亮。"

侯菲菲顿时明白了,虽然早已在心里面准备好了是这样的结果,但真到了这个时候还是觉得紧张与不情愿,她红着脸轻声说道:"我已经结婚了,只是还没有举办婚礼。"

高格非微微一笑,说道:"我也结婚了。这样吧,事情呢我先替你办好,这个你不用担心。我这人不喜欢强迫别人,有些事情得你情我愿,得有一定的感情基础,不然的话和动物又有什么区别呢?你说是不是?"

侯菲菲知道,如果自己真的想做这笔生意就无法避免最终献身于高格非的这个结果。他可以让药品进到医院里面去,当然也可以随时踢出来。然而金钱的诱惑对侯菲菲实在是太大了:婚房,奢侈品,豪车,还有自己未来的事业。不就是那么回事么?为了自己的下半辈子,豁出去了!

接下来的事情进行得非常顺利,从与药厂签订代理合同到药品进入医科大学附属医院仅仅花费了不到两个月的时间。然而奇怪的是,高格非一直都没有主动与她联系过,就好像这件事情根本就与他无关一样。

药品进入医院一个月后,销量开始猛增。当然,这与侯菲菲非常强的推广能力密不可分。然而越是这样,侯菲菲的心里就越是担心,她不能让已经开始的充满美好前景的事业最终变成一场空。

她终于决定主动给高格非打去电话。

高格非好像知道她会打这个电话似的,说道:"今天正好是周末,我们去露营吧,东西都准备好了,一会儿我来接你。"

在远离省城的一座山上的水库旁边,在那个小小的帐篷里面,那天下午和晚上,高格非疯了似的要了她好多次。侯菲菲没有想到这个看似文质彬彬的中年男人的身体里面竟然蕴藏着如此巨大的能量,她竟然为之痴迷得差点儿难以自拔。

男朋友依然浑浑噩噩,根本就不曾注意到她的变化,而这反倒让她羞惭并自责不已。高格非在她身上没有一丁点儿的温柔,只有一次次索取与发泄。她知道,自己与这个人不可能有任何结果。

半年后,她终于下定决心,当极度的亢奋终于平静下来之后,她对高格非说道:"我们不能再继续下去了。"

高格非问道:"为什么?"

侯菲菲道:"我和他马上就要举办婚礼了,而且家里还催着尽快要孩子。"

让侯菲菲万万没有想到的是,高格非紧接着就吐出了一个字:"好。"

那天,他再也没有像以前那样再一次与她缠绵,而是洗了个澡后就直接离去。他离开得干干脆脆,甚至连一句话都没有留下。一个月,两个月,三个月,高格非没有与她有过任何联系,而她所代理的药品在医院的销售越来越好。

侯菲菲终于放心了:这笔账总算是了了。

"从此以后你和他就再也没有过亲密接触?"俞莫寒问道。

侯菲菲点头:"是的。即使他后来到了专科学校当校长。那所学校也是医药类的,也有附属医院,但我强迫自己不要再去找他。"

俞莫寒觉得有些诧异:"为什么?因为你的家庭?"

侯菲菲点头:"这只是一个方面,还有就是,我发现这个人有毒,会让人堕落并上瘾。我已经有了自己的家庭、孩子,还有发展得非常不错的事业,我害怕这一切会因为自己的堕落而毁于一旦。"

俞莫寒明白了,她指的不仅仅是高格非的个人魅力,还有在性方面的能力。由此,俞莫寒不由得想起了宁夏。高格非在侯菲菲和宁夏面前所表现出来的是截然相反的两种状态,而这恰恰说明了高格非是一个非常容易被自己的潜意识左右的人。俞莫寒又问道:"高格非在你面前提起过他前妻的事情吗?"

侯菲菲摇头:"他从来不说自己家庭的事情,连工作上的事情都很少提及。"

俞莫寒问道:"那你们都谈些什么?"

侯菲菲道:"主要是谈文学。对了,有一次他对我说了他这一生最大的理想是什么。不过那天他喝醉了,估计后来他根本就记不起来了。"

俞莫寒的眉毛一扬,问道:"他是怎么说的?"

侯菲菲道:"他说,总有一天他会成为医科大学的校长,他要彻底改变这个学校的一切。当时他很激动,说学校里面论资排辈,学术造假,管理混乱。特别是当他说到学校管理混乱的时候就更加激动起来了,而且还爆了粗口:大学是干什么的?是培养人才,是搞科研。他妈的!我们学校完全搞反了,不但科研经费都分给了不学无术搞行政的那批人,后勤人员的权力大得在校园里面横冲直撞,教师们反而像灰孙子似的!"

俞莫寒的眼睛一下子就眯缝了起来,问道:"还有呢?"

侯菲菲摇头道:"他就那一次说到了工作上的事情。"

即使高格非被提拔之后,他的内心依然压抑,只不过压抑的内容已经变成了对现实的不满,还有不能对其他人说出口的野心。

接下来俞莫寒问了最后一个问题:"你认识欧阳羽吗?"

侯菲菲点头,忽然就瞪大了眼睛,问道:"难道她和高格非……"

女人果然大多都比较敏感。俞莫寒并没有回答她的这个问题,继续问道:"你了解她吗?"

侯菲菲道:"我只知道她并不是复姓欧阳,而是姓欧。还有就是,她一直未婚,公司发展得不错,我公司的业务从来都是避开去和她竞争,因为我根本就竞争不赢她。"

俞莫寒问道:"她真的那么厉害?"

侯菲菲苦笑着说道:"她的路子太野了,其实也就是……你应该懂得的。"

她的话也许带有嫉妒的夸大成分。俞莫寒"哦"了一声,又问道:"还有呢?"

侯菲菲道:"不管是谁,只要她是女人,都是渴望并需要依靠的,也许欧阳羽的内心太空虚了,听说她最近在频繁地换男朋友,甚至……唉!其实我还是能够理解她的。"

侯菲菲的话说得轻飘飘的,不过俞莫寒却忽然感觉到一种莫名的紧张,急忙问道:"甚至什么?"

侯菲菲不解地看了他一眼,不过还是把刚才没有讲完的话给补全了:"据说她最近经常去酒吧买醉,只要遇上年轻好看的男人就带回家去。"

俞莫寒紧接着问道:"对此,大家都有哪些评论?"

侯菲菲幽幽叹息了一声,说道:"无外乎就两种评论,有人认为是她一直寻找不到真爱,所以觉得她可怜;也有的人认为她就是一个坏女人,已经彻底堕落了。"

俞莫寒又继续问了一句:"欧阳羽的这种情况是从什么时候开始的?"

侯菲菲想了想,回答道:"好像,也就是最近一个月左右吧,也可能不到一个月,因为关于她的这种传言好像是忽然出现的。"

没有人知道,这一刻,侯菲菲的话如石破天惊般让俞莫寒从心底里升起一阵阵寒意。这绝不是预感。

从侯菲菲的办公室出来后俞莫寒就即刻拨通了宁夏的电话,问道:"高格非是不是已经联系过你了?"

宁夏回答道:"是啊,他约我今天晚上一起吃饭。"

俞莫寒心里一沉,问道:"你已经答应了他,是吧?"

宁夏回答道:"是的,我不好拒绝。而且他预订的地方是一家五星级酒店,公众场所,想来应该没有什么危险吧?"

俞莫寒沉声道:"从现在开始你就关掉手机,然后去你父母家,带着他们离开省城一段时间,不要告诉你的任何同学有关你的去向。这是保全你和你家人唯一的办法,请你一定要相信我。"

宁夏惊讶地道:"俞医生,他,他不会……"

俞莫寒即刻道:"不,他一定会!没有得到你,这是他这一辈子最大的遗憾,为此他极有可能不择手段,不达目的决不罢休。"

宁夏绝不可能拿自己和家人的生命去赌博,所以她选择了相信俞莫寒的话,急忙道:"我这就关机,然后马上回家。"

俞莫寒暗暗松了一口气,接下来又给靳向南打了个电话,问他高格非是否已经去过他那里。靳向南回答道:"没有。我现在又觉得他似乎没有必要来找我们,那样岂不就是此地无银三百两?"

俞莫寒提醒他道:"问题是,他忽然回来了。"

靳向南笑道:"我认为高格非的忽然返回肯定与滕奇龙有关系,不过如果我是高格非的话,一定会选择在家里等着警察上门,而不是主动跑到警察那里去说明情况。想来滕奇龙也只不过是因为你的步步紧逼才在一时之间昏了头,想来现在他已经变得清醒多了。"

俞莫寒道:"这仅仅只是一个方面。靳支队,我建议你从现在开始派人死死盯住高格非。"

靳向南问道:"为什么?"

俞莫寒没有回答他的这个问题,紧接着又说道:"具体的原因和理由我回头再向你解释。现在我和小冯准备去拜访欧阳羽,希望你能够马上派出几个人来增援我们。如果我的分析没有错的话,欧阳羽很可能知道自己已经感染上了艾滋病，而且最近她已经开始疯狂报复社会。"

靳向南问道："也就是说，高格非的病就是这个欧阳羽传染给他的？"

俞莫寒道："目前还不清楚，但这个欧阳羽很危险，所以最好能够得到疾控中心方面的配合。"

靳向南对此事非常慎重，说道："那你暂时不要急，最好等我这边准备好了再说。"

俞莫寒却不同意，说道："刚才我已经讲了，欧阳羽很危险，谁也不知道她什么时候就会忽然变得丧心病狂起来。所以，尽快搞清楚情况，然后说服并控制住她才是最紧要的。"

靳向南依然担忧："可是……"

俞莫寒笑道："其实艾滋病也并不是那么可怕，即使被感染了，如果能够在第一时间得到干预治疗，虽然整个过程非常痛苦，但效果还是很不错的。我和小冯都是男人，难道还对付不了一个弱女子？只要我们随时加以防范就不会有事的，更何况紧接着还有你安排的人接应。"

靳向南沉吟着说道："既然你已经意识到了欧阳羽的危险性，那我们接下来的行动就更应该谨慎才是。这样，你和小冯先回我办公室一趟，等我们商量好了对策并做好充分的准备之后再采取下一步的行动。虽然我是警察，但从来都反对个人英雄主义，因为个人英雄主义也就意味着更大的危险甚至牺牲。俞医生，你明白我的意思吗？"

这一刻，俞莫寒才猛然间意识到自己确实有些内心膨胀了。很显然，靳向南的意见才是最稳妥的。

"有一个情况可能会让你感到失望。到目前为止，高格非一共带过三名硕士，不过这三个人都是男性。"刚刚一见面，靳向南就向俞莫寒通报了这样一个让人感到沮丧的消息。

也许就是欧阳羽，只要能够确认自己的这个推论，那么对于高格非急性精神分裂发作的根源就可以定论了。所以俞莫寒并没有因为这个消息而出现情绪上的波动，淡淡笑着问了一句："他带的都是卫生管理专业的硕士？"

靳向南脸上的表情有些古怪："不，思想政治教育专业。"

俞莫寒怔了一下，忽然"哈"了一声。靳向南觉得他的这一声笑很幽默，不过不方便过多评论，问道："你为什么认为高格非会为了得到宁夏而不顾一切，甚至会为此而不择手段？"

俞莫寒回答道："高格非和侯菲菲在一起的时候，一天可以数次与她交欢，甚至让她对此迷恋得差点儿难以自拔。我相信，高格非在和别的女人在一起的时候也是如此。可是他却在宁夏的面前变成了阳痿，他不住向宁夏解释并自证，其实我很厉害的，你信不信？对于宁夏来讲，高格非一次次在她面前阳痿的表现，让她又怎么相信他真的厉害过？而敏感的高格非又如何看不出、感受不到宁夏对他的失望与同情？"

靳向南不禁笑了起来，问道："我倒是觉得有些奇怪，难道这仅仅是高格非在宁夏面前时的自卑造成的？"

俞莫寒点头："是的。高格非与宁夏的相识是在大学的时候，那时候的宁夏和沈青青对男生们来讲简直就是女神般的存在，特别是宁夏，能够追求到她的都是学校里面最优秀的男生，而那时候的高格非性格内向、家境平常，一切都非常的普通，他对如同女神般的宁夏只能仰望，从未想过自己有一天竟然可以得到她，而当这一天真的来到的时候，自卑这个可怕的怪物再一次从他的灵魂深处苏醒，他越是想在宁夏面前展示自己的强大，肉体越偏偏不能听从于他的指挥，于是便出现了心理性阳痿。而侯菲菲完全不一样，她虽然漂亮,但高格非有足够的自信将她掌控住,他对侯菲菲是俯视,从灵魂到肉体的极度自信让他在侯菲菲面前展现出了他异常强大的那一面。而正是由于这两种截然不同的心态造成了高格非在这两个女人面前完全相反的表现。"

靳向南明白了,点头道:"如今高格非已经身患绝症,没有能够得到宁夏就成为他心中最大的遗憾。"

俞莫寒即刻补充了一句:"不仅仅是遗憾,还有内心深处的耻辱感,他不想带着这样的遗憾与耻辱感离开这个世界。"

靳向南皱眉道:"可宁夏是他的同学,而且是他曾经仰望的女神,难道他就真的忍心将她也一同带入地狱?"

俞莫寒反问道:"靳支队,以你现有的对高格非的认识与了解,除了自己的父母之外他还对谁有过真正的感情?这是一个极度自私的人,虽然到目前为止我并不知道他如此自私的原因,但是我知道,所有极度自私的人都有一个共同的特征,那就是,但求今生无怨无悔,哪管死后洪水滔天!"

靳向南笑问道:"也就是宁可我负天下人,不可天下人负我?"

俞莫寒却摆手道:"高格非哪有这样的气魄?他和你我一样都只不过是一个小人物而已。他在学校对所有求上门的人都客客气气,态度和蔼可亲,其实那只不过是他享受权力所带来的快感罢了,你以为他骨子里就真的那么高尚?"

靳向南终于认同了俞莫寒对高格非的这番评价,不过他又问道:"既然你已经让宁夏和她的家人都躲了起来,为什么还要我派人盯住高格非?"

俞莫寒回答道:"对于高格非来讲,得到宁夏就是他这一生最后的梦想,而宁夏一旦躲藏起来就很可能让他变得疯狂。高格非的智商不低,而一旦疯狂起来就很可能会因此激发出他所有的潜力,或者他会因此而疯狂地报复社会。我建议你们一定要紧紧盯住他,就是为了防止这样的情况发生。此外，我必须今天晚上之前去与高格非好好谈谈，一方面我想了解和掌握他目前的心理状况，另一方面就是看能不能对他进行适当的心理疏通。不过这必须是在我搞清楚欧阳羽的情况之后，我必须尽快掌握更多有关高格非的情况，这样才能够应付接下来可能会发生的各种可能。"

靳向南皱眉问道："你觉得接下来最可能发生什么样的情况？"

俞莫寒道："我们的内心世界丰富而多变，像焦虑、恐惧等负面情绪往往会被我们深深地隐藏在心底，每当高兴、快乐等正面情绪出现的时候才得以舒缓、释放，假如我们的负面情绪一直得不到释放，它们就会积聚起巨大的能量，最终如同火山一般爆发出来。因此，高格非上次出现的一次性精神分裂看似偶然，更是一种必然。我随着对高格非一步步的了解，发现在其背后存在着许多不为人所知的，甚至是骇人听闻的事情，而这些事情必定会随着高格非一天天临近死亡对其产生不可预知的巨大影响。"

靳向南又问道："如果你没有去调查高格非前妻的死因，他会不会就此宁静地度过自己的余生？"

俞莫寒摇头道："有可能，但可能性不大。高格非真正的心灰意冷其实并不是在他得知自己患有那种绝症的那一刻，而是因为急性精神分裂所产生的后果让他意识到自己还将失去权力和地位，所以他才选择了淡然面对一切，用自己不多的余生去陪伴父母。然而他内心的不甘、遗憾、耻辱等本身就是存在着的，这些东西总有一天会从他的内心深处爆发出来。当然，我们调查他前妻的死因肯定对他的心理有着巨大的影响，而这样的影响只不过是让他的这种爆发提前了而已。"

靳向南继续问道："你指的这个爆发是什么？为了得到宁夏，还是疯狂地去报复社会？"

俞莫寒回答道："都包括，或许还有别的。比如他与滕奇龙之间究竟存在什么样的不为人知的秘密？如果滕奇龙处理不当的话高格非会不会就此将黑幕掀开？抑或是其他。"

靳向南看着他："或许我们正好可以利用这一点。"

俞莫寒点头道："是的，但前提条件是我们必须更加深入地了解高格非这个人，以及与他有关的所有的一切。"

这时候靳向南忽然想起一件事情来："也许你那位从广东来的同学可以为我们提供一些帮助。"

俞莫寒不禁苦笑道："那个家伙一大早就出去了，这个时候说不定正在死皮赖脸地纠缠着苏咏文呢。"

第十章
微表情专家

龚放很不喜欢这座城市的气候,他不明白这个地方的空气湿度为什么比沿海城市还要高许多,简直闷热得让人喘不过气来。离开酒店后他就叫了一辆车直接去了苏咏文所在的报社。如今他的收入已经非常可观,平日里习惯了舒适的生活,绝不会让自己苦哈哈地去挤地铁。

报社还没有到上班的时间,不过报社的保洁阿姨已经开始了一天的忙碌。龚放热情主动地上前去与她聊天,几句话就说得她心花怒放。龚放的外形与气质比俞莫寒更显文质彬彬,说话时的神态让人如沐春风,保洁阿姨怎么看都觉得他好像有些来头,于是就开始变得谨言慎行起来。这时候龚放却忽然问道:"你认识苏咏文吗?"

保洁阿姨当然认识,而且也就在这时候若有所悟,心想原来是这样,急忙回答道:"认识,认识!她可是我们报社的大美女。你是?"

龚放的脸上一下子就变得阳光灿烂起来,问道:"我准备追求她,你觉得怎么样?"

保洁阿姨仔细地看了他一眼,摇头道:"恐怕不容易。她那么漂亮,却一直单身,你应该知道这是为什么吧?"

龚放笑道:"我当然知道,她这是一直在等着心中的白马王子呢。我就是,她一直等着的那个人就是我。"

保洁阿姨还从未见过如此自信……不,应该是如此脸皮厚的人,不禁笑了起来,说道:"我觉得吧,她一直单身的原因是因为她的要求太高,所以才一直没有找到合适的。"

龚放正色道:"这你可就说错了。咏文可不是你以为的那种俗人,她追求的是爱情,真正的爱情,明白吗?"

这时候一个二十多岁的年轻人走了进来,他看了龚放一眼后就直接朝自己的格子间走了过去,然后打开了电脑。龚放不再理会保洁阿姨,来到年轻人面前低声问他道:"你是不是喜欢坐在那个位子的同事?"他的手朝旁边不远处的格子间指了指,还没等对方回答就又说道,"喜欢她就直接向她表白,不要患得患失,即使她不同意……哦?你已经表白过了?她为什么没接受你?因为你的年龄太小?收入的问题?都不是?哦,是因为她已经有男朋友了是吧?"

年轻人满脸的骇然:"你是谁?!"

龚放朝他笑了笑,回答道:"我叫龚放,是一位心理学家。刚才我注意到你刚刚进来的时候第一眼就看向了那个位置,表情却从温馨瞬间变成了痛苦,于是就问了你那几个问题,而你脸上的表情告诉了我事情的真相。对了,我昨天晚上刚刚认识了苏咏文,结果一下子就喜欢上了她,所以今天我就直接跑到这里来了。"

年轻人惊讶地看着他:"苏咏文?你想追求她?"

龚放点头:"是啊,我必须追到她,对此我非常有信心。"他又指了指刚才那个格子间的方向,低声问道,"想不想听听我的建议?"

年轻人很好奇,心里面更是期盼:"你说。"

龚放道："要么就大胆去追求她，穷追猛打。既然她还没结婚，你就应该有机会不是？怎么？你没有信心？那也应该向对方表白，这样的话至少也就有了成为备胎的机会。你还是觉得为难？那就放弃吧，暗恋是最最悲情的，耗费心神，浪费时间，得不偿失。"

这是从哪里来的奇葩？年轻人不想再理会他了，龚放轻叹了一声，说道："爱情从来都不高尚，只有自私。在恋爱这件事情上面，也一样遵循着成王败寇这条原则。小兄弟，你好自为之吧。"

年轻人被他的话搞得一愣一愣的，忽然间反应过来，自己刚才好像什么都没有回答，却被对方看透了真实的内心，心里不禁更是骇然。这时候一个中年妇女走了进来，年轻人正准备站起来，龚放却即刻快步迎了过去，热情地朝对方伸出手去："您一定就是蒲总编吧？"

中年妇女疑惑地看着他："请问你是？"

这时候又有好几个人陆陆续续进来了，龚放朝中年妇女鞠了一躬，又朝其他的人抱拳致意，说道："我叫龚放，是苏咏文的朋友。谢谢蒲总编和各位多年来对咏文的关照。"

此时报社里面真正知道实情的就刚才那位年轻人，此时他见龚放竟然可以脸皮厚到这样的程度，禁不住"啧啧"咂舌称奇。而报社里面的很多人前不久已经得知苏咏文正在恋爱，心想原来那个神秘的人就是这位，一个个顿时对他热情有加，更有人主动给他递烟泡茶，如此一来龚放就被众人围绕成了中心。这时候龚放就开始充分发挥他"算命"的本事，因此更成为所有人的焦点。

"这位兄弟不必颓丧，多年的婚姻固然难得，不过一旦分了手，以前的恩怨也就一了百了了。旧的不去新的不来么，你说是不是？"

"这位美女，我欣赏你独特的个性，也非常尊重你对人生的选择。人这一辈子很短暂，自己觉得高兴就好。"

"哥们，戒烟得坚持五年以上才算得上真正的成功，所以从现在开始你要有充分的思想准备。"

……

就这样,他朝围绕着自己的每个人一一讲过去,最后将目光停留在一个模样清秀的女孩子身上,和颜悦色地对她说道:"你的一位同事一直在暗恋你,既然你还没有结婚,是不是也可以考虑给他一个机会?"

女孩子的脸一下子就红了:"我……"

龚放看着她:"你对你现在的男朋友满意吗?你在犹豫?是因为他对你不够好?收入太低?脾气不好?大男子主义?明白了,那你确实得好好考虑一下才是。"随即,他朝那个年轻人招了招手,"兄弟,你的机会来了啊,现在就当着大家的面向你喜欢的人表白吧。"

那个年轻人没想到龚放会使出这一招,一下子就囧在了那里,正不知所措间,匆匆从外面进来的苏咏文替他解了围。

苏咏文是记者,并不需要按时坐班。因为头天晚上喝得稍微多了些,再加上心情不痛快,今天早上也就起床迟了些,却不承想接到同事打来的电话说:"你男朋友到报社来了,你知道吗?果然不愧是心理学家,真是厉害啊。"

俞莫寒?他跑到报社去了?苏咏文的脑海中即刻浮现出那个让她魂牵梦萦的模样来,不过心里却又觉得不大对劲:莫寒他为什么不提前告知我一声呢?

再也顾不得其他,急匆匆就朝报社跑去。一进入报社,她就看到了正在那里夸夸其谈的龚放,脑子里面顿时就"嗡"了一下:怎么会是他?立刻就想明白了什么,正待愤怒地转身离去,却听到那个令人厌恶的声音朝自己叫喊道:"咏文,你可是迟到了啊。"

苏咏文怒极:"我迟不迟到关你什么事?"

龚放笑着对大家说道:"唉!她这样的脾气也就你们能够包容。

改天我请大家吃饭，用实际行动向各位表示歉意和感谢。"

苏咏文更怒："你是谁啊？我和你有关系吗？你现在就马上离开这里，否则我可要报警了！"

龚放急忙道："别，别！要报警的话那也只能是你们的蒲总编。咏文，你这脾气一定要改……好吧，那我先离开这里。"他朝众人抱拳致意，"各位说好了啊，改天我请大家吃饭。"

说完后他就朝苏咏文走了过去，苏咏文本能地想躲开他，却没想到这个令人厌恶的家伙竟然站在了她的面前，满脸都是和煦的笑容，嘴上低声对她说了一句："我在楼下的咖啡厅等你，最多只等你半个小时，如果你不来的话我就天天跑到你们报社来。"

苏咏文怒得正要发作，却见龚放转身再次朝着报社的同事们抱拳致意："各位，再见。"

龚放刚刚离去，众人就一下子将苏咏文围了起来。"我离婚的事情你们都还不知道，他看了我一眼后居然就晓得了。咏文，你这男朋友是个天才，他绝对算得上当今最厉害的心理学家之一。""简直是神了，他竟然一眼就看出了蒲大姐是我们报社的总编。""他还知道小孟暗恋小秦的事情。""我刚刚才开始戒烟，他是怎么知道的？""本小姐不喜欢男人的事情他好像也知道。"

苏咏文只觉得脑袋都大了，怒道："他根本就不是我的男朋友！我和他昨天晚上才刚刚认识！"

众人目瞪口呆，不过很少有人相信她的话。"咏文，你是不是在和他闹别扭？你看人家都主动上门来了，如果不是什么原则上的事情就原谅他算了。""你这男朋友一看就是很有品位的人，他身上的穿着，从上衣、裤子到皮鞋都非常的讲究。""我特别喜欢他的那双眼睛，特别干净，时时刻刻都透出一种真诚。"

苏咏文气得想要跺脚，却发现这些人根本就不相信自己的解释。这时候蒲总编从办公室里面走了出来："好了，好了，大家开始工作吧，乱糟糟的像什么样子？！小苏，你来一趟。"

苏咏文在总编面前一贯随意，进去后就急忙解释道："总编，刚才那个人和我并不是那样的关系。他就是一个无赖。"

总编却摇头道："你说自己和他没有特别的关系我倒是相信，但这个人绝不是无赖。你知道吗？我第一眼看到的就是他的眼睛，清澈而且深邃，仿佛可以看透他人的一切。我不知道他是如何认出我来的，但我相信他确实是一位非常优秀的心理学家。小苏啊，你的年龄也不小了，如今优秀的男孩子并不多见，既然人家对你一往情深，你是不是也应该给他些机会？"

苏咏文更是无法解释，气恼地道："我根本就不喜欢他，而且还非常厌恶他。"

总编看着她，问道："那么，你了解他吗？"

苏咏文急忙道："我昨天晚上才刚刚认识他呢。"

总编微微一笑，说道："既然你根本就不了解他，那么不喜欢甚至厌恶他又从何说起呢？"

苏咏文从总编那里出来后才意识到龚放今天使出的这一招并非是他一时冲动，而绝对是一次精心策划的阴谋。可是，他这样做的目的究竟是什么？制造舆论逼迫我就范？那他简直是痴心妄想！忽然又想到龚放离开时候的那句话，她更是冷笑不已：你让我去我就非得去啊？你以为自己是我们报社的总编？

可是她忽然又想到那个令人厌恶的家伙刚才在报社里面被众人围绕着、得意扬扬的样子，禁不住恨得牙痒痒。不行，如果他再多到这里来几次的话，我的名声可就真的被他给毁了。去就去，难道我还怕你不成？

一进咖啡厅，远远就看到龚放在那里跷着二郎腿翻看着报纸，吊儿郎当得近乎纨绔，哪里有一丁点儿留德博士的高雅气质？苏咏文朝着远处的他轻蔑冷笑了一下，然后快步走了过去。

"你来啦？"龚放连忙放下手上的报纸，脸上的表情谄媚着，"我刚刚看了你写的一篇报道，文笔不错，而且言之有物。来，快请坐。"

苏咏文根本就没有坐下的意思，满脸寒霜带着冷笑："说吧，你究竟想干什么？"

龚放正色地看着她："作为一名资深记者，你也算是公众人物了，一言一行都应该注意自己的形象。当然，你现在的名气还没有那么的大，但我相信总有一天你会成为媒体行业的精英的，所以从现在开始你就应该养成谨言慎行的习惯才是。"

苏咏文气极反笑，坐到他对面后讥讽地问道："你一直都是这样哄骗无知少女的？说说，你已经得手过多少次了？"

龚放依然满脸正色的样子："看来你对自己的潜力还并不了解。作为一个有着独立思想、个性思维、独特视角的媒体人，你完全具备在未来某一天成为其中佼佼者的潜质。"说到这里，他叹息了一声，"可惜你却一直浑浑噩噩，安逸于当前舒适的工作和生活环境，任凭自己的才华如此一天天在得过且过中被消磨掉。咏文，你仔细想想自己曾经有过的理想及现在的状况，难道不是这样吗？"

苏咏文的内心顿时就被他的这番话触动了一下，不过转瞬间就想到这个令人厌恶的家伙的真实意图，冷冷地道："我的事情不劳你多操心。告诉我，你究竟想干什么？"

龚放朝她灿烂地一笑，说道："我想干什么难道你真的不知道？不会吧？难道你不知道我正在追求你？"

一直以来追求过苏咏文的人可不少，脸皮厚到无耻的他却是第一个。苏咏文气极："你以为这样做我就会答应你？你这简直就是痴心妄想！"

龚放笑了笑，说道："我这是在造势，明白吗？我要让你们报社的大多数人觉得我还不错，和你是郎才女貌的天生一对。在这样的情况下你就不得不开始正视我、了解我，如此一来我就有机会了。"

苏咏文目瞪口呆，她万万没有想到这个令人厌恶的家伙竟然会把自己的意图全盘托出。难道他对自己真的就如此有信心？苏咏文冷哼了一声，道："那只是你自己的想法。我实话告诉你吧，我对你根本就没有一丝一毫的好感，所以，你就别在这里痴心妄想了。"

龚放却不以为意地道："我必须痴心妄想。我喜欢一个人就必须竭尽全力去追求她，否则今后我永远都不会原谅我自己。"

苏咏文忽然感到害怕起来，急忙起身道："那随便你吧，你爱咋咋地。一会儿我就要出去采访了，可能一个月后才会回来，如果你有时间的话就天天去我们报社，反正这一切都和我没有任何关系。"

龚放见她马上就要离开，急忙叫住了她："为什么？难道是因为俞莫寒？"

苏咏文顿觉心里面一痛，怒道："不准你在我面前提起这个名字！"

龚放的目光一直盯在她的脸上，说道："我问过俞莫寒，他和你之间其实并无过深的交往，他也就是在选择倪静和你的过程中有过短暂的犹豫，不过他最终还是选择了倪静。咏文，你这其实是不敢面对现实，更是在伤害你自己。"

苏咏文的脸色变得有些苍白，嘴唇在发抖："我愿意！你管得着吗？"

龚放朝她摆手道："我觉得你应该给我一些机会，多了解了解我。其实我和俞莫寒一样优秀，不，在某些方面我可能还要比他优秀一些，比如我会不顾一切地去爱一个人，绝不会犹豫与退缩，这一点你和我一样。还有就是，俞莫寒在配合警方破案，我也是一样的呀，这些年来我可是为警方破获了不少的大案要案，我还有一家属于自己的心理诊所，目前已经基本上实现了财务自由。而对于我来讲，在不久的将来成为全世界顶尖的心理学家才是我最大的理想，现在，我正在朝着这个方向不懈努力着。"

龚放的这番话确实打动了苏咏文的内心，不过她却不愿意轻易放下自己的骄傲，撇嘴道："吹牛。"

龚放朝她微微一笑："你想不想知道我在你们报社是如何给他们算命的？"

苏咏文即刻道："我才不想知道呢。"不过却没有马上要离开的意思。龚放朝她和煦地一笑，"苏记者，请坐吧。对不起，我还没有问你习惯喝什么咖啡呢。"

这时候苏咏文才忽然注意到，眼前这个家伙的目光确实非常的清澈，就和俞莫寒的目光一样。她情不自禁地坐下了。龚放招呼着服务生过来，目光却再一次看向苏咏文："卡布奇诺？蓝山？雀巢？行，那就雀巢吧。看来你是一个追求简单生活的女性，嗯，也许是不想让我请你喝价格昂贵的咖啡，因为你依然对我有着较强的防范心。果然是这样。"

苏咏文吃惊地看着他。龚放微微一笑，问道："你听说过微表情研究吗？"

苏咏文似乎明白了，惊讶地看着他："*Lie to me*（《别对我说谎》）？你也会？"

Lie to me 是一部讲述微表情观察和研究的美剧，喜欢美剧的人大多都看过。龚放点头道："是的。*Lie to me* 里面的故事本来大多都是真实的。在德国留学的时候俞莫寒主修精神病学，而我更着重于心理学领域中的微表情研究。"

也不知道是怎么的，苏咏文忽然发现眼前的这个人似乎并没有那么令人厌恶了，问道："那你和他相比究竟谁更厉害一些？"

龚放苦笑着说道："精神病学和心理学根本就是两个不同的领域，没办法进行比较。不过俞莫寒也选修了心理学课程并获得了心理师资格的,其实他很有天赋,在心理分析方面比我强许多,但是对微表情的观察与研究方面他肯定不如我。"

苏咏文用一种怪怪的眼神看着他:"你就真的如此自信?"

龚放正色道:"这是事实。俞莫寒对心理学领域前辈们的研究成果有着超乎寻常的领悟力,却偏偏不具备微表情观察所需要的天赋。微表情存在的时间往往只有不到一秒钟,最短只有二十五分之一秒,所以,如果没有这个方面的天赋是很难捕捉到它们的。"

苏咏文似乎明白了:"你在报社里面的算命其实就是对他们微表情观察的结果?"

龚放点头:"大多是。你们报社的总编从外面走进来的时候,正在和我说话的那个小伙子的左手一下子就放在了办公桌上,肩膀微动,那是他准备即刻起身相迎的预备动作,而你们总编进入报社的那一瞬,目光斜视,嘴角微翘了极其短暂的一下,由此我就想到了一个词:睥睨。报纸上就有你们总编的名字,我能够第一眼将她识别并准确地称呼她,其实并没有他们以为的那么神秘。至于你那位刚刚离婚的同事,那就更简单了,他的婚戒被去掉后手指上还残留有淡淡的印迹,那说明他的那枚婚戒不但佩戴的时间比较长而且在此之前几乎从未取下来过,俗话说爱之深、痛之切,我一边说话一边注意观察着他的微表情也就很容易得到正确的答案了。"

此时苏咏文已经完全被龚放的讲解吸引住了,看他再也没有了不顺眼的感觉,她的心里充满着对这个特殊领域的好奇,急忙又问道:"那你又是如何看出小方不喜欢异性的?"

龚放的神情一下子变得怪怪的,说道:"那就更简单了,因为我发现她右手的中指没有涂指甲油,而且就那根手指的指甲被精心修剪过。"

苏咏文一时间没有明白,不过当她将小方手指的画面很快在脑子里面闪现过之后,脸上一下子就变得通红起来,啐道:"你果然不是什么好人！"

龚放满脸的冤枉："关我什么事？"

苏咏文也觉得自己好像有些过分了，看了一眼龚放脸上的表情，不禁"扑哧"一下笑出声来。

艾滋病这东西太可怕了，它简直就是死神与魔鬼的代名词，一旦有人患上这种疾病，不管是不是病人自身的原因，都会被人暗地诅咒"道德败坏，死有余辜"。

靳向南把俞莫寒和小冯叫到刑警支队来的原因就是不希望他们去冒险，作为刑警支队的队长，他认为一个人的名誉比生命更加重要。

"疾控中心那边刚刚传来消息，他们的数据库里面依然没有欧阳羽的相关信息。"靳向南告诉俞莫寒说，"不过这并不能说明任何问题，除非手术、献血前的常规检查，很少有人会主动去医院检查这个项目，如果有人怀疑自己被感染上了这种可怕的疾病，他们往往会选择私自购买试纸自检。从目前你所了解到的情况来看，欧阳羽被感染的可能性极大，所以我们必须慎之又慎，绝不能以身犯险。"

俞莫寒问道："那，靳支队的意思是？"

靳向南道："以调查高格非前妻死亡案为由将她传唤到这里来，到时候不但你可以询问她有关高格非的情况，疾控中心的工作人员也将对其进行诊断。"

俞莫寒摇头道："这样做不大好吧？万一我的判断是错误的呢？"

靳向南却坚持道："特殊情况就应该特殊处理，像她这样的情况，一旦确诊就要加以控制，否则其社会危害性就实在是太可怕了。还有就是你们的安全问题，一旦她忽然激动起来伤到了你们，这样的后果无论是谁都承担不起。至于这样做存在的法律风险，那就由我一个人来承担好了。"

俞莫寒还是接受不了，想了想后说道："不能采用传唤的方式，请她前来协助调查好了。"

靳向南笑道："这样也行。只要在这个地方，我们就可以控制住一切。"

听他如此一讲，俞莫寒隐隐觉得事情好像不大对劲，不过仔细想想，靳向南的担忧似乎也不无道理。所以，他最终还是认同了这样的方式，点头道："那，好吧。"

靳向南给欧阳羽准备的是一间审讯室。疾控中心的人也到了，穿着防护服如临大敌一般。刚才靳向南还对俞莫寒说了这样一句话："此类事情本不是刑警支队的职责，但我们必须得承担起应有的责任。"

不过如此一来反倒让俞莫寒感受到了极大的压力，心里面难免惶恐却又无法反对。

欧阳羽是乘坐着警车来的。准确地讲，她是被警方的人押送而来，而且押送她的警察都是全副武装。进入审讯室后欧阳羽就被勒令脱去了身上的衣服，开始的时候欧阳羽很激动，可是警方的人根本就不让她有丝毫反抗的余地。俞莫寒觉得这样做实在过分了些，正要出口劝阻却听靳向南对他说道："我明白你的想法，人权固然重要，但在众多无辜者的生命面前，所谓的人权也就变得微不足道了。"

俞莫寒还是无法接受："可是……"

靳向南道："没有什么可是。我问你，如果一个疑似恶性传染病的病源携带者逃离了隔离区，那么我们究竟应该怎么去做？只能是当场击毙，你说是不是？"

俞莫寒紧闭着嘴不再多说什么了。

此时的欧阳羽已经温顺得像一只羔羊，任凭疾控中心的工作人员对全身赤裸的她进行全面细致的检查，同时还抽了血。

"……其左侧肩胛骨处、右胳膊内侧、臀部靠脊椎处各有小指尖大小的蓝色斑块，肛门内侧有溃烂点，体温略高。这些体征都支持 HIV 阳性的初步诊断，不过最终确诊还需要血检的结果。"疾控中心的工作人员过来汇报了他们的初步检查情况。

俞莫寒暗暗松了一口气，不过与此同时心中却涌起一阵阵悲伤。他对靳向南说道："我可以去和她交谈了，有了这样的初步结论就已经足够了。"

靳向南朝疾控中心的工作人员及旁边的一位警员点了点头："让他进去吧，不过必须百分之百保护好他的安全。"

俞莫寒朝他感激地笑了笑，说道："我也会注意防范的。"

欧阳羽已经穿上了衣服，不过她的双手和双脚都被用塑胶手铐固定在了椅子上。俞莫寒在她面前坐下，目光投射到了她的脸上，忽然间觉得眼前这个漂亮的女人有一种似曾相识的感觉，却一时间又想不起这种熟悉的感觉来自何处，只好先向对方打个招呼再说。"你好，我叫俞莫寒，是一名精神病医生。我一直在调查高格非上次精神分裂忽然发作的根源，这也是让你来到这里的原因。"

欧阳羽没有说话，眼泪却已经开始掉落。漂亮女人的哭泣会格外让人怜惜，而对于眼前这个女人的状况，俞莫寒却根本就找不到合适的安慰词语，毕竟对方所患的是当前整个世界都无法治疗的绝症，而且很显然她对自己的疾病早已知晓。俞莫寒轻叹了一声，问道："是高格非传染给你，还是你传染给高格非的？"

俞莫寒本来想直接问清楚这件事情然后就离开，接下来的一切就不关他什么事了，可不曾想到欧阳羽竟然摇头："我不知道。"

不知道？那就是说这中间还存在其他的可能，不过有一点却是基本上可以确定的，于是俞莫寒就问："这些年来，你和高格非一直维持着那样的关系,是吧?"

欧阳羽点头。此时此刻她已经停止了掉泪,不过漂亮的脸庞看上去依然楚楚可怜。也就是在这一刻,俞莫寒忽然明白自己为什么会对她有一种似曾相识的感觉了:她的模样、身材,甚至嘴角处浅浅的梨涡,简直就是数年前那位红遍大江南北的漂亮女歌手的完美翻版。

俞莫寒心里一动,不再着急尽快了结此事。他吩咐站在不远处的几位工作人员:"把她的手和脚都放开吧,我想和她好好聊聊。"

工作人员有些为难,这时候从单向玻璃的那一面传来了靳向南的声音:"按照他说的做吧,不过你们不能离开。"

俞莫寒朝欧阳羽笑了笑,问道:"他们很紧张,担心你会伤害到我。其实你肯定是不会伤害我的,是不是?"

欧阳羽顿时有些动容,轻声道:"可是,我已经伤害了很多的人。"

俞莫寒点头:"我知道,这也正是他们对你如此防范的原因。我还知道,你报复社会的原因不仅仅是因为恨,还有恐惧。"

欧阳羽的脸上顿时涌起一片戾色,紧接着就是痛苦:"我恨!我恨那些用手中权力与我做交换的人,我恨自己一直以来把金钱看得太重。"

俞莫寒看着她,问道:"那么,你也恨高格非吗?"

欧阳羽沉默了一小会儿,微微摇头道:"我不知道。"

俞莫寒有些惊讶:"为什么?"

和侯菲菲一样,欧阳羽也是通过傅传伦认识高格非的,也同样是在一次酒宴上。就在那天晚上,欧阳羽注意到高格非与傅传伦之间有着非同一般的关系,而且她还感觉到了高格非一次次向她投射过来的火热目光。

当时欧阳羽做医药代表已经近两年的时间，自从她到了这家公司后就一路斩关夺将拿下了数家大型医院，而且销售业绩十分惊人。她个人的收入当然也就非常可观，不到两年的时间就有了一套别墅，出行驾驶的是宝马X5，而那一次酒宴的目的是公司老总希望她能够拿下医科大学附属医院的院长傅传伦。

然而欧阳羽却有她自己的想法。自从进入这家公司，欧阳羽可谓是劳苦功高，公司的业务也因此得到了快速的拓展，虽然她个人的收入也还算不菲，但和公司的利润比起来也就只是九牛一毛罢了。欧阳羽当然清楚自己为之付出了些什么，而正因为如此心理上才愈加觉得不公平。

我有这样的能力，又有着如此好的先天条件，为什么不能自己做老板？当欧阳羽有了房子和汽车之后就开始有了这样的想法。

也许这个高格非就是自己的机会。

第二天上午欧阳羽就给高格非打去了电话，高格非满口答应了和她一起午餐的请求，而且还特别说明必须由他请客。欧阳羽只是化了一下淡妆，还特地找出了一套大学时穿的衣服。她对自己的这番装束很满意，而且也相信高格非一定会喜欢。

果然，当欧阳羽出现在高格非面前的时候，她能够清晰地看见对方的目光闪亮了一下，那是她熟悉的充满着欲望的目光。欧阳羽朝他灿烂地一笑，主动上前轻轻拍打了几下高格非胸前的衣服："高主任，你太太也太不关心你了，你这衣服都皱了。"

高格非一下子就怔在了那里，不过他的目光却在转瞬间发生了很大的变化：欲望变成了感激。他朝欧阳羽点了点头："谢谢。"

欧阳羽没有想到自己那个随意的动作和话语竟然能够起到如此大的作用，心里面就更加踏实了些。两个人坐下后服务员拿来了菜谱，欧阳羽笑着对他说道："你安排吧，我都听你的。"

如此暧昧的话高格非何尝又听不懂？目光在那一瞬又被欲望所

充满:"真的?"

欧阳羽朝他妩媚地一笑,点头说道:"嗯。"

高格非放下了菜谱,让服务员暂时离开会儿,问道:"为什么?"

欧阳羽的话讲得非常直接:"因为我需要你帮忙,所以我必须付出相应的代价。"

高格非直直地看着她:"你能够付出什么样的代价?"

欧阳羽的脸上依然带着轻松的笑容:"你希望得到的,只要我拥有的,都可以考虑。"

高格非轻叹了一声,说道:"其实我不喜欢这样,虽然明明知道是一种交换,但我还是希望双方都隐晦一些,至少应该像恋人一样先培养出一些感情再说。"

欧阳羽顿时就笑了起来,说道:"这样也行,那我就把你当成未婚夫好了。"

高格非却摇头说道:"既然已经把话都说透了,那也就没有必要藏着掖着了。"他招呼服务员过来点了几样菜,然后问道:"是不是要我帮忙让你代理的药品进入我们的附属医院?"

欧阳羽恭维道:"高主任真是一位智者,正是如此。"

高格非又问道:"什么类型的药品?"

欧阳羽道:"治疗癌症的生物制剂。"

高格非似笑非笑的样子:"生物制剂的利润可是高得吓人啊,这一类药品操作起来有一定风险。"

欧阳羽的目光中充满着崇拜:"你连这都知道?"

高格非朝她伸出一个手指:"只能是一个药品,多了不行。不过我要你经常和我在一起。"

欧阳羽想也没想就说道:"没问题。还有呢?"

高格非道:"没了。"

欧阳羽惊讶地看着他:"你不要股份?"

高格非摇头道："只要是利用权力换取金钱就很容易出事，我自己有赚钱的渠道，即使今后你出了事情也牵扯不到我的身上，最多就是作风问题，不至于让我身陷囹圄。我一直以来都遵循着这条原则。"

欧阳羽顿时耸然动容，此时此刻，她才真正开始看重起眼前的这个人来，因为她知道，对于大多数男人来讲，无论金钱还是美色都是非常难以抗拒的东西，而此人能够随时保持这样一份清醒实在是非常难得。像这样的人，如果今后不能身居高位那几乎是不可能的事情，这样的一棵大树自己现在不去紧紧抱住还待何时？

所以准确地讲，欧阳羽和高格非第一次见面就被对方彻底征服。不过高格非却压制着欲望并没有马上对欧阳羽提出那样的要求。一直到他们第三次在一起的时候，高格非才在晚餐结束之后对她说了一句："我们去酒店吧。"

欧阳羽如少女般羞涩地轻"嗯"了一声。

然而，高格非的第一次却失败了。

高格非有些尴尬，对欧阳羽解释道："可能是我太紧张了。"

欧阳羽当然不可能责怪他，主动去拥抱他："没事，我们慢慢来。"

高格非嘴里喃喃地说道："我平时都很厉害的，怎么会这样？你太漂亮了，我越是想要你越是不行。这个可恨的身体，它怎么就不听指挥呢……"

"哥，没事。我们俩先说会儿话。"欧阳羽轻抚着他的脸，忽然"扑哧"一声笑了，"哥，其实你很可爱。我喜欢你这样的男人。"

高格非的情绪这才慢慢平静下来，伸出手将她揽入怀里，一边亲吻着她的脸一边问道："有没有人对你说过你长得像某个明星？"

欧阳羽轻声道："嗯，好多人都说我长得像某个女歌手年轻时候的样子。我也时常照镜子，却发现并不是特别像。"

高格非解释道："是神态上像。真的很像。"他的手摸着她的胸部，"就是不知道这里像不像。"

欧阳羽不住地笑："我怎么知道？"

这时候高格非忽然说道："别动，我好像有感觉了！"

他真的可以了，而且很快就进入状态。

高格非很讲信用，不但很快替欧阳羽办好了事情，还特地把她介绍给了已经是附属医院肿瘤科副主任的大学同学薛某。高格非告诉薛某，欧阳羽是他的远房亲戚，希望他能够多加关照。高格非是医科大学人人皆知的红人，傅传伦能够升迁医院的一把手据说他在其中起到了至关重要的作用，薛某当然知道该怎么办。

欧阳羽代理的药品很快在附属医院打开了局面，并以此为契机进入了省城里面另外的几家三甲医院。欧阳羽很快辞职并注册了自己的医药公司，而且业务发展极其迅猛，一时间让同行业的人们惊羡不已。

欧阳羽当然从内心里面感激高格非，而且早已从心里面把高格非当成了自己的男人，她的别墅也就相当于高格非的另外一个家，但他们并不是夫妻，而且都给予对方绝对的自由。后来，高格非被调往专科学校任校长，但并没有将欧阳羽的公司引进到其下属的附属医院，不过欧阳羽也没有因此而对他有任何的不满。

高格非不止一次对她说过："总有一天我会回到医科大学主政，到时候你就可以与医科大学合作筹建一家大型综合性的医院了。"

欧阳羽有一个梦想，那就是有一天自己能够拥有一家像医科大学附属医院一样规模的三甲医院。每当她想到有一天，医院里面的科室主任像龟孙子似的在自己面前唯唯诺诺、医药公司的老总们谄媚着求上门来的时候，她的心里就觉得特别的畅快。

欧阳羽特别喜欢司汤达的那句话：我从地狱来，要到天堂去，路过人间。却不承想,她在人间的路还没有走完一半就将被无情地拉向地狱。就在前不久,她忽然出现全身皮疹、腹泻、低烧,先是口腔溃疡,后来就是肛门处烧灼样疼痛。多年来因为业务与那么多人发生过关系,再加上有少数人不喜欢使用安全套,因此,欧阳羽对自己身体的这种状况非常敏感,于是就用检测试纸做了艾滋病毒的自查。

检测的结果彻底粉碎了她心中的那一丝侥幸。接下来她又反复做了多次,结果完全一致。她心中仅存的最后那一丝侥幸顿时彻底破碎。

她忽然想到前不久才和高格非在一起过,急忙打电话将他叫到家里,而这时候高格非也刚刚出现那些相同的症状不久,心里正有些怀疑、慌乱。她马上就对高格非进行了检测,结果竟然和她一样,呈阳性反应。

欧阳羽质问他:"你最近和别的女人在一起过没有?"

高格非的脸色早已变得惨白,他的全身都因为恐惧而颤抖着,过了许久才终于暂时将情绪稳定下来,而此时的他声音已经变得嘶哑而且冰冷:"我觉得,首先是你应该好好回忆一下自己最近一段时间来的个人行为。还有,你应该去百度一下这种疾病的有关常识,特别是它的潜伏期。"

准确地讲,欧阳羽怀疑问题的根源来自高格非,只不过是她在潜意识中试图推卸自己的责任罢了。她目前所有辉煌的根基来自高格非,假如自己最终毁在他的手上,这样的结果她反而还愿意接受一些。然而高格非的回答最终破灭了她最后的那一丝期望,现在的结果反而很可能是她毁掉了自己恩人的一切。

可是高格非并没有过多地去责怪她。在经历了许久可怕的沉默之后,高格非终于叹息着说道:"这都是命。所以,我们不要去责怪任何人,如果真的要责怪的话就责怪我们自己好了。"

说完后他就离开了,从此再也没有回来过。

欧阳羽却因此开始痛恨曾经凭借手上的权力与她做交换的那些人,她认为是他们毁掉了自己,还有高格非。接下来,她列了一份名单,然后一一将他们叫出来……当然不是为了重温旧梦。

在报复完那些人之后,她的目标开始朝向那些生活放浪、经常在夜店猎取年轻漂亮女性的男人。

"那份名单还在吗?"俞莫寒感觉到背上有一丝丝的寒意袭过,问道。

"在我的私人电脑里面。"欧阳羽回答道。

"其中有傅传伦吗?"俞莫寒又问了一句。

欧阳羽摇头:"这个人非常谨慎,而且比较难打交道。"

这一刻,俞莫寒忽然想起傅传伦曾经对他说过的那句话,心里面难免有些感叹:在权力不受制约的情况下,全凭个人的道德坚守而做到独善其身,这确实是一件十分困难的事情。

对于眼前的这个漂亮女人,俞莫寒实在找不出合适的话语去安慰她。关于艾滋病的确诊,试纸自测的准确性虽然并不高,但俞莫寒并不因此而替她抱有多少希望。

"我从地狱来,要到天堂去,路过人间……无论最终的结果是去往天堂还是重返地狱,人世间的经历对我们每个人来讲都是一场修行。那么,我们修行的目的究竟是什么呢?心安而已。欧小姐,你说是这样吗?"俞莫寒的目光中充满温情,柔声对她说道。

欧阳羽怔了一下,用一双失去神采的眼睛看着他:"欧小姐?你说的是我?"

俞莫寒看向她的目光更加温和:"你说呢?这些年来,你是不是几乎忘记了自己究竟是姓欧阳,还是欧?你是不是很少去陪伴自己的父母?是不是因为一部分男人对婚姻的背叛而不再相信爱情?所以才拼命追求物质上的享受而让自己的精神始终处于空虚的状态？也就因此而成为金钱的奴隶？"

欧阳羽忽然仰起头来，眼眶中全是泪水："那你说，现在我该怎么办？"

俞莫寒看着她："来，把你的双手递给我。"随即，他轻轻握住了缓缓伸过来的冰冷小巧的双手，"也许，现在的你最需要的是忏悔，向你的父母忏悔，向那些受到你伤害的人忏悔，向曾经纯洁的你自己忏悔……你的手开始温暖起来了，你的心想来也是这样。你感觉到了没有？"

欧阳羽的眼泪终于从眼眶中滚落而出："我感觉到了，我明白了……"

俞莫寒洗完了手，接过靳向南递过来的毛巾，一边揩拭着一边说道："高格非对欧阳羽撒了谎，我基本上可以肯定。"

靳向南问道："你的意思是说，传染源另有其人？"

俞莫寒点头道："是的。高格非从来都不是一个大度的人，何况他面对的是生死大事，而他当时在欧阳羽面前的表现冷静得让人感到诡异。"说到这里，他拿出手机给龚放拨打，"该你出场了。"

第十一章
找到根源

"对不起,我必须暂时离开一会儿。这样吧,晚上我请你吃饭,可以吗?"龚放放下手机后对苏咏文说道。

这时候苏咏文才忽然想起一件事情来:"你这次过来是为了帮俞莫寒调查高格非的那个案子?"

龚放摇头:"不是帮他,是我也对这个案子很感兴趣。此外,我也在一起案子上面遇到了困难,一不小心就走进了死胡同,全靠莫寒替我指点迷津,结果昨天晚上警方就抓到了凶手。"

苏咏文瞪大了双眼:"他真的有那么厉害?"

龚放点头:"是的。也许他自己并没有完全意识到自己的能力。不过他和我一样,都有可能受到惯性思维的影响,所以我们俩的帮助是相互的。"

苏咏文道:"真想现在就听你说说那起案子,想来绝对非同一般。"

龚放看了看时间:"今天我们一起晚餐,也许那时候还可以告诉你高格非案子的结局。咏文，对不起，我答应了莫寒的，一定要和他一起去见高格非。"

苏咏文并没有再说其他，只是微微点了下头。

龚放起身，将服务生叫过来付了账，还随手给了对方五十块钱的小费，并再次向苏咏文表达了歉意后才离开。看着他渐渐远去的背影，苏咏文的内心一时间变得有些复杂起来：很显然，这是一个与俞莫寒一样优秀的人，而且他还那么豁达、坦诚……我这是怎么了？难道这么快就喜欢上这个家伙了？不，怎么可能呢？

不过和他接触一下似乎也还不错，难道除了俞莫寒那个浑蛋之外我就不可以再接触别的男人了吗？

这一刻，苏咏文忽然间就想起俞莫寒来，心里一时间千回百转，酸楚难耐。

警方不可能对高格非采取和欧阳羽一样的方式。一方面是因为此人有着不低的级别，另一方面此人还是新闻的焦点，一个不小心就容易让事情发酵到难以收拾的程度。除此之外更为关键的是，高格非虽然疑似患有艾滋病，但他到目前为止并没有像欧阳羽那样有报复社会的行为。

其实从某个角度来讲，警方刚才对欧阳羽的行为已经构成违法。因为法律规定，无论任何组织和个人都不能强迫他人进行艾滋病检测，这也是我们每个公民最基本的人权。正因为如此，靳向南才对俞莫寒说了那样的一句话，而这件事情本身对靳向南来讲是带有极大的风险的。但欧阳羽的社会危害性确实很大，警方也是不得已而为之。

与此同时，在面对高格非的时候，其中的法律风险或许更大。不过俞莫寒目前所需要的仅仅是证实自己的推断而已——如果他的推断是正确的，那就说明一直以来他的方向并没有错。这一点对俞莫寒来讲非常重要，因为这样的结果是他进一步沿着原来的方向继续调查下去的基础；如果最终证明他的推断是错误的，那么一切都将从头开始并重新调整思路与方向。如果真是那样，接下来他需要做的一切也就因此而变得非常艰难。

虽然俞莫寒对自己的推断很有信心，却还是有些紧张。这个世界上毕竟没有绝对正确的人和事儿。

见到龚放匆匆而来，俞莫寒急忙迎了上去，不过询问的并不是案子的事情："情况怎么样？看你的样子好像并没有吃闭门羹？"

龚放得意地笑着，说道："我龚放是什么人？只要是真心喜欢上了某个人，那她根本就不会有拒绝的机会。"

虽然俞莫寒内心依然隐隐存在着些许醋意，不过好奇心却更甚，笑着问道："哦？可以告诉我具体的情况吗？"

俞莫寒刚才的反应让龚放很满意，他可不希望因为这件事情让自己和俞莫寒之间的友谊出现裂痕，于是就将今天上午的情况大致对俞莫寒讲述了一遍。俞莫寒听后感叹道："将自己的专业知识如此娴熟地应用到找女朋友的事情上面，这个世界上估计也就只有你这个家伙了。"

龚放正色道："不是找女朋友，这一次我可是非常认真的。"

这一次？俞莫寒仿佛通过这个词语读到了对方潜意识中的某些东西，他轻轻拍了拍龚放的肩膀："好好待她，不然的话我就删除你的电话号码。"

龚放何尝听不出他话中的意思，急忙道："你放心好了，我绝不会辜负她的。"

俞莫寒咧嘴笑道："辜负这个词，等你得到她最终认可后再说吧。"

对于专业方面的能力，龚放对俞莫寒还是非常佩服的：自己首先看到的是一个人表面的东西，然后才可以进一步去分析对方的内心，而眼前这个家伙却总是能够直达他人的内心世界，让人无处躲藏。龚放急忙转移话题："高格非呢？现在他在什么地方？"

俞莫寒回答道："他从昨天晚上回来后就一直待在父母的家里，似乎正在等待着我们上门。对了，他的父母一大早就出门了，估计是高格非找了个借口让他们离开的，他并不想让自己的父母知道得太多。"

龚放诧异地问道："他没有回过自己的家？"

俞莫寒摇头："他对自己的妻子并无多少真正的感情，也许在他看来，婚姻只不过是人生中必需的一种标配而已。在如今这样的情况下，他觉得自己安排好妻子今后的一切就已经足够了。"

龚放感叹着说道："那他也太自私了……不过像这样的人往往会把自己包裹得非常紧，很难突破的。"

俞莫寒点头："是啊。所以，我对接下来的有些事情并不抱有太大的希望。"

这一次陪同俞莫寒和龚放的是靳向南。在去往高格非父母家的路上，俞莫寒将自己从侯菲菲和欧阳羽那里得到的最新情况都详细对龚放讲述了一遍，然后问道："这里面有一个细节很有趣，你注意到没有？"

龚放问道："你指的是高格非和欧阳羽第一次失败的那个细节？"

俞莫寒点头，问道："对此你有什么看法？"

龚放回答道："当然还是因为自卑。"

俞莫寒提醒道："可他在同样漂亮的侯菲菲面前并没有出现这样的情况。"

靳向南对这两个精神病学和心理学方面的天才之间的交谈很感兴趣，一直在一旁竖起耳朵仔细地听着，并没有插话，而此时，他不禁问了一句："难道是因为欧阳羽长得像那个女明星？"

龚放恍然大悟:"你的意思是说,高格非背后的那个女人很可能是另外一位长得像某个女明星的女人?"

俞莫寒点头道:"其实我们每个人都多多少少存在一些明星崇拜,因为明星不仅仅代表着成功,而且还符合我们大多数人的审美标准,因此,明星崇拜其实就是崇拜成功、崇拜梦中情人。高格非的内心深处始终深藏着自卑,虽然到目前为止我们还不清楚他的自卑究竟源于什么,但我相信绝不仅仅是因为他家庭曾经的贫困,而应该是与他青少年时期的性觉醒有关,而且还可能是后来的某些事情加深了他的这种自卑,否则他的性能力就不可能如此强烈地受到心理的影响……对不起,我好像有些偏题了。高格非迷恋于欧阳羽的美色,长期与她保持着那样的关系,而不是像他和侯菲菲那样说断就断,这其中与欧阳羽长得像那位女明星应该是有关系的。"说到这里,他看着靳向南笑问道,"靳支队,想来你的心里面也曾经有过梦中情人吧?"

靳向南摆着手不好意思地笑道:"小俞,你就别拿我开玩笑了。"

俞莫寒正色道:"我这可不是开玩笑。其实我的心里面也是有梦中情人的,她是一位身材高挑、皮肤白皙、模样可人的影视演员。"

此时此刻,靳向南虽然并不明白俞莫寒究竟想说明什么,不过他还是十分认真地回答了刚才的那个问题:"是的,我的梦中情人是北京电视台的一位主持人。"

俞莫寒又将目光看向龚放:"你的心里面有几个梦中情人?"

龚放回答道:"梦中情人当然就只能有一个,那是我们每个人内心深处最完美的异性形象……啊,我明白你的意思了。你的意思是说,高格非背后的那个女人极有可能就是那位曾经红极一时的女歌手?"

靳向南瞪大了双眼:"这怎么可能?"

俞莫寒淡淡一笑,说道:"怎么不可能呢?当一个人拥有了权力，内心就会开始膨胀。很显然，高格非也是如此，他的内心充满野心，那就是在不久的将来能够主政医科大学。一个人的内心充满野心，当然同时一定也充满着其他的欲望，欧阳羽的'像'很显然不能满足高格非真正得到梦中情人的幻想，而那位曾经红极一时的女歌手早已跌下神坛，如今连一个三流歌手都不如，高格非想满足自己的这个愿望似乎并不难，说到底不就是钱的事情吗？"

龚放点头道："内心的膨胀会使一个人不顾一切地去追求自己欲望的满足，这倒是符合高格非当时的心理状态。"

这一刻，靳向南也禁不住感叹道："还真是欲壑难填啊。如果真是这样，高格非花钱买来的岂不是一张去往地狱的通行证？难怪他会精神分裂忽然发作，要是换作其他的人，恐怕也一样难以承受这样的结果。"

俞莫寒指了指天上，说道："上天要让一个人灭亡，必先让其疯狂。这也就是人们常说的'自作孽，不可活''多行不义必自毙'……"这时候他忽然再次想起华勉的那句话来："老祖宗早就告诉过我们，厚德方能载物，一个人如果德行不修，即使得到了高官厚禄、无尽的财富也承受不起，最终只会落得一个悲惨的下场。"

马路上堵车很厉害，十多分钟过去了，长长的车流却纹丝未动。靳向南看了看时间："估计前面出车祸了，我们还是先吃了饭再说吧。"

很多时候就是这样，越是着急偏偏会另生事端。墨菲定律就是这样经常出现在我们的日常生活当中。俞莫寒只好点头："也罢，今天上午总算是了结了两件事情，收获也不小。有些事情是急不来的。"

靳向南拉响了警笛，警车很快就离开了主干道进入一条支路，几个人简单吃完午餐后才开始前往高格非父母的住处。

高格非的内心并不平静。自从昨天晚上回来后他就一直在等候着俞莫寒和警方的人上门，为此他还特地找了个借口让父母外出一个白天，却不承想整整一个上午就这样白白过去了。他不明白俞莫寒和警方的人为什么会如此有耐心，结果越是猜测心里面就越紧张，总觉得好像有什么地方不大对劲。

事情发展到如今这样的状况，高格非不得不承认，无论是滕奇龙还是他本人根本就不是那个精神病医生的对手。不过他相信自己能够抵御住对方的攻击，毕竟对方并没有也不可能得到任何证据。

那件事情就只有他和滕奇龙两个人知道，即使是那个后来被开除的保安也根本不知道实情。证据就在滕奇龙和他高格非的脑子里面，只要他们都不讲出来，那件事情也就永无曝光之日。他并不会去责怪滕奇龙的自乱阵脚，其实他的心里面也十分清楚，有些事情自己是躲避不了的，而坦然面对并小心翼翼地解决问题才是第一位的。

自从上次车祸的事情发生之后，高格非的生活发生了彻底的改变，就连多年来的午睡习惯也不再有，实在是睡不着。他害怕夜晚，因为夜晚对现在的他来讲代表着附骨之疽一般挥之不去的噩梦，还有从噩梦中醒来后的漫长无尽的恐惧。

终于听到了敲门声。"来了。"高格非低声说了一句，随即便起身去开门。

靳向南朝他出示了警官证，客气地问道："我们可以进来吗？"

高格非将目光看向龚放："这位是？"

俞莫寒道："他叫龚放，是我留德时的同学。他对你的这个病例也很感兴趣，所以一同前来希望能够了解到更多有关你病情的一些情况。"

高格非的脸色一下子就变得难看起来："你们把我当成做动物实验的小白鼠了？我这个小白鼠还应该拥有拒绝的权利吧？"

龚放笑了笑，说道："我也是一位心理学家，不过我最善于测谎。高先生是不是害怕在多了一位心理学家的情况下有些事情被暴露出来？"

高格非冷哼了一声，道："法庭已经判决我无罪，所以我依然是一个守法的公民，拥有每一个公民应有的权利和自由。"他的目光看向靳向南，"靳支队，请你告诉我，我是不是可以拒绝这两位非警方人员进入我的家里？"

靳向南朝他点头说道："你当然有这样的权利，其中也包括拒绝我。不过这两位都是我们警方请来的顾问，而且目前我们已经发现了你前妻死因的疑点，如果你拒绝我们在这个地方向你询问有关的情况，那我们就只好请你去一趟刑警队了。"

高格非冷冷地看着他："靳支队这是在威胁我？"

靳向南淡淡一笑："我们这是在按照法律的相关程序办案。"

这时候俞莫寒朝屋里面看了一眼，问道："你父母好像没在家？对我们的到来，其实你早就准备好了，是吧？高校长，你这又是何必呢？我是做医生的，最感兴趣的还是你的病情，而对于你来讲，讳疾忌医也是不应该的。我看这样，今天我们就只聊聊有关你病情的一些事情，其余的事情接下来让靳支队再向你作详细了解，你看这样可以吗？"

"请进吧。"高格非面无表情地说了一声，转身到客厅中的沙发处坐下。

高格非没有主动给客人们泡茶，不过桌上有水果，他用手势示意了一下让他们随便。俞莫寒的目光在他的脸上停留了几秒钟，随后与龚放相视着点了点头。这一刻，俞莫寒和龚放的想法是相通的：高格非的故作冷淡和高傲只不过是为了掩饰其内心的不安罢了，这恰恰表现出了他内心脆弱的那一面。

接下来将由俞莫寒对高格非进行提问，而龚放需要做的就是在一旁观察。关于这一点，他们两个人并不需要事先约定，这就是默契。

这已经不是第一次与高格非面对面，现在俞莫寒对眼前这个人的了解却比以前深入得多。为了今天这一次的见面，俞莫寒提前做足了功课，也为此耗费了不少的心力。而从俞莫寒的内心来讲，他真正感兴趣的还是高格非这个人，以及隐藏在他内心深处的那些故事，因为这一切才是揭开那起离奇车祸发生的关键，同时也将对精神分裂发生的机制及发展过程提供科学的依据。所以，此时此刻，俞莫寒的内心也难免有些激动。他轻咳了一声，说道："高校长，在你外出的这段时间，我一直在调查你的情况，这一点想必你也知道了，因为我实在想搞清楚你精神分裂忽然发作的根本原因。"

高格非没想到俞莫寒会如此直接，怔了一下后才说道："既然是偶然发作，也许今后就不会再次出现那样的情况了，我自己当然也会注意，随时放松心情，所以这件事情就不劳俞医生多费心了。"

俞莫寒严肃地道："你这只不过是一种侥幸心理，而对于精神分裂这种疾病而言，一旦出现过一次，那就极有可能再次发生。关于这个问题，只有我这个当医生的才最有发言权。高校长……我之所以这样称呼你，那是因为到目前为止你的免职文件还没有下达，不过想来这只不过是迟早的事情。你的职务和级别或许会让警方在调查你的过程中不得不格外小心，但你也千万不要以此为凭继续阻碍我们的调查。"

高格非怒道："你这话是什么意思？"

俞莫寒冷冷地道："我的话就是话中的意思。上一次你的精神分裂造成了数人死亡数人受伤，对于你这个人来讲，已经具有严重危害他人安全的可能。我们一直对你礼敬有加，这其中的原因你应该清楚，如果你一直采取不配合的态度，警方完全可以对你采取强制性治疗措施。现在，无论是靳支队，还是我这个精神病医生的忍耐程度都是有限的,这一点你必须要有非常清醒的认识。"

这时候靳向南也说道:"俞医生讲得很对。学校马上就要开学了,想来你的免职文件也应该很快就下来了。高格非,你应该清楚,所谓的级别和地位那只不过是一种暂时性的东西,一旦你失去了,那你也就只不过是高格非了。我们一直对你客气,只不过是不想过度刺激到你的精神,以免引起不好的社会舆论,如果你一直是这样的态度,那我们就只好采取强制性措施了。"

高格非竟然笑了起来,说道:"好啊,你们现在就可以对我采取强制性措施。说吧,让我现在去哪一家精神病医院?"

俞莫寒用一种怜悯的眼神看着他,轻叹着摇头说道:"你的内心是那么的自卑,我真不知道你此时的自信从何而来。古语有言,人之将死,其言也善。像你这样一个即将走到生命终点的人,为什么就不能恢复一些人性,尽量多地拥有一些善良呢?"

高格非的目光一下子变得锐利凶狠起来:"你这话又是什么意思?"

俞莫寒并没有回避他的目光,笑了笑:"你心里面是明白的,难道不是吗?而且这极有可能就是你忽然精神分裂的根本原因。高校长,你觉得我们是接下来好好聊聊你的病情,还是今天就到此为止呢?"

高格非的身体颓然地靠在了沙发里面,双腿微微颤抖着,一小会儿之后他才低声问了一句:"你们还知道些什么?"

俞莫寒看了龚放和靳向南一眼,说道:"可以这样讲,有关你的一切,我们都知道。"

高格非即刻坐直了身体:"既然你们都知道了,那还等什么?直接带我离开这里啊!"

这一刻,俞莫寒才忽然意识到自己可能犯下了一个错误,不过他依然冷静,双眼直直地看着他:"哦?听说你今天晚上约了宁夏一起吃饭，难道你准备爽约？"

高格非的双眼瞪得溜圆："你、你是怎么知道的？"

俞莫寒淡淡地道："宁夏已经离开了本地，现在我替她向你表示歉意。高校长，你确实是一个比较危险的人，说起来宁夏也算得上我的一个朋友，所以我不得不为了她的安全着想，提前替她做了一些相应的安排。"

高格非猛地在茶几上拍了一下："你究竟想干什么？！"

俞莫寒看着他，真诚地道："我只是想和你好好谈谈。我希望你能够卸掉自己所有的伪装，相信我，把我当成你最好的朋友，我们好好谈谈。仅此而已。高校长，高主任，高老师，高格非，可以吗？"

高格非再一次愣在了那里，随后就颓然坐回到沙发里面。

俞莫寒沉吟了片刻，对靳向南和龚放说道："也许，现在我一个人留在这里比较好。"

龚放首先站了起来，他拍了拍俞莫寒的肩膀："看来我是帮不了你什么了，因为你根本就不需要我的帮助。"紧接着他对靳向南说道，"请你相信他，他绝对比你想象的更优秀。"

靳向南也站了起来，对俞莫寒说道："我就在外面，有事情叫我一声。"

龚放走到门口处，转身对俞莫寒说道："你是对的，这一点你不应该再有任何的怀疑。对了，接下来的时间我将和苏咏文在一起，你千万不要来打搅我们。"

接下来靳向南和龚放都离开了，大门被轻轻地拉上。不过靳向南一直站在外面，而龚放却直接扬长而去。

客厅里只剩下了俞莫寒和高格非两个人，空气显得有些沉闷。高格非斜靠在沙发上一动不动，俞莫寒看着他，问道："我们可以开始了吗？你看，我没有录音。我是医生，你是病人，或许我们可以推心置腹地好好谈谈？"

高格非动了动身体，沙哑着声音问道："你真的什么都知道了？"

俞莫寒点头："是的。但我的结论只不过是推测，没有任何证据。"

高格非艰难地坐直了身体，然后将目光看向俞莫寒："我要死了，我很害怕。"

俞莫寒点头，声音极其温和："我知道。"

高格非垂下了眼帘："但是我不想让太多的人知道。"

俞莫寒依然点头："我知道，我理解。"

高格非看向他的目光带着感激："谢谢你。那，我们开始吧。我的意思是，我们俩从现在开始的谈话仅仅限于我的疾病，我精神上面的疾病，除此之外我什么都不想说。"

俞莫寒看着他："可以。"

高格非满脸疑惑："真的？"

俞莫寒微微一笑："当然是真的，因为这是我最感兴趣的问题。"

高格非看着他："谢谢。"

俞莫寒拿起一只橘子，剥开后吃了一瓣："味道不错，你也尝一下。"

高格非紧紧地盯着他："俞医生，你这个人很可怕，也非常令人敬佩。但是我只能告诉你一部分的事情，其他的事情我只能带到坟墓里面去了。"

俞莫寒又吃了一瓣橘子，说道："我们先谈谈你的病情，其他的事情你考虑清楚后再说。我绝不会强迫你。"

高格非自己拿了一只橘子，剥开后津津有味地吃着："妈妈递到我手上我都没吃，想不到味道真的很不错。俞医生，你问吧，我尽量回答你的问题。"

俞莫寒看着他："你还在防备着什么？"

高格非轻叹了一声:"对不起,我很害怕。"

问题早已准备好,这些问题其实就是俞莫寒心中的疑惑,它们曾经多次出现在俞莫寒的脑海里面,而此时,他所做的也就是将它们一一呈现出来罢了。不要急,这时候你就是一个医生,而你眼前的这位,仅仅是一个病人。在开口询问问题之前,俞莫寒在心里暗暗告诫自己。

"你认为从小到大对你影响最大的事情是什么?"俞莫寒终于开口缓缓问道。

高格非摇头:"这个不好说,从小到大遇到的事情太多了,而且有些事情已经记不得了。"

他应该明白俞莫寒问这个问题的目的,可是却偏偏这样回答……俞莫寒又问道:"你现在还记得小时候经常做过的那些梦吗?"

高格非依然摇头:"记不得了。"

俞莫寒看着他:"中学时候经常做的那些梦呢?"

他还是摇头。

俞莫寒继续问道:"刚刚上大学的时候你最常见的梦的内容是什么?"

他回答道:"我以前的睡眠一直都很好,很少做梦。"

他这是在抗拒向他人透露自己内心自卑的根源。作为医学生,他应该知道心理师经常将梦的内容作为研究素材,从中探寻病人潜意识中所隐藏着的许多东西。不过俞莫寒并不着急,继续问道:"那么,当你留校后最艰难的那段时间经常做的梦主要内容是什么?"

高格非想了想,说道:"一个古镇里面,家家户户房门紧闭,街道上空无一人。我站在古镇里面,里面的寂静、空旷让我感到害怕,我急忙朝着古镇外面跑去,而古镇的外面却是一道道的梯田,我在狭窄的田埂上奔跑，试图逃出那个地方，远离那个古镇，可是最终发现自己总是回到原点。天渐渐黑了，我忽然发现古镇里面出现了许多人，他们在狂欢，几个声音传入我的耳朵：今天终于抓到猎物了，我可是很久没有尝到烧烤人肉的味道了。每一次我都是在这个时候从梦中醒来，被吓醒的。"

被害妄想的早期？不大像。俞莫寒问道："你仔细回忆一下，你熟悉梦中的那个古镇吗？"

高格非愣了一下，摇头。

俞莫寒道："那你描述一下那个古镇的样子。"

高格非一边回忆着，一边说道："就是我家乡那一带最常见的老房子，中间是街道，街道的两边都是几乎差不多相同的建筑，全部是木质的，木板陈旧，有些泛白。街道是从上倾斜着朝下的，中间有不少的石梯。"

俞莫寒问道："梦中的你是从上往下进入古镇的，是吗？"

高格非点头。

俞莫寒又问道："你也是从里面的某处地方朝着下方逃跑出了古镇的，逃出古镇后就进入到梯田里面。是这样的吗？"

高格非点头："是的。"

俞莫寒道："我查看过你家乡的地图，就在你们村不远处的江水边就有一个叫作万滩的古镇，你再仔细回忆一下，你梦中的那个古镇是不是和万滩很像？"

高格非道："听你这样一讲，好像还真的很像。"

俞莫寒看着他："据我所知，万滩古镇这个名称好像来源于当初镇上所居住着的一个万姓大家族，那个地方后来成了你家乡乡政府的所在地。"

高格非点头道："是的。"

俞莫寒问道："那么，你曾经在万滩古镇那个地方发生过什么事情？"

高格非摇头道："没有，没有发生过任何事情。"

俞莫寒叹息了一声，说道："很显然，你的那个梦讲述的是你曾经遭遇过的经历，你第一次去那个地方，没有一个自己认识的人。你行走在古镇的街道上，给人的感觉是如此微不足道，古镇上的人看不起你，将你视为空气一般，你的心里面充满着惶恐、害怕。可是接下来却发生了一件大事，于是你开始逃跑，你拼命地逃跑，最终被人追上，然后被凌辱。在你的梦中，你将古镇的出口幻想成梯田，因为那是你最熟悉的东西，你希望自己能够通过自己最熟悉的环境逃离那个地方，然而梦中的你还是没有成功，那是因为现实中的你曾经遭受过的凌辱太过让你刻骨铭心，以至于让你在梦中也依然无法逃脱那个可怕的结局。高校长，既然你知道我对你的了解已经足够深入，为什么还要把自己包裹得那么紧呢？这样可不是解决问题的方式。"

高格非满脸的惊讶："虽然我知道一个人的梦代表着他潜意识里面的东西，但是想不到你真的能够解读出来，而且还如此准确。"

俞莫寒道："当然。梦不仅仅是我们潜意识里面最真实的想法，而且还是愿望的达成。在你的这个梦里面，你的愿望就是能够逃离那个地方，从而最终逃离现实中曾经出现过的那场可怕的灾难。那么现在请你告诉我，你曾经所经历的那场灾难究竟是什么？"

"那年我才不到十岁，"高格非终于开始讲述，"父亲对我说，你已经长大了，应该为家里做些事情了，明天镇上赶场，你把家里的鸡蛋拿去卖了吧。第二天一大早我就背着家里那几只老母鸡生的蛋到了万滩镇上。那是我第一次独自出远门，也是第一次看到村外的世界。我有些害怕，但也感到新奇，镇上那条铺着石条的街道在我的眼里是那么的宽阔，街道两边琳琅满目的商品及那些穿着时髦的人都让我觉得自己来到了一个全新的世界，差点儿让我忘记了这一次的任务。我找到了赶场的地方,像其他人那样将要卖的东西放在前面,然后蹲在那里等着有人前来购买。可是过了很久,很少有人过来询问,第一次到镇上赶场的新鲜感慢慢就少了许多,只是感觉到肚子里的那泡尿憋得越来越难受。我旁边的是一个妇人,她售卖的是一袋糯米,我让她帮我看着鸡蛋,说要去撒尿。妇人给我指了一个方向,说那边有个茅厕。我很快就跑到了茅厕那里,里面很脏,臭气熏天,正准备撒尿就听到隔壁传来几个妇人的笑声,也是我一时鬼迷心窍,发现茅厕隔墙用的木板有一道缝隙,而且我旁边又没有人,就将头凑了过去从缝隙处朝那边看。谁知道一看之下就再也不想离开那个缝隙了,我看到隔壁茅厕里面有好几个白花花的女人屁股!当时还不到十岁的我一样感觉到血脉偾张,就连撒尿的事情都忘得干干净净。我目不转睛地看着,看到她们站起身来,还看到了她们双腿间那令人心旌摇曳的一抹黑色,我看着她们前后离开,这才将脑袋从缝隙处挪开。一直到这个时候我才发现不知道什么时候自己的旁边竟然站着一个瘦瘦的老头,他正不怀好意地看着我。我吓得一哆嗦,肚子里面的尿液竟然不受控制地一下子就涌了出来,将我的裤裆湿了个透。老头用一种奇怪的目光看着我,阴森森地低声对我说道:'如果不想让别的人知道这件事情,那就乖乖听我的话。明白吗?'我急忙道:'我听话,我听话。'老头朝我点了点头:'把裤子脱了,转过身去,双手放在墙上。'我不知道他究竟要干什么,不过还是乖乖地听从了他的吩咐。不多一会儿,我就感觉到屁股眼那里传来一阵剧痛……还好的是,那个老头只是在我的身体里面进出了三两下就完事了,临走的时候他还抓了我下面一把,说:'娃儿,下次你可以来找我,我就住在铁匠铺旁边,我给你钱。'从茅厕出来,我感觉到后面火辣辣地痛,一直等到裤子稍微干些了才回到赶场的地方,却发现那个替我看鸡蛋的妇人早已不在了。虽然我知道父亲并不会因为鸡蛋被人拿走的事情责骂我,却不想就那样空手回家,于是我咬了咬牙,直接就去了铁匠铺那里。那个老头果然就住在那个地方,他一看见我就咧嘴笑了。这一次,老头折腾了我很久,不过他还算讲信用,给了我卖鸡蛋的钱。后来,虽然我又多次去过那个镇上,却再也没有去找过那个老头,我觉得自己早已忘记了这件事情,想不到它会通过梦的形式呈现出来……"

很显然,这件事情正是高格非内心深处自卑的根源。俞莫寒问道:"后来你去找过那个老头报仇吗?"

高格非摇头:"高中毕业那年,我从县城回家路过万滩镇的时候碰巧看见了那个老头。老头躺在一张藤椅上,一个人用蒲扇在驱赶着不停在他身边飞舞着的数只苍蝇。我知道那个老头马上就要死了,因为那些苍蝇已经提前感知到了他的死气。果然,不多一会儿那个拿着蒲扇的人停止了动作,那些苍蝇蜂拥着飞到了老头的脸上和手上。那一刻,我忽然觉得无比恶心,跑到一旁不住呕吐了起来。"

俞莫寒问道:"这件事情对你后来的解剖课有没有影响?"

高格非摇头:"上解剖课的时候我对面前的那些尸体真的从内心里面充满敬意,而那个老头,他却像臭蛆一般令人恶心。所以,我强迫自己忘记曾经发生过的那件事情,绝不允许自己再想起。"

"他不可能忘掉的,因为这件事已经根植于他的灵魂深处。就如同这个时候,当破解了他的梦之后,那件可怕的往事也就瞬间出现在了他的记忆之中。"俞莫寒心想着,又继续问道,"在你最不得意的那段时间里面,还有哪些异常的情况吗?"

高格非沉吟了片刻,忽然抬起头来问道:"俞医生,你觉得这个世界是真实的吗?"

俞莫寒看着他:"你为什么忽然想起问这样的一个问题?"这时候他忽然听到自己的手机传来了短信提示音,打开后看了一眼随即就放下了。

高格非似乎并没有注意到这个细节,他的目光中露出了一种异样的神采,身体也坐得直了些,声音中透出一种兴奋:"真的,有一段时间,不,一直到现在我都觉得自己身处的这个世界并不是真实的,我觉得自己是存在于一个虚拟的世界之中。就如同地球,它所处的地方距离太阳不远不近刚好合适,如果稍有差池也就不会有我们这些生命存在。所以,我相信地球是独一无二的,它一定是上帝的杰作,而无论是太阳还是整个银河系,以及整个宇宙,都是为了满足地球生命繁衍的条件而设计制造出来的,也就是说,整个宇宙其实都是为了地球而存在的,其作用就是为了维持地球这个生命系统的稳定。如果我们把地球比喻成受精卵,那么胎盘就是银河系,而怀孕的母体就是整个宇宙。"

俞莫寒很惊讶于他的这种思维,点头道:"你的这个想法很有意思。"

高格非愈加激动:"我甚至怀疑自己都是被设计出来的,如同电子游戏里面的人物,而我就是这一款游戏的主角。因此,无论是这个世界,还是我身边的每一个人,这一切的一切都只不过是为了这款游戏,为了我这个主角而存在。"

俞莫寒问道:"包括我?"

高格非看了他一眼,点头道:"是的,也许你也只不过是这款游戏里面的一个程序而已。"

俞莫寒饶有兴趣地问道:"那么,我在这款游戏中起什么作用呢?"

高格非道:"不一定非得要起作用,就是一种设定。因为我出了那件事情,于是你就出现了,如果我没有出那件事情,我的世界里面就不会出现你这样的一位人物,也许我们两个人之间也就不会有任何交集。"

俞莫寒道:"问题是,这个世界根本就没有如果。"

高格非摇头:"有的,只要是游戏,那就可以让一切重新开始。比如佛教所讲的六道轮回,其实就是这款游戏的一种重启模式。"

俞莫寒看着他:"为什么你才是这款游戏的主角,而不是我或者其他别的人?"

高格非道:"因为我发现,凡是那些与我作对的人都没有好下场,医科大学的前任校长、副校长,他们都去坐了牢,那位让我刚刚留校就陷入麻烦之中的人事处长也患癌症死了。我却一直活得好好的,而且,当他们遭到报应后我的一切就变得越来越顺利起来。"

如果说高格非最开始时的奇思妙想有一定哲理性的话,那么他刚才的想法就说明他的思维已经偏离正常了,那应该是一种轻度的妄想症思维。也就是说,眼前这个人的精神很可能早就开始出问题了。俞莫寒问道:"你这样的想法是从什么时候开始的?"

高格非仰头想了想,回答道:"应该是在好几年前了。"

俞莫寒觉得这件事情非常重要:"请你再好好回忆一下,究竟从什么时候开始有了这样的想法的?"

高格非又想了想,道:"应该是在我得知人事处长的死讯之后,那时候我刚刚被提拔为校办副主任。"

长时间的精神压抑,极度的内心焦虑、抑郁,忽然在某一天得到释放,再加上随之而来的内心膨胀,从而产生轻度的妄想。而且这样的妄想症状会随着个人内心的进一步膨胀越来越被强化,于是就形成了他最终精神分裂的基础。俞莫寒继续问道:"这期间出现过幻觉吗?比如幻听、幻视。"

高格非回答道:"有过一次。当时就我一个人在家里,我在书房看书,忽然就听到外面客厅传来了一个人的脚步声,我急忙来到客厅,打开灯后却发现什么都没有。不多一会儿,我又听到厕所的窗户在'哗哗'作响,就像暴风雨来临前一样。我急忙跑到厕所去看,却发现里面的窗户关得好好的。我回到客厅,打开窗户,看到满天的星斗，微微的风从脸上拂过。"

此人果然有些文采，就连描述起自己的经历来也带有些许的诗意。俞莫寒微微一笑，问道："这样的情况就只有一次？"

高格非又想了想，说道："这次出事前不久的一天晚上，我忽然听到一阵脚步声，就像有一群人正在从旁边跑过去。我一下子就惊醒了过来，这才知道自己刚才在做梦。也就是在那天晚上，我在迷迷糊糊中感觉到有一双手十分温柔地抚摸着我的后背，那绝不是梦中的感觉，因为我能够清晰感觉到那双手的温度与质感。"

这依然是幻觉，不但有幻听，而且还有类似于性方面的幻触，这就已经是精神分裂的症状了。而高格非出现这种症状的原因如今已经十分清楚，那就是死亡的威胁。俞莫寒点头道："高校长，谢谢你告诉我这么多有关你病情的情况，现在看来，你的精神异常在很早之前就开始出现了，只不过没有引起你的重视罢了。这一次精神分裂的忽然发作，说到底还是因为你遭受到了突如其来的死亡威胁。"

高格非摇头道："我不明白你在说什么。"

俞莫寒看着他，随意地将手机拿在手上，说道："到目前为止，我已经拜访过傅传伦、宁夏、侯菲菲，以及欧阳羽。在刚才我们来你这里的路上，疾控中心那边传来消息说，欧阳羽已经被确诊为艾滋病毒携带者。不过我并不认为她就是你的感染源，反而很可能是你将这个可怕的疾病传染给了她。"

高格非依然摇头："我真的不知道你在说些什么。"

俞莫寒没在意他的这个回答，继续问道："你是通过什么渠道联系上康小敏的？"

康小敏就是多年前曾经红遍大江南北的那位女歌手。高格非的身体颤抖了一下，摇头道："俞医生，你的话我越来越听不懂了。"

俞莫寒轻叹了一声，说道："我能够理解你的内心，毕竟如今很多人对这样的病,特别是这一类型的患者抱有极大的偏见,一旦事情传扬出去,你的形象、声誉就会毁于一旦,而且还会因此在身后留下污名,并让你的家人在社会上抬不起头来。可是你也应该知道,有些事情是瞒不住的,既然事情已经到了这个地步,唯一的办法就是坦然面对。我们完全可以对外面讲你所患的疾病是恶性淋巴瘤,或者别的恶性疾病。有的名人、明星在他们离世后不都是这样对外宣布的吗?我们都是学医的,应该比其他的人更容易看透生死,其实死亡并不可怕,可怕的是等待死亡的过程。而在等待死亡的这个过程当中,如果你的心里还有一些东西放不下、抛不开,那就是一件更加痛苦的事情。"

高格非的身体战栗了一下,不过依然在摇头:"我真的不知道你说这些话是什么意思。俞医生,我有些累了。今天我已经按照你的要求如实回答了你的问题,希望你今后不要再来影响我的生活了,从今往后我只想看看书、栽栽花,如果有能力的话,我就写一本书。拜托了。"

俞莫寒再次叹息了一声,站起身来,手机依然拿在手上:"那好吧,今天我们就到此为止。对了,滕奇龙心脏病发作的那天晚上,出现在他办公室里面的那个女人是不是白欣,也就是你的前妻?"

高格非的身体忽然颤抖了起来,怒道:"胡说八道!姓俞的,你不要欺人太甚!"他霍然起身,冲过去试图抓住俞莫寒的衣领,结果被俞莫寒灵巧地躲闪过了。高格非的目光已然变得凶狠,张牙舞爪准备再次进攻,俞莫寒冷冷地道:"别说是你,就是医院里面正在发作的精神病人都不可能伤害到我。"

高格非更加愤怒了,猛然间再次朝俞莫寒冲了过去,俞莫寒又是一个闪身,手肘顺势击打在了高格非的背后,两种力量的合力一下子就让高格非摔倒在了地上。这时候外面传来了靳向南的声音:"小俞,发生了什么事?"

俞莫寒大声道："没事。"随即就打开了门。靳向南快速进入屋子里面，看着蜷缩在地上的高格非，关心地去问俞莫寒："你受伤没有？"

俞莫寒摇头，心里面忽然有一种莫名的愧疚：高格非毕竟是一个病人，刚才自己的力道似乎太重了些。

先前俞莫寒接到了龚放发来的短信，他建议俞莫寒到最后问一下高格非那个问题，并强调：一定要录下他的表情。当时俞莫寒看了短信后心里面震惊了一下，不过后来还是遵照他的建议做了，却没有想到高格非的反应会如此强烈。

当然，俞莫寒并没有责怪龚放的意思，对于像高格非这样的人来讲，做出再荒唐、再可耻的事情似乎都有可能。

第十二章
不祥预感成真

龚放的主要心思还是在苏咏文那里。当他从高格非那里出来后就迫不及待地给苏咏文打去了电话:"我知道你今天并没有任何的采访任务,如果你觉得可以的话我们找个地方坐坐吧。"

苏咏文诧异地问道:"你怎么知道我今天没有采访任务的?你又去了我们报社?我怎么没看到你?"

龚放歉意地道:"对不起,是我从你脸上看到的。"

苏咏文这才一下子想起这个家伙特殊的本事来,心里很是不爽,但对方已经提前表达了歉意,说道:"有时候想起来像你们这样的人真可怕,大多数人在你们的眼里是不是基本上没有秘密和隐私?"

龚放再次道歉:"干我们这一行的人确实多多少少都有些职业病,就如同你对新闻热点特别敏感一样。不过我们也不是随时都这样,其实观察他人是非常耗精力的一件事情,如果我们时时刻刻都那样的话岂不会被累死?"

苏咏文心想也是,不禁笑了起来,说道:"我们见面也可以,不过你得向我保证，从今往后不得再观察我的微表情。"

龚放苦笑："如果我真的向你保证的话那就是在骗你，因为我确实做不到。不过我一定会尽量不去研究你的微表情，让我们两个人像正常人一样交往。你觉得这样可以吗？"

这一刻，苏咏文不禁对龚放的印象大为改观，没想到这个令人厌恶的家伙竟然还有如此真诚的一面，不过凭此似乎还不大可能让她的感情快速发生转移，毕竟爱情是一种根植于灵魂的东西。苏咏文急忙转移了话题："俞莫寒那里的事情忙完了？情况怎么样？"

龚放是心理师，他当然明白甚至懂得苏咏文的内心，而且正是这样的职业才让他在追求女孩子的事情上占据绝对的优势。他笑着回答道："我们刚刚和高格非见了个面，这个人外强中干，故作傲气，结果被俞莫寒狠狠一阵训斥，想不到他竟然又愿意和俞莫寒好好交谈了。高格非这个人非常狡猾，他对我这个陌生人及靳向南警察的身份非常敏感、忌惮，所以我就提前离开了，不过靳向南还在那里，他就站在门外保护着莫寒的安全。莫寒是精神病医生，有着最基本的保护自己的技能，想来不应该有什么危险。"

苏咏文心想也是："嗯。"

龚放知道这时候自己必须更加主动："那，我们还是在上次的那个地方见面？"

也不知道是怎么的，苏咏文忽然感觉心里有些乱，幽幽问道："我们昨天晚上才见面，你为什么……难道仅仅是因为我的外貌？"

龚放的声音充满着温暖，还有些许的激动："咏文，你相信一见钟情吗？说实话，我见过的漂亮女人也不少，可是昨天晚上一见到你就认定你就是我这一辈子的归宿了。真的，我还把自己的这种感觉也告诉了莫寒。"

苏咏文没有回应，想来此时此刻她的心里面有些乱。龚放趁热打铁说道："我现在就过来，我们当面慢慢说，好吗？"

苏咏文还是犹豫了片刻:"那,好吧。"

龚放大喜,顿觉吹拂过脸庞的微风多了许多的凉意,脚下也变得轻快起来。很快就到了马路边,却一时半会儿没有叫到车,龚放有些着急,向路人询问了地铁站所在的地方后即刻朝那个方向跑去。

在前方不远处刚刚转入另外一条马路的时候,就听到一个妇人的哭声,视线中所看到的是一群围观者。作为心理师,他们对现实社会中所发生的具体事件比常人更加关心一些,因为每一个事件的背后所反映出来的往往是最真实的人性。龚放穿过围观的人群,发现一位妇人正跪在那里哭诉着,大致听了一小会儿也就明白了是怎么回事:妇人正在上大学的儿子想要一台刚刚上市不久的苹果手机,可是妇人实在拿不出这笔钱来,妇人的儿子限令母亲必须在今天之内将手机买下来,否则就要和她断绝母子关系。妇人没办法,只好向路人哭诉求助。

龚放发现妇人并没有撒谎。即使骗子也不会采用这种手法。他问了妇人一句:"你儿子呢?"

妇人朝身后的苹果手机专卖店指了指,龚放一眼就看到了玻璃窗后方那双冷漠得让人心寒的双眼。龚放叹息了一声,对妇人说道:"这样的儿子是你自己教出来的,所以你现在就应该承受这样的后果。假如你今天真的给他买了这台手机,那么今后他要汽车,要房子的话你又怎么办?"

围观的众人纷纷赞同他的话,不过更多的声音却是在声讨妇人的儿子。龚放再次叹息了一声,对妇人说道:"与其花钱给你儿子买这台手机,还不如让他去看看心理医生。其实,你和你儿子的心理都很不正常。"

说完后他就转身离去了,脑海中那双冷漠的眼睛却长时间让他挥之不去。为了些许的贪欲,什么伦理、亲情等都可以被随意抛掷在一边,人类的自私有时候真是让人不寒而栗。由此,龚放不禁想到了刚才所见到的高格非，心里顿时一动，想了想，即刻就给俞莫寒发去了那条短信。

龚放在咖啡厅里面等了一小会儿之后苏咏文才到，而且还是在他提前发短信的情况下。龚放回忆了一下，记得自己以前与那些女孩子交往好像都是女方主动，心想主动去追求一个女孩子的感觉还真是不一样，即使是等待，心里面也时时刻刻充满幸福感。

在等候苏咏文的过程中，龚放一直在想着一会儿两个人见面后的话题，却不承想根本就没有必要，因为当两个人见面之后话题自然而然也就有了。

"俞莫寒不会有事吧？"苏咏文一坐下就担忧着问道。

龚放说道："我不是说了吗，他肯定不会有事的。"随即就叹息了一声，用一种忧郁的目光看着苏咏文，说道，"咏文，你明明知道我正在努力地追求你，可是你的心思却偏偏在另外一个男人身上，你这样也对我太不公平了吧？"

苏咏文的脸一下子就红了，啐道："我还没答应你呢，你平白无故在这里吃什么干醋？"

龚放大喜，问道："你刚才的这句话我可不可以这样理解，其实你已经准备答应我了，只不过是时间问题？"

苏咏文瞪了他一眼："我什么时候这样对你讲过？"这时候她忽然脸色一变，怒道，"你不是向我保证过吗，不许观察我的微表情？！"

龚放苦笑着说道："我的大小姐，现在对我来讲可是最为关键的时候啊，等你答应了我，我保证尽量克制住自己的这种职业习惯。好不好？"

苏咏文满脸的嗔怒："尽量？！"

龚放解释道："虽然这是一种糟糕的职业习惯，但我们在亲人面前也就只有在关心对方的时候才会情不自禁地使用。假如今后我们俩真的在一起了，当你心情不好的时候或者别的情况下，我总不能对你糟糕的情绪视而不见吧？"

苏咏文顿时不知道该如何说话了，因为对方的话实在很有道理。龚放当然不会让这种尴尬的场面继续下去："我并没有要你马上就答应这件事情，毕竟我们俩才刚刚认识。感情的基础需要两个人相互间充分的了解，所以我愿意等。"

苏咏文诧异了一下，问道："那你准备一直待在这边？"

龚放摇头道："那边有不少的病人需要得到我的帮助，不过我可以经常过来。或者……如果你愿意的话也可以随时去我那边。"

苏咏文看着他："如果我要求你一直待在这边呢？"

龚放摇头道："你不会。"

苏咏文再次诧异了一下，问道："为什么？"

龚放道："因为你是苏咏文，你自己就是一个追求个性自由的人，更不会轻易地去限制他人的自由。当然，如果我们俩真的在一起了，我可以考虑将我的心理诊所搬到这边来，你也可以去我那边的报社。我在当地还算有一定的人脉，无论与报社方面还是某大型门户网站的关系都还算不错。"

苏咏文不大喜欢这种太过直接的方式，问道："你是不是一贯都比较实际？或者说，你本来就是一个现实主义者？"

龚放摇头道："不，我恰恰是一个浪漫主义者。因为你一开始就比较反感我，所以我才不得不直接向你展示自己最真实的那一面。"

苏咏文默然。龚放说的确实是事实，因为俞莫寒最终选择了倪静，使得她的一片痴心变成了虚幻，而就在这个时候龚放偏偏撞了上来，岂不是自讨没趣？不过苏咏文不得不承认，自己在龚放的这番猛烈攻势之下竟然有了动摇的念头，其根源是她发现眼前的这个家伙竟然与俞莫寒同样优秀，而且真诚。

龚放见苏咏文再次不说话,心里顿时有些忐忑:"怎么?你不喜欢我这样?"

苏咏文没有回答他,直接站起了身来:"你跟我来。"

龚放急忙将两张钞票放到了桌上,追上去问道:"你这是准备去干吗?"

苏咏文道:"帮我个忙,如果你能够替我解决掉这个麻烦事情,我就答应和你交往。"

龚放大喜,问道:"你说说,什么事情?"

苏咏文告诉龚放,另外一家报社的某位记者曾经调查过一家工厂的环保问题,那位记者明明发现其问题非常严重,结果却不了了之。苏咏文怀疑自己的那位同行很可能是收受了人家的贿赂,可是她最近一段时间多次去那家工厂并没有发现问题所在。

"你为什么要调查这件事情?那位记者毕竟是你的同行啊。"龚放问道。

苏咏文道:"说起来这个人也与高格非的案子有一定的关系。最近一段时间以来,我们记者这个行业被人非议较多,其原因除了有些人不理解新闻监督的作用之外,我们这个行业内部本身也存在不少问题。雪崩之下,没有一片雪花是无辜的。为了我们的这个职业,为了民众的健康,无论从哪个角度来讲,我都应该把这件事情调查清楚。"说到这里,她有些不好意思地一笑,"你会不会觉得我的话很假?可是我真的就是这样想的。"

龚放赞道:"不,我相信这就是你内心最真实的想法。无论任何人,无论他的职业是什么,我们都必须坚持最基本的底线。走吧,我们直接去找这家工厂的老板。"

苏咏文很高兴,问道:"你能让这家工厂的老板说实话?"

龚放非常自信的样子:"你要知道,我这双眼睛可是与众不同的。"

这时候俞莫寒给他打来了电话："问题我倒是问了，不过他的反应非常激烈，竟然忽然对我进行了攻击。"

龚放问道："你没受伤吧？"

俞莫寒道："他想伤害到我可不那么容易。对了，我也按照你的要求录了像，你现在有空吗？我们碰个面？"

龚放的目光看向苏咏文："没受伤就好。这样吧，我和苏记者马上要去一个地方，如果你和靳支队都方便的话就一起过来。"

这么快就搞定了？也不知道怎么的，俞莫寒的心里忽然感到有些不大舒服，不过他还是将龚放刚才的话向靳向南复述了一遍。靳向南听了后点头道："想来他让我们俩一起过去是有原因的，反正我暂时没有特别急的事情要办，那我们现在就过去吧。"

苏咏文所说的那家工厂位于省城郊区的江边，近些年来因为环保问题被处罚了很多次，工厂也一直对外宣称他们对排污系统进行过多次整改，而恰恰是晚报记者林达删除的那篇微博引起了苏咏文的注意和怀疑。

苏咏文见到俞莫寒的时候很不自然，目光一直瞧向别处。开始的时候俞莫寒也觉得有些尴尬，不过想到毕竟是自己对不起人家，于是便打趣着说了一句话算是向她打了招呼："苏记者真不简单啊，竟然把我们大名鼎鼎的龚博士都请动了。"

苏咏文白了他一眼，道："我也想请你呢，就怕请不动。"

俞莫寒苦笑着说道："像这样的事情，龚放可是比我在行多了，苏记者，一会儿你就知道了。"

听俞莫寒一口一个"苏记者"，苏咏文的心里面暗自生气。靳向南知道俞莫寒和苏咏文之间的事情，现在更明白了龚放的意图，急忙在旁边打岔："龚博士，你是让我来保护你们俩安全的，是吧？"

龚放笑着点头道："这也是以防万一，而且有靳支队在，我们想见到这家工厂的负责人也要容易许多。"说到这里,他朝俞莫寒伸出手去,"我看看你的录像。"

俞莫寒将手机朝他递了过去。龚放打开后仔细看了一会儿,说道:"基本上可以确定康小敏就是传染源。还有就是,我的预料没有错,滕奇龙出事那天晚上出现在他办公室的那个神秘女人就是白欣。"他指着手机屏幕解释,"当莫寒问及那个问题后的那一瞬间,高格非的双眉向中间紧皱,眼睛睁大,嘴巴微张,这是恐惧,而不是愤怒。愤怒的微表情应该是上下眼皮紧绷,视线高度集中,同时鼻翼微张。所以,他所表现出来的愤怒是假的,其目的是遮掩内心的震惊与恐惧。"

关于高格非的事情,苏咏文对一些情况是大致了解的。这一刻,她简直不能相信并接受这样的结论:"白欣?高格非将自己的妻子送到了滕奇龙的床上?怎么可能?即使高格非为了自己的前途不顾一切,白欣也不可能答应啊?!"

龚放道:"然而这就是事实,因为一个人的微表情不会骗人。至于高格非为什么将自己的妻子送到滕奇龙的床上,这很好解释,高格非被学校的前任压制得太久,他太想成功了,以至于如此不顾一切。可是,白欣为什么会同意丈夫的这种要求呢?还有就是,白欣究竟是在什么样的情况下从窗户处掉落下去的?是被逼还是她主动的选择?靳支队,莫寒,如果你们要搞清楚其中的真相,接下来就必须从白欣生前的一些细节入手。"

靳向南即便从警多年,此时也被龚放的话给惊住了,不过他毕竟见过太多人性的恶,所以很快就从刚才的震惊中清醒了过来,点头道:"还有就是要尽快找到那位曾经被开除的保安。"

俞莫寒却摇头道:"想来那位保安所知道的情况不会太多,否则的话当时就不是被开除那么简单了。"

龚放点头道:"是的,开除是一种极端手段,只会激发更大的冲突，除非滕奇龙和高格非自认为能够完全控制住局面，否则绝不会采取那样的方式。不过能够找到这个人也好，万一他知道一些情况呢？"

正如龚放所说，靳向南一个电话就让这家工厂的老板急匆匆地跑出来迎候了。靳向南指了指苏咏文问老板："苏记者你应该早就认识了吧？她今天来调查你们厂的一些情况，你如实回答就是。我只是路过。"

老板不住点头："我一定如实回答。"

苏咏文却将目光看向龚放，龚放微微一笑："还是我来问吧。老板，其实你们这家工厂的污染问题一直都是存在的，是吧？"

老板急忙摇头："我们早就整改到位了，环保局来检查了很多次都没发现任何问题。"

龚放笑了笑，又问道："这一点我完全相信，因为你们的问题比较隐秘，所以环保局的工作人员才没有发现。是吧？"

老板一怔，连忙道："不，是根本就没有问题。"

龚放"嘿嘿"一笑，继续问道："据我所知，现在有些企业在排污的事情上弄虚作假，所谓的整改只不过是将以前明面上的排污口变得隐蔽起来，而且是在水位以下。你们也是这样做的吗？"

老板脸色一变："我们可是按照国家的要求在做，不但投入了大量的资金，而且采取了回收利用的方式。"

龚放看着他："是吗？你们的排污口距离这里多远？五百米？八百米？一公里？还不止？不可能有两公里吧？那样的话投入就真的很大了。一公里多一点？我想想，那应该是河道转弯的地方？水位以下？嗯，这办法不错，那地方河道狭窄，水流湍急，还有回流，污水排放出来后就直接从江底被冲刷走了，难怪环保部门一直没有发现那个排污口。不过奇怪了，那个叫林达的记者是怎么发现的？对了，他收了你们多少钱？十万？二十万？唉！区区二十万就可以让一个记者失去底线……你这是何苦呢？现在投入进去今后不就可以一劳永逸了么，为什么非要那样做呢？你想过下游的老百姓没有？"

老板目瞪口呆。龚放转身对苏咏文道："走吧，我们去河道转弯的地方看看。"

这时候老板才反应了过来，急忙道："各位辛苦了，请大家去我办公室坐坐吧。"

龚放指了指靳向南："你想要贿赂国家工作人员？这可是罪上加罪。"

说实话，除了俞莫寒之外，无论靳向南还是苏咏文的心里面对龚放刚才的做派都是心存怀疑的，而恰恰是这家工厂老板的内心震撼莫名，他怎么也没有想到，更是无法理解眼前这个人为什么可以在问了几个问题之后就准确地判断出了排污口的位置，要知道，他刚才根本就没有来得及回答这个人提出的任何问题！

环保部门的人很快赶了过来，不多久就在龚放告诉他们位置的江底处发现了一个隐秘的排污口。这时候苏咏文看向龚放的眼神已经完全不一样了：想不到这个家伙还真的很厉害。

这一趟忙活下来已经是下午四点多，工厂的事情接下来自然由环保部门出面处理，苏咏文也开始为自己的报道打腹稿。这时候靳向南接到了一个电话，一个监视高格非的警员告诉他说高格非独自驾车去了医科大学。

"他跑去医科大学干什么？"靳向南皱眉自语道，却分明是说给俞莫寒和龚放听的。

俞莫寒问道："滕奇龙在学校里没有？"

靳向南苦笑着摇头道："不知道。像滕奇龙这种级别的人，要监控他的话必须事先给上面打报告。"

龚放皱眉道:"目前,高格非按道理说是不会跑到学校里面去见滕奇龙的。他们两个人的心里面都有鬼,即使要见面也会潜意识到一个他们认为安全的地方,而不是像这样在众目睽睽之下。"

俞莫寒点头道:"确实如此。如果他不是去找滕奇龙……"猛然间,他忽然想到了一种可能,"高格非在医科大学工作了十多年,他熟悉里面的每一个地方,也许他去那里是为了逃出警方的监控。"

靳向南即刻拿起电话:"高格非现在在什么地方?"

监控高格非的警员回答道:"他将车开进了车库,然后就上了学校的行政楼,我们不方便跟进去,现在一直在车库里面候着等他回来。"

俞莫寒顿时有了一种不好的预感,对靳向南说道:"拨打一下高格非的两个电话号码。"

果然都处于关机状态。靳向南想了想,又给滕奇龙拨打过去:"滕校长,我是城南刑警支队队长靳向南,请问高格非现在是不是在你那里?"

滕奇龙道:"我有些感冒了,在家里待着呢。他没有到我这里来。请问你们找他干什么?"

靳向南道:"滕校长,这个人很危险,现在我只能告诉你这一点。如果你知道他的下落,请一定在第一时间告诉我们警方,拜托了。"

滕奇龙的声音很平淡:"我知道了。"

靳向南挂断电话后再次给监控高格非的警员拨打:"马上去学校保卫科调看监控录像,一定要尽快找到高格非的下落。"

等待消息是最难熬的,不过俞莫寒借机把这个时间段用作了分析,他问道:"假如高格非的目的真的是逃出警方的监控,那么他另外的目的又是什么呢?"

龚放想了想,道:"是为了宁夏。这是他这一辈子唯一想得到却一直没有得到的女人，他不想带着这样的遗憾离开这个世界。"

靳向南将目光投向俞莫寒："宁夏离开省城没有？"

俞莫寒道："我拨打过她的电话，她已经按照我的吩咐关机了，这说明她相信了我的话。"说到这里，他的眉头一下子就皱了起来，"也不知道怎么的，我总觉得心里面有些不太踏实，而且还有一种很不好的预感。"

不多一会儿，监控高格非的警员打来了电话，他告诉靳向南说，在整个行政楼里面都没有发现高格非的踪影，学校里面的监控上也没有他后来的去向，不过他的车还在车库里面。

"走，我们去医科大学。"靳向南转身朝警车走去，俞莫寒急忙跟上。龚放犹豫了一下，说道，"我的特长是审讯犯罪嫌疑人，我就不去了。"

俞莫寒即刻停住了脚步，想了想，转身来到苏咏文的面前，真诚地对她说道："以前的事情是我做得不好，我向你道歉。龚放这个人很不错，我看得出来，他对你确实是认真的。也许你不知道，一个学心理学的人想要真正喜欢上一个人可要比普通人困难得多，所以，请你给他一个机会，同时也是给你自己一个机会。"

苏咏文怔在了那里，一时间不知道该说什么才好。俞莫寒又来到龚放面前，拍了拍他的肩膀，笑着说道："对不起，你这次过来我没有好好陪你，不过有苏记者在我就放心了，也少了许多的歉疚。哥们，加油！"

龚放顺势给了他一个熊抱："谢谢你，莫寒。"

当靳向南和俞莫寒到了医科大学的时候，学校保卫处和警方的人还是没有寻找到高格非的踪迹，靳向南打开学校平面图后让学校保卫处的人在上面标注好摄像头的位置，随后就画了一条弯弯曲曲的线，指着那条线的尽头问道："这是什么地方？"

学校保卫处的人回答道:"那是学校的后花园,旁边是商业区的步行街。"

靳向南看着他欲言又止的样子,问道:"那条步行街上是不是有不少的网吧和游戏厅?"

学校保卫处的人尴尬地回答道:"是的。经常有学生毁坏那里的围墙,我们修缮过多次……"

靳向南朝他摆了摆手,说道:"堵是堵不住的,最好的办法就是在那个地方修一道门,让他们自由出入。你们知道国外建筑师是如何设计人行步道的吗?就是让市民自己去踩,将市民踩出来的路硬化。这其中的道理是一样的。"这时候他注意到俞莫寒正站在窗户处朝外面眺望,走过去问道:"你有什么想法?"

俞莫寒道:"很显然,高格非已经逃离了警方的监控,而现在的问题是,他究竟会通过什么样的方式去找宁夏。"这一刻,俞莫寒有些懊悔,"早知道这样,我就应该催眠了他,如此一来,他接下来想做的事情及白欣的死因都清楚了。"

靳向南拍了拍他的肩膀,说道:"你是一个非常讲原则、有底线的医生,你不会那样做的。不过从今往后也要看实际情况,针对不同的人改变一下自己的原则和底线才是。"

不可能改变的,因为原则就是原则,底线就是底线。俞莫寒想了想,在心里如此告诉自己。

靳向南见他并没有同意自己的说法,也就明白了他在想什么,心里面暗叹:一个人的理念是很难改变的,也许这就是信仰的力量吧。他拿出一支烟来点上,说道:"也许他就是去宁夏的住处看看。我们的人已经赶去那里了,说不定还能够堵住他。"

俞莫寒问道:"警方已经可以对他采取行动了?"

靳向南摇头道:"暂时还不能,因为我们并没有对他采取行动的依据。不过我们的人会劝他离开并回到自己的住处。"随即又自责道,"这件事情我有责任。上次的事情出了后他就被吊销了驾照,他一出门就应该派人将他拦住。"

俞莫寒苦笑着说道:"我也本以为告诉了他宁夏已经离开,而且还点明我们已经知道了他所有的情况之后,他就会心灰意冷待在家里,想不到这反倒更加激起了他内心那道强烈的欲望。由此可见此人的想法根本就与众不同。现在我忽然有一种感觉,那就是,他一定有办法寻找到宁夏的下落。"

靳向南皱眉:"问题是,现在就连我们也联系不上宁夏了,高格非又怎么可能找得到她呢?"

俞莫寒道:"高格非对宁夏的情况非常熟悉,所以,我们应该站在他的角度去思考这个问题,如果我是高格非的话,在这样的情况下如何才能找到宁夏呢?"

靳向南道:"也许我们应该马上与宁夏的父母取得联系。这很容易,我们的系统里面应该有宁夏父母的电话号码。"

俞莫寒点头:"那就试试吧。我担心的是,宁夏很可能因为充分考虑到家人的安全,让她父母也关掉了电话。"

靳向南道:"如果真是那样的话,高格非就不可能找到他们。"

俞莫寒摇头:"不一定。如果我们仔细分析高格非这个人的话就会发现,他的智商很高,而且一贯是不达目的誓不罢休,从他让自己的前任妻子去陪滕奇龙,以及与侯菲菲和欧阳羽交往的过程就可以知道了。"

靳向南通过警方的资料库很快找到了宁夏父亲的电话号码,果然处于关机的状态。

近一个小时过去了,在宁夏住处守着的警察根本没有见到高格非,此时无论靳向南还是俞莫寒都感觉到了情况的不对劲,因为这样的状况也就意味着事情正在朝着俞莫寒推论的方向发展。靳向南轻叹了一声,说道:"走吧,我们去交通管理中心看看城市的监控录像，这样的办法虽然很耗时间，总比一直在这个地方守株待兔希望大一些。"

俞莫寒点头，跟着他走出了保卫处的办公室。不知道从什么时候开始外面竟然起风了，吹得走在前面的靳向南身上的衬衣有些变形，俞莫寒心里猛然一动，停住了脚步大声说了一句："我大概知道高格非去什么地方了。"

靳向南霍然转身："哪里？"

俞莫寒缓缓说道："宁夏的服装店。是的，他一定去了那里。"

宁夏是意大利某知名西装品牌的代理商，在省城的中心地带有一家面积不小的专卖店。与此同时，她还是国内某运动服品牌的经销商，为了管理上的方便，零售运动服品牌的铺面就选择在了专卖店的隔壁。平日里宁夏并不是每天都去店里，她聘请了一名负责日常管理的经理及数名销售员，店里的每一件衣服都有底价，顾客购买时候高出底价的部分就是店员们的收益。当然，无论是她聘请的经理还是店员都有基本的底薪。这样的经营方式其实就是她以前所在医药公司销售模式的翻版，不仅能够保障她作为老板丰厚的利润收益，而且给予了每一位店员足够的价格空间，让他们的能力得以最大限度地展现。

由于宁夏一直开展服装定制业务，随时都可能会出现大客户上门，在这样的情况下无论价格的确定还是合同的签署都必须宁夏亲自出面。因此，此次宁夏在离开省城之前极有可能会给她聘请的经理留下暂时的联系方式，以免造成不必要的损失。

想来高格非应该非常了解宁夏的这种经营模式，所以，只要他去找到了宁夏聘请的那位经理就很容易知道宁夏现在的下落。

宁夏聘请的经理是一位三十来岁的女性，姓周。当靳向南驾驶的警车刚刚停在专卖店外，她就快速跑了出来，俞莫寒拿出手机让她看了先前录制的画面,问道:"这个人来过这里吗?"

周经理点头道:"一个多小时前来过。"

俞莫寒心里一沉,问道:"他是不是来问你宁夏现在在什么地方?你已经告诉他了是吧?"

周经理很是惶恐:"我……"

俞莫寒朝她摆了摆手:"我不想知道他都对你说了些什么,也不想知道你收了他多少钱。你现在马上告诉我,宁夏在什么地方?"

周经理暗暗松了一口气,急忙回答道:"她去了玉璧山。她到那里后给我打的电话,用的是一个座机号码,让我有急事的话就通过那个号码联系她。"

俞莫寒转身朝警车走去:"靳支队,你得马上调集人马,但愿我们还来得及赶到那个地方。"说着,他就拿起手机朝周经理告诉他的那个电话号码拨打了过去。

第十三章
尘埃落定

俞莫寒和靳向南离开后高格非才慢慢从地上爬了起来，额头和双肘双膝处有些痛但并未受伤。

刚才，俞莫寒的那个问题仿佛惊雷般在高格非的耳边炸响，石破天惊般让他猝不及防，他唯有用愤怒去掩饰内心的震惊与恐慌，与此同时，内心的冲动却是真实的，一不做二不休要与对方同归于尽，却没想到自己在俞莫寒的面前竟然如手无缚鸡之力般弱小。

他，是如何知道那些事情的？高格非百思不得其解，而最让他感到恐慌的是白欣的事情，一直以来他都认为这件事情就如同早已沉于地下的一粒沙子，如同被大风远远吹走的一粒尘埃将永远不会被世人所知，可是万万没有想到就在刚才会被俞莫寒猛然间提及。

如果自己曾经的那一切完全暴露于众目睽睽之下，不仅自己，还有父母都将成为他人永久的笑话，耻辱这个词也将长时间死死地钉在他高家的门楣之上。这一刻，他忽然想起自己年少时候遭遇到的那个老头……他从地上爬了起来，禁不住嘴角一阵阵抽搐。既然这一切都已经不可隐瞒，不可避免，那就勇敢地去迎接那即将到来的万劫不复与黑暗吧。

"可是，我不能带着最后的遗憾离开。"高格非攥紧了拳头，喃喃自语了一句。

学校正值假期，高格非的免职文件还没有下达，像他这样的情况估计也让上面有些为难：免职是必需的，可是级别和待遇问题又如何解决呢？不过高格非现在已经不再去考虑这样的事情。如今他还是学校的校长，上次出事后驾驶员将车修好后又给他开了回来。这个驾驶员是他的远房亲戚，自己的人就是好用。

高格非一路下楼，脑子里面乱七八糟。上了车，将车开出车库。有人跟踪，不管是不是幻觉都必须想办法甩开。不会有人谋害我，就连最有可能的滕奇龙也不敢。他对自己说。嗯，我能够这样想就说明自己的精神暂时还比较正常，那就是真的有人在跟踪我了？嗯，肯定是警方的人。

心里很快就有了主意，他直接将车开到了医科大学行政楼下面的车库里面，然后乘坐电梯上楼。假期中行政楼只有极少数的科室有人值班，比如校办、招办和保卫处。他在三楼下了电梯，然后从消防通道下楼到达车库，旁边有一个小门，是清洁工人平时出入的地方，那地方没有摄像头。出了小门后一直沿着墙脚行走，转角处有一个摄像头，必须避开它……学校里面摄像头的位置他都非常熟悉，他一路朝着学校后花园的方向走去，因为只有这条线路可以完美地避开那些摄像头，而且那个地方还有一个人为制造出来的出口。

终于到了医科大学外面商业区的步行街，朝着一个方向行走了五百米叫了一辆出租车，然后直接去往市中心。

当初宁夏选址服装专卖店的时候高格非还帮忙做了参谋，同时对她的经营模式也有过指点，不过此后就很少来这个地方了。当时宁夏选择这里的时候确实是经过认真考察的，市中心门面的租金虽然昂贵了些，但这个地段有大量高消费群体，这也是国外高端服装品牌生存的基础。

站在宁夏的这家服装专卖店门口处，看着装修豪华的店门上方那一排黑体英文标识，以及明亮落地玻璃窗里面琳琅满目的高档西服，高格非不禁暗自点头：这就是品牌，这就是高级。只要路过的人腰包里面足够丰盈，他就一定会挺直了腰杆信步走进去。

接下来，高格非就挺直了腰杆信步走了进去，一位店员热情地前来打招呼，他却直接问道："你们周经理呢？"

毕竟高格非是做过多年校办主任的人，后来又是一校之长，顾盼之间自然就有着一种威严，这就是人们常常说的气场。店员顿时就感觉到此人非同一般，急忙将他迎到了周经理的办公室。

当初宁夏回到这里的时候举目无助，高格非就成为她唯一的依靠，就连面试店面经理的事情都要请高格非把关，所以，周经理是认识高格菲的。她急忙热情地迎了上去："高校长，我可是有很久没有看到您啦，您来之前怎么不打个招呼啊，我也好去店门外迎候您啊。"

高格非做了个手势让刚才领他进来的店员出去，随后淡淡地道："我的事情你应该早就知道了吧？所以你不用这样假惺惺地对我客气。宁夏呢？她去什么地方了？"

周经理尴尬为难地道："高校长，宁姐她……"

高格非冷哼了一声，指了指外面："这家店，宁夏这些年所赚的钱，还有你能够成为这个地方的经理，这所有的事情哪一样和我没有关系？！如今我出了事情，宁夏竟然躲起来不见我，就连你这个小小的经理都开始敷衍我……"说着，他从随身的挎包里面拿出几叠钱往周经理面前的桌上一扔，"这样总可以了吧？"

周经理看着面前那几叠红色的钞票，顿时心动不已，不过又想到宁夏在电话里面的吩咐，一时间就有些犹豫起来："高校长，我，我真的不能告诉您。"

高格非的表情依然冷冷的，又从挎包里面拿出几叠钱朝她扔过去："现在呢？可以告诉我了吗？"

周经理一下子就被彻底击溃："她，她去了玉璧山，电话号码是……"

高格非顿时就笑了，笑得很难看。不过他并没有马上离开，问道："如果我再给你这么多的钱，你愿意和我做爱吗？就在这里，就现在。"

高格非脸上狰狞的笑容可把周经理给吓坏了，她连连退后了好几步，颤抖着声音道："高校长，您别和我开这样的玩笑。"

高格非朝着她又是一笑："我知道你肯定会答应的，可是我现在对你没兴趣。这样吧，等我从玉璧山回来，也许就在明天，我再带着钱来找你。小周经理，再见。"

这个人的精神果然有些不大正常。不过他明天要是真的来找我，我究竟答不答应他呢？你在想些什么呢，这个人就是个疯子。周经理苦笑了一下，目光顿时再次被桌上那一沓沓的钱给吸引住了。

从宁夏的服装专卖店出来后高格非拨打了一个电话，很快就查清楚了小周经理告诉他的那个号码的具体所在。高格非不用担心小周经理会提前向宁夏通报，当她说出电话号码的那一刻也就意味着对宁夏的背叛。背叛者绝不会背叛自己，而且他们往往会为自己的背叛找出无数条合理的理由。

高格非招手叫了一辆出租车，上车后就拿出一沓钱，分出大致一半朝出租车司机递了过去："去玉璧山，直接开到山上的那家五星级酒店。别和我说话，到了后再叫醒我。"

出租车司机大喜。从省城到玉璧山国家森林公园的路程不到一百公里，而且全程都是高速，今天的运气真是不错，难得遇到这样一位大方的顾客,一会儿回来必须去买一张彩票,说不定会发一笔大财。

用安全带将自己紧紧拴在座位上之后,高格非就开始闭目养神。最近一段时间以来他几乎没有睡过一个完整的觉,总是一次次从噩梦中惊醒,于是闭目养神就成了最好的休息方式。高格非承认自己害怕死亡,却更不愿意自己在死后被人嘲笑、羞辱。

"那个年轻的精神病医生说得对,也许死亡并不可怕,可怕的是等待死亡的这个漫长而痛苦的过程。对了,他究竟是如何知道那些事情的?要知道,白欣的事情就只有自己和滕奇龙知道,难道是……不可能,绝不可能。嗯,一定是他的猜测。

"现在想起来,自从我出事之后滕奇龙的有些做法确实有些反常,而且俞莫寒又正好是精神病鉴定小组的成员之一,他从中发现了某些异常情况也并不值得奇怪,再加上这个年轻的精神病医生似乎有一双能够看透他人内心的眼睛……对,他只不过是猜测,然后在猜测的基础上证明了一些事情,于是才让他越来越接近真相。

"也就是说,他的手上并没有多少证据。嗯,一定是这样,否则警方早就对我和滕奇龙有所动作了。"

想到这里,高格非霍然睁开了眼睛,而此时正好有一缕阳光透过车窗照射在他的脸上,眼前顿时出现了一团团散射状的光晕,还有轻微的刺痛。他急忙闭上了眼睛。

光晕依然存在,它们已经在刚才的一刹那印刻进了高格非的大脑里面。它们漂亮极了,有如凡·高的画,不仅色彩绚丽丰富,而且栩栩如生般灵动,想来天堂里面的花园就应该如此。"我死后不会去地狱的,天堂里面应该有我的一席之地。我曾经遭受过那么多的磨难,我也曾帮助过那么多的人,人世间虽然处处充满着不公,但冥冥中的天意应该是最公平的。比如现在,上天就给了我这样一个弥补遗憾的机会。"

高格非的心情一下子就变得好了起来，嘴角处微微上翘露出了真实的笑容，睡意已经悄然而至他却并不自知。他很快就融入黑暗之中，没有妖魔和鬼怪，反而是一片静谧与安详。

出租车司机很贴心，到达目的地的时候发现客人睡得正香，就等候了半小时才叫醒他。高格非醒来后看了看时间，心里面有些感动，将先前拿出的那一叠钱剩下的部分都给了出租车司机。出租车司机却惶恐得不敢再要，高格非笑着对他说道："我是病入膏肓之人，这东西对我来讲就如同废纸一般。你拿着吧，钱对活着的人才有用处。"

出租车司机这才接过钱去，将车朝前面开了几米后又倒了回去，大声问正准备进入酒店的高格非："你没事吧？需不需要我送你去医院？"

高格非摇头。这一刻，他竟然莫名地感动了一下，以至于心里面顿时出现了一丝犹豫：我是不是应该放弃呢？只不过这样的念头只出现了一瞬，他忽然间对那个出租车司机产生了一种愤怒，而当他转过身去的时候发现那辆车已经消失不见。

深呼吸了几次，终于让自己不再那么的愤怒。小周经理告诉他的号码里面有一个分机号码，那就是房间号。高格非直接穿过酒店的大堂进入电梯，顶楼很快就到了。

酒店的顶楼往往被设计为最好的房间，宁夏所赚的每一分钱都有他高格非的功劳。想到一会儿自己将与宁夏那白皙如玉般的身体在酒店的豪华大床上翻滚、肆意奔驰，顿时就感觉到下腹部一热，曾经多次在宁夏面前软绵绵的那个部位竟然一下子就有了反应，高格非的心里更加热切起来。

从电梯里面出来，刚刚准备进入房间的廊道，这时候高格非忽然听见了好几个熟悉的声音。

"妈，我明天还要去骑马。"这是宁夏女儿董小君的声音。

"好。"这是宁夏在应答。

"你的作业还没做完呢。"这是宁夏父亲的声音。他怎么也一起来了？

高格非急忙跑到电梯间旁边的消防通道里面躲了起来。想不到宁夏竟然带着父母和孩子一起到这里来了！这说明什么？这说明宁夏已经知道了他患有那种可怕疾病的事情。现在的医生越来越不讲职业道德了，竟然连病人的隐私都随意给泄露出去！高格非在心里恨极了俞莫寒，牙齿咬得"咯咯"直响。

来这里之前，高格非就已经意识到了这样的可能，因为当时俞莫寒已经非常明确地告诉过他。不过高格非的心里始终充满着一个幻想："也许那个精神病医生仅仅是让宁夏暂时离开，毕竟他的手上并没有我患有那种可怕疾病的确凿证据。只要能够找到宁夏就完全有机会说服她再次与自己同床共寝，就此不再有任何遗憾。"

高格非从消防通道处的门缝间看到宁夏的父母和孩子一起进入电梯里面。这一刻，他的幻想也因此彻底破灭。不，我不能就这样放弃，否则我将死不瞑目，灵魂也将永远得不到安宁！他快速从消防通道里面跑了出来，进入旁边的电梯里面。

从电梯里面出来后高格非却发现宁夏一家人失去了踪影，追出酒店外也并没有发现他们。他看了看时间，这才意识到他们应该是去了酒店的餐厅。

到了餐厅，果然远远就看见了宁夏和她的父母坐在一处靠窗的地方，而宁夏的女儿却不在。高格非顿时大喜：机会来了。他急匆匆朝着餐厅洗手间的方向而去。

有一点高格非是相信的，那就是宁夏绝不会将这次到玉璧山的真实原因告诉父母和孩子，她会另外编出一个合理的说辞。宁夏是一个多么骄傲的人啊，而这恰恰就是他高格非现在的机会。

不多一会儿就看到董小君从洗手间里面出来了，高格非急忙朝着她跑了过去。果然，当董小君看到他的时候所表露出来的并不是防备的表情，而是厌恶："你怎么来了？"

高格非急忙谄媚地对她说道："你妈妈打电话让我来的。"说着，他从挎包里面拿出一沓钱朝董小君递了过去，同时拍了拍挎包，"这是我给你的零花钱。我还给你妈妈和外公外婆带了礼物，我们先拿去放到你们的房间里面，一会儿给他们一个惊喜。"

董小君犹豫着说道："可是我没有房间的门卡。"

高格非道："你去找你妈妈拿啊，就说你忘了一样东西。千万别告诉你妈妈我来了，这样的话惊喜就没有了。"说着，就将那叠钱塞到了董小君的手里，"开学的时候我还会再给你零花钱的。乖，听话啊。"

董小君警惕地看着他："我怎么觉得你像大灰狼呢？"

高格非的心里悸动了一下，脸上带着笑容说道："我是真的喜欢你妈妈，这么多年了难道你还看不出来吗？"

董小君点头，不过又看着他问道："那你准备什么时候离婚？"

高格非正色道："我已经下决心了，今后我们就是一家人了。"

董小君再次看了他一眼，终于下定了决心："那好吧，我就相信你这一次。"

随后，高格非和董小君一起去到了房间，一进门就听到里面的座机在响，董小君急忙拿起听筒："你好，请问你找谁？"

这时候电话里面传来了一个声音："小君，我是俞叔叔啊，我去过你外公外婆家里，你还记得我吗？"

董小君一下子就想了起来："哦，你找我妈妈是吧？她在餐厅呢。"

俞莫寒道："我有急事要对你妈妈讲，你现在就去把她叫来接电话好不好？"

董小君对俞莫寒的印象很好，即刻应答道："好，我这就去叫她。"随即将听筒放到了一边,对高格非说道,"你准备的东西呢?放好了就和我一起去吃饭吧。"

高格非问道:"刚才是谁打来的电话?"

董小君道:"一个姓俞的叔叔,前不久他去过我外公家里。"

高格非本来就预感不好,此时一听,急忙上前将电话挂断,随即又转身将房门反锁上了。董小君瞪大了双眼看着他:"你要干什么?"

高格非没有理会她,拿起手机给酒店的总机拨打:"转餐厅……麻烦你们通知一下正在餐厅就餐的宁夏女士,请她马上回房间一下,她女儿有急事找她。嗯,就这样。谢谢。"

这时候董小君已经意识到不对劲,急忙就朝房间的门口处跑去。高格非快步上前,一把抓住了她的胳膊,然后把她抱起来狠狠朝床上扔了过去:"乖乖地给我待着,不然的话我弄死你!"

董小君骇然大哭:"高格非,你这个大坏蛋!"

高格非朝着她咧嘴笑着:"你现在才知道我是大坏蛋已经晚了。不过你放心,我对你这样的小姑娘没有兴趣,我喜欢的是你妈妈。一会儿我就让你妈妈进来替换你,所以你现在要乖乖听话。"

女儿说要门卡的时候宁夏并没有在意,这孩子总是丢三落四的,做事情根本不上心。一会儿一个服务员过来告诉她说孩子有急事让她回房间去一趟,宁夏站了起来,对父母说道:"你们先吃着,我去看看这孩子在干什么。"

随后宁夏就朝餐厅外面走去,可是几步之后就忽然觉得不大对劲,急忙转身问那个服务员:"电话是我女儿打来的吗?"

服务员道:"是一个男的,中年人的声音。"

宁夏的脸色一下子变得苍白,快速走到座位处,从包里取出手机。手机开启的速度有些慢,让她差一点儿想要扔出去。

手机终于开机了，宁夏快速找到了俞莫寒的号码拨打了过去："我女儿在房间里面，很可能是高格非找到这里来了。"

就在刚才，俞莫寒在电话里面清清楚楚听到了高格非的声音，脸色一下子就变了，即刻对靳向南说道："现在的情况是，高格非很可能绑架了宁夏的女儿，看来你们警方得提前做好相应的预案了。"

靳向南问道："你能确定吗？"

俞莫寒道："高格非的目标是宁夏，我想，宁夏很快就会给我打电话来的。"

靳向南皱眉道："问题是，现在我们无论如何都不能及时赶到了啊。玉璧山附近就只有一个派出所，都是普通的民警，恐怕难以执行这样的任务。"

俞莫寒想了想，问道："你们的特警队出发没有？"

靳向南点头道："已经准备好了，马上就出发，其中还有两名狙击手。而且考虑到玉璧山那家酒店的特殊情况，我们还准备出动一架直升机。"

俞莫寒道："也许还来得及，不过我们得尽可能地加快速度。"话音刚落，宁夏的电话就打进来了，俞莫寒听后说道，"这件事情我已经知道了。现在你拿着手机到一边仔细听我告诉你接下来怎么做。"

宁夏顿时安心了许多，道："好。"她正准备离开餐厅，忽然发现父母正疑惑地看着自己，急忙过去对他们说道："你们慢慢吃，我有点儿急事，一会儿我回来结账，千万不要离开。"

俞莫寒在电话里面赞道："你做得很好。我们这边也会让酒店的人照顾好你的父母。"

宁夏几乎是跑着到了餐厅外边："俞医生，我已经出来了，你说吧，接下来我该怎么做？"

俞莫寒道："高格非的目标是你，是得到你，因为他不想带着这个遗憾离开这个世界。所以你暂时不要替你女儿的安全担心。"

宁夏急忙道："可是我……"

俞莫寒道："你别急，慢慢听我讲完。第一，你现在最需要做的事情就是尽量拖延时间，等候特警队的人赶到。所以，一会儿你到了房间门外之后要尽量与高格非交谈，这样一方面可以拖延时间，另一方面也不会让高格非起疑；第二，如果时间实在拖延不下去了，你就答应进去将孩子换出来。进去后你要想办法继续拖延时间，比如你说必须先洗澡，要总台送避孕套什么的。与此同时，你要尽量寻找机会从房间里面逃离出去。如果找不到那样的机会，当高格非即将侵犯你的时候就忽然问他：当年你被那个老头鸡奸的时候爽不爽？"

宁夏正凝神听着，俞莫寒的这句话让她顿时大吃了一惊："啊？！"

俞莫寒严肃地道："别分神，听我继续讲下去。当你问出这句话之后，即使高格非的身体已经有了反应也会因此马上委顿，因为这是他内心深处自卑的根源。这个时候或许就是你逃出房间的最后一次机会。"

靳向南怔了一下，心里面暗暗叹息，他还是有了些改变……随即从俞莫寒手上接过电话："如果你听到外面有我们警方的人开始喊话，那就说明我们的人已经全部布置到位。如果你实在找不到机会从房间里面逃出去，无论如何也要想办法打开窗帘。一定要记住，千万要想办法打开窗帘！"

宁夏怔了一下，说道："酒店在山顶，我住的房间是最高那一层。"

靳向南道："我知道，我们已经出动了直升机，其中的一个狙击手就在直升机上面。"

这一刻，宁夏顿时想起这些年来高格非对她提供了那么多的帮助,禁不住有些心软:"我……"

靳向南当然明白她此时的犹豫,毕竟她是一个女人,于是再次严肃地道:"现在的高格非已经处于犯罪的状态了,这样做是为了保护你自己,同时也是为了防止他去伤害更多的人。当然,这只不过是我们在万不得已的情况下最后才采取的措施。"

宁夏的心里这才容易接受了些,说道:"我都记住了。"

这一刻,俞莫寒已经大致猜测到了高格非的最后结局,心里面也难免有些感叹。他对靳向南说道:"还是要尽量想办法留下他的性命,否则白欣的死因破解起来就有些困难了。"

靳向南也在叹息:"尽量吧。"

俞莫寒想了想,说道:"不行,我现在就必须和他好好谈谈。"

靳向南却阻止道:"现在不是最好的时候,宁夏的孩子还在他手上呢,到时候我们见机行事。"

俞莫寒默然。俗话说"关心则乱",看来确实如此。

经历过波折的人在遇到麻烦的时候往往更容易变得冷静。宁夏虽然是女性,但她很快就从一开始的恐慌,变得异常平静。当然,对俞莫寒的充分信任也是其中最重要的因素。

此时,酒店方面已经接到了警方的电话,开始挨个房间打电话疏散客人。宁夏上到顶楼的时候客人们纷纷朝外面奔跑,都用惊讶的目光看着逆向而行的她。

即使警方的行动可能会出差错,我也必须先将孩子救出来后再说。在心里明确这一点之后,宁夏的脚步也就更加坚定了。

眼前那些奔跑着的人仿佛变成了虚幻,宁夏的眼里只有长长的铺着淡黄色地毯的廊道,就在前面不远处,那就是自己所住的房间,女儿此时正被高格非所挟持,情况不明,生死未知。宁夏的脚步更快了些。"不,他不会伤害小君的,他的目的是我。你应该相信俞莫寒的话,你应该冷静,尽量拖延时间。"

在不知不觉间就已经到了房间的门口处,914,当时为什么不避开这个房间号?即使再三告诫自己一定要冷静,但此时到了房间门口处宁夏还是慌乱了起来:"小君,小君!"

"妈妈!高格非是个坏人,你马上去告诉警察!"里面传来了女儿愤怒的声音。

宁夏更慌了:"小君,他把你怎么了?高格非,我们是同学,我从来没有做过对不起你的事情,求你千万不要伤害我的孩子。"

这时候就听见高格非在里面问道:"外面发生什么事情了?怎么闹嚷嚷的?"

宁夏愣了一下,回答道:"酒店好像在搞火灾演习。"

高格非怒道:"胡说!我在这里面,为什么没有接到酒店的电话?"

宁夏急忙道:"酒店的人已经告诉我了。"

高格非"嘿嘿"冷笑:"你刚才还说酒店好像是在搞火灾演习,都告诉你了还好像?赶快告诉我,究竟发生了什么?不然我就把你孩子从这楼上扔下去!"

"不要!"宁夏惊叫,"是警察知道你跑到这里来了,他们让酒店方面疏散了客人。高格非,我求你千万不要伤害我女儿,你放她出来吧,你要我做什么我都答应你。"

高格非问道:"警察到了没有?"

宁夏道:"还没有,他们正在赶来这里的路上。"

高格非道:"我凭什么相信你的话?我这门一开,警察就冲进来了。"

宁夏急忙道:"我说的是真的。如果你不相信可以从窗户看看外面,根本就没有警车和警察。"

高格非从猫眼处朝外面看了看,发现果然只有宁夏一个人,不过还是不放心:"宁夏,你现在先把身上的衣服全部脱了,是全部,明白吗?然后你先进来,我再把你女儿放出去。"

"妈!你别答应他,他是个大坏蛋!"女儿在里面叫嚷。

"啪!"的一声脆响,高格非一个耳光狠狠打在董小君的脸上,怒喝道:"小屁孩,你一直不喜欢我,要不是看在你是宁夏女儿的分上,我早就想好好治治你了。"

那一声脆响瞬间痛在了宁夏的心上,宁夏狠狠地拍着房门:"高格非,有什么你就冲着我来,干吗打我的孩子?!你这个浑蛋,我宁夏哪点儿对不起你了?你想得到我是吧?我早就愿意给你了啊,是你自己不行,这怪得了谁?!高格非,你给我开门,马上放我的女儿出来!"

"住口!"高格非低声吼叫道,声音如同野兽的嘶鸣,"马上把衣服脱了,我给你一分钟的时间,不然我就把你女儿从窗户扔下去!"

"好,我听你的。"宁夏开始解衬衣的扣子,她紧闭着嘴唇不让自己的眼泪流下来。此时的屈辱与女儿的生命比起来根本就不算什么,不过也就在这一刻,她心里面对高格非最后的那一丝感激与怜悯已经没有了,升腾于心中的只有愤怒与仇恨。

宁夏不快不慢地解开衬衣上的一颗颗扣子,脱下,然后是裤子,接下来没有任何犹豫,反过手去解开了背后的胸罩扣链,这时候她正准备褪去身上最后的那一点儿遮羞布,却听到里面的高格非说道:"可以了。"

宁夏的手从内裤的上沿移开,腰挺直,嘴唇紧闭,看着房门的猫眼处。就在这一刻,她的心里面反倒镇静轻松了许多,那些脱去的衣服就如同高格非施予她的帮助,现在,都一点点被卸去了,剩下的或许就只有所谓的同学名分。

但是宁夏不会想到,这一刻正从猫眼处往外看的高格非的双眼早已瞪得大大的,心跳也早已加速,全身燥热,下面的那个部位也已经开始有了反应:她就是我大学时代的女神,那份清冷、那份高傲,让当时的他只能远望……

董小君的脸上被高格非狠狠地扇了一耳光,嘴唇已经破了,咸咸的味道,脸上火辣辣地痛,而最让她承受不了的是高格非刚才凶恶爆发给她造成的巨大恐惧感。我不能让他欺负妈妈,我要保护我妈妈。董小君在心里面喃喃地告诉自己。这时候她发现高格非的身体一直紧贴在门上朝外面观看,而且全身都在发抖。他比我还害怕。董小君鼓足勇气悄悄从床上溜到地上,举起房间里面唯一的那张座凳用力朝高格非的后背砸了过去。

然而她毕竟只是一个小女孩,身矮力弱,砸过去的座凳并不曾伤到高格非。高格非正兴奋于猫眼外面绝美的画面,却不曾想到后背忽然遭受那样的一击,虽然不曾受伤但还是有些隐隐作痛,更可恶的是这一下彻底破坏掉了门外的那幅美景。高格非霍然转身,一把抓起董小君就狠狠朝地上扔了下去,身体与地面的猛烈撞击让董小君发出了一声惨叫。

房间中发出的声音被宁夏清清楚楚听在了耳中,虽然她并不知道屋子里面究竟发生了什么,但女儿的惨叫声已经足够说明一切。宁夏再也无法镇定,再次用力拍打着房门,还用身体去撞了好几下,同时嘶声厉叫着:"高格非,要是我女儿有个三长两短,我不但要杀了你,还要将你碎尸万段!"

"妈妈,我没事。"这时候里面传来了女儿的声音,还不停咳嗽。

宁夏这才放下心来,大声朝里面叫喊道:"高格非,你马上把我女儿放出来,我什么都答应你。"

高格非将锁链挂上,然后才打开了房门,看了看外面,发现确实只有宁夏一个人,这才对她说道:"你先进来,我再放她出去。"

宁夏终于看到了高格非的脸,曾经那张极具亲和力的面孔此时在宁夏的眼里是如此令人憎恶。宁夏冷冷地道:"你想要的只是我,我已经来了,而且还按照你的要求脱去了身上的衣服,你一个大男人,应该说话算话。"

高格非歉意地道:"不是我说话不算话,而是我现在的处境比较特殊。如果我先放你女儿出去了,你和她一下子跑掉了怎么办?宁夏,别多说了,赶快进来吧,我说话算话,只要你一进来我就马上放你女儿出去。"

宁夏想了想,点头道:"好。"

高格非这才取下锁链然后打开了房门,随即伸出手一把就将宁夏拽进了屋子里面,"砰"的一声将门关上,反锁住。

宁夏愤怒地看着他:"高格非!"

高格非指了指床上:"你去那里躺下,把内裤也脱了。"

宁夏没有听他的,俯身将女儿扶了起来:"小君,你没事吧?"

董小君并没有像宁夏以为的那样号啕大哭,只是满脸痛苦的样子说道:"妈,我没事,就是身上有些痛。"

宁夏没想到孩子竟然如此坚强,心里很高兴,她转过身去看着高格非:"现在就放我女儿出去,接下来我什么都听你的。"

董小君一下子死死抱住宁夏:"妈妈,我不出去,我要和你在一起。"

宁夏轻轻抚摸着孩子的脸庞,柔声说道:"小君,听妈妈的话,不然可能我们两个都活不成。小君,你很勇敢,妈妈这就放心了。小君,记住妈妈的话,今后你千万不要和已婚男人交往,他们对你再好,所图的也只不过是你的身体。"随即,她的目光再次移到高格非的脸上:"放她出去,马上,不然我就从这楼上跳下去,让你什么都得不到。"

高格非有些犹豫:"我放了她,你不会跳楼吧?"

宁夏依然看着他,说道:"我还不想死。"

高格非朝董小君招了招手,道:"你过来。"

董小君将宁夏抱得更紧了:"不,我不准你伤害我妈妈。"

高格非朝着宁夏怪笑:"那也行,就让孩子在这里看着我们俩亲热。"

宁夏用力掰开女儿死死抱在身上的手,顺手一巴掌狠狠击打在孩子的脸上:"你从小到大都不听话,这都什么时候了?你要逼着我跳楼是不是?马上给我滚出去!"

"妈妈!"董小君朝着宁夏大声哭喊。

宁夏又用力推了女儿一下:"滚出去,快滚!"

高格非伸出手抓住了董小君,脸上带着笑:"对,你应该听妈妈的话,有些事情你这个小孩子看见了不好。"

董小君奋力挣脱了他,用衣袖揩拭了一下眼泪,恶狠狠地朝他吐了一口唾沫:"我马上就去找警察,高格非,你等着!"

宁夏大骇,暗叫"糟糕",想不到高格非竟然大笑了起来:"你去叫警察吧,我无所谓。"他忽然从身上摸出一把水果刀来,对董小君说道,"你去告诉警察可千万别把我逼急了,我身上的血可是致命的。"

随即高格非打开房门,一把将董小君推了出去。关门,反锁,挂上锁链。这才转身看着宁夏,赞道:"今天的你最漂亮。那,我们开始吧。"

宁夏冷哼了一声,说道:"你就准备这样和我上床?先去洗个澡吧。"

高格非摇头道:"宁夏,我知道你已经晓得了我的事情,所以我洗不洗澡没关系。你不要在我面前耍任何花招,我又不是傻瓜。"

宁夏一屁股坐到了旁边的沙发上,跷起了二郎腿,有意让自己不像淑女的样子,问道:"高格非,不管怎么说我们都是同学,你这样做其实就是想谋害我。我宁夏从来没有做过对不起你的事情,更不曾伤害过你,你这样做于心何忍?"

此时此刻,在高格非的眼里,身上只穿着内裤的宁夏可比电视上的那些内衣模特漂亮、优雅多了。高格非的目光一直在宁夏的身上游曳,摇头说道:"你错了,我并不是想谋害你,我只是想得到你。我带了避孕套的,最高级的那种。"

没有了任何情感,眼前的这个人早已让宁夏觉得面目可憎,她的心里只觉得一阵阵恶心,不过只能强忍着,问道:"得到我就那么重要吗?男人和女人之间不就那么点儿事吗?你这又是何苦?"

高格非道:"不,你对我来讲太重要了。记得我在上大学的时候每一次都是远远地看着你,而当你走近的时候我却不敢抬起头来,因为那时候的你在我的心里就是女神一般的存在。没想到后来上天竟然给了我亲近你的机会,可惜我……如今我的生命即将走向尽头,我不能就这样带着遗憾离开,否则我会死不瞑目的。"

宁夏问道:"你究竟是从什么地方染到那种病的?想不到你的生活圈那么乱。"

高格非叹息了一声,摇头道:"一言难尽……都怪我自己一时间昏了头。"他一下子就警惕了起来,"你干吗问我这个?"

宁夏淡淡地道:"如果你是我的话,会不会也对这件事情很好奇?"

高格非看着她:"你是想拖延时间?没用的,我来这里之前已经做了充分的准备。"他从衣兜里面取出一个小瓶,"万艾可,就是伟哥,我准备吃两片。还有,我已经是马上要死的人了,心理上的问题已经不再那么严重。你看你看,我现在就已经有反应了。"

宁夏发现他的胯部果然正在慢慢隆起,心里更加觉得恶心,说道:"第一次和你在一起的时候没有洗澡,让我难受了好几天,后来每一次我都是先去洗了澡的。这你是知道的。随便你怎么想,现在我必须要去洗澡,你总不希望一会儿我像木头人一样吧?"

高格非犹豫了一下,说道:"五分钟,我只给你五分钟,不然我就要对你用强了,而且也不会戴套子,如果真是那样的话你可别怪我。"

宁夏的目光从打开着的窗帘处一瞟而过,点头道:"好,就五分钟。"

就在这个时候,房间里的座机响了。

董小君刚刚被推出房间的那一刻,酒店里的摄像头就捕捉到了这个镜头。当地派出所的民警咳嗽了一声将董小君的注意力吸引了过去,随即那位民警远远地给她做了个手势。董小君的心里大定,急忙朝民警所在的方向跑了过去。

房间里面所有的情况通过董小君的口述很快就传到了靳向南那里。此时,靳向南他们已经抵达玉璧山的山脚下,而那架警用直升机已经抵达指定位置待命。俞莫寒道:"我们得想办法帮助宁夏才是。这时候可以给高格非打电话了。"

电话很快就通了,可是电话的那一头却没有声音。应该是高格非,此时的他非常敏感,绝不会轻易给宁夏与警方沟通的机会。俞莫寒问道:"是高校长吧?你知道我为什么依然用你的职位称呼你吗?因为我相信作为一所学校的校长,虽然你的精神不正常,但你的身上应该有着最起码的良知与道德感。高校长,请你想想一直以来对你引以为傲的父母,想想那些从内心里面对你充满尊敬的学生,收手吧,这时候收手还来得及。"

"来不及了。从我患上那种可怕疾病的那一刻就已经来不及了。不仅仅是我的身体,我的名誉、灵魂都在那一刻变得肮脏了。"高格非长长地叹息了一声,沙哑着声音说道。

俞莫寒听到了他声音里面的沧桑与绝望,心里面已经知道在这个时候任何的说辞都不会再发挥作用，也不敢轻易通过电话的方式对他进行催眠，那样做失败的可能性极大，而一旦被高格非察觉，其后果是难以想象的。不过俞莫寒并没有因此而彻底放弃最后的希望，说道："你知道吗？你这样做是准备谋害宁夏，她可是你心目中曾经的女神。她和你并无深仇大恨，你不应该这样去做。"

高格非道："我知道，所以我准备好了质量最好的避孕套。"

俞莫寒激动地道："可是你依然会因此而污染了她的灵魂！"

高格非顿时大笑："她的灵魂早就被污染了！从她做医药代表将高价药品卖给病人的那一刻起，当她成为有妇之夫外室的时候，她的灵魂就已经不再干净。"

这一刻，站在一旁的宁夏禁不住全身一颤，刚才高格非的话着实震撼到了她的灵魂。是的，一直以来她都没有认真反思过自己的行为，最多也就是懊悔自己曾经选错了职业和婚姻，却从未触及职业和婚姻的本质。是的，我的灵魂早已不再干净，我和高格非一样都是有罪之人。

在听了高格非刚才的那句话之后，俞莫寒也顿时沉默了，只不过他的沉默只有短暂的一瞬，他叹息着说道："关于这个问题，也许你是对的。按照西方宗教的说法，我们每个人都是有原罪的。高校长，既然你已经是现在这样的状况，为什么不把白欣的事情都讲出来呢？"

高格非冷冷地道："白欣也并不是你以为的那么无辜，虽然她罪不该死，但她的死也只不过是一场因果。关于白欣的事情我只能告诉你这么多，剩下的事情你自己去慢慢调查吧。"

俞莫寒急忙问道："你这是为了保护滕奇龙？他似乎并不值得你这样做吧？你和他之间的关系说到底不过就是一场交易而已。"

高格非再次大笑："对，你说得很对，我和他之间确实只是一场交易。不过我们的交易是成功的，所以我和他之间必须坚守诺言。"

俞莫寒道："你错了，你们之间的交易是失败的。如果不是他把你推到后来的位置，你的内心就不会因此而膨胀，当然也就不会有后来所发生的这一切。所以准确地讲，是你们的这场交易最终害了你。"

高格非道："不，这与我们的交易无关，是命运决定了我的结局，也是我自作自受。我曾经不止一次读到'厚德载物'这句话，可总是将它一带而过，从未认真思考过这句话里面所包含的深刻道理，前不久我才终于明白了，一个人所得到的东西与德行之间就如同金庸笔下的武功与佛法一样，前者带有极大的戾气，而后者就是化解这种戾气的唯一法宝。可惜的是，我懂得这个道理的时候太晚了，如果这个世界上真有来世的话，我会时刻谨记这一点。"说到这里，他忽然就大笑了起来，"俞莫寒，我知道你和我说这么久的话就是为了拖延时间……"他转身对宁夏说道，"刚才我答应给你五分钟洗澡的时间，现在被我扣除了。我们开始吧。"

电话被高格非挂断了。俞莫寒气急败坏地将手机扔到了旁边的坐垫上："可恶！"

靳向南第一次见俞莫寒发脾气的样子，不禁觉得有些好笑。他拿起对讲机正准备下达命令，却一下子被俞莫寒制止住了："不能让直升机靠近，高格非手上有刀，一旦他听到直升机的声音就会气急败坏、孤注一掷。"

靳向南皱眉道："可是我们的特勤队员才刚刚抵达山上，要到达酒店的屋顶和房门外面至少还需要一些时间。"

俞莫寒咬着牙说道："那就更不能冒险了。我相信宁夏会做好接下来的一切。"

然而不到一分钟，俞莫寒却忽然大声对靳向南说道："不好，必须马上采取行动。让派出所的人马上去敲门！你的人也应该快到了吧？那就按照计划马上开始行动。"

靳向南愕然道："为什么？"

俞莫寒焦急地道："刚才高格非的那句话极有可能会让宁夏生出罪恶感，从而自暴自弃。虽然只是可能，但我无法保证那样的情况不会发生。还有，让宁夏的女儿也去，让她在门外呼喊'妈妈'。"

靳向南即刻拿起了电话。

俞莫寒的预料非常正确。刚才高格非的那句话让宁夏一下子就陷入极度的自我忏悔之中——他说得对，其实我的灵魂早就被污染了。并不是从我做医药代表开始，而是我第一次恋爱的时候。因为拥有一张姣好的面容，我就希望用自己的这个皮囊去换取一个美好的未来，从此彻底改变自己和家人的命运。所以，我的灵魂一直都是肮脏的，以致在接受了高格非的那么一点点恩惠之后就轻易答应了他那样的要求，而现在所发生的这一切其实就是在我肮脏灵魂唆使之下铸成的必然结果而已。

这一刻，宁夏忽然发现自己的一生竟然如此失败与毫无意义：五年所学到的医学专业知识被自己抛在了一边，做医药代表所赚取到的金钱其实不过是这张漂亮的脸在起作用，而自己后来去做空姐的目的也就更加不纯，再后来虽然嫁了个有钱人，却分明是人家的小三，以至于自己的孩子一直缺乏父爱。如今我单身带着孩子，父母替我担心着急却又不愿意说出口，说起来我就是一个不孝顺的女儿、一位不合格的母亲……

宁夏沉浸在极度的悔过与心灰意冷之中，以至于根本就没有再去注意俞莫寒和高格非后面的谈话内容，当高格非放下电话转过身来对她说话的时候她还依然呆立在那里。

高格非见她傻傻地站在那里，一时间没明白是怎么回事，于是再次命令道："去床上躺下！"

这时候宁夏才一下子从刚才的情绪状态中清醒过来，她朝高格非点了点头,随即将身上那一片最后的遮羞布褪下,躺倒在床上,分开双腿:"来吧,你不用戴套。"

这一下高格非反倒吃惊了:"你这是为什么?"

宁夏怒道:"你他妈的不是要我吗?来呀!"

高格非更加不解:"宁夏,我只是想得到你,并不想要你的命。"

宁夏更怒:"你他妈的就是一个阳痿病人,老娘的双腿都张开了你他妈的还犹豫什么?!"

高格非的脸和双眼一下子就充血了,三两下就脱去了身上所有的衣服,忽然感觉到自己下面也充血得厉害,不禁大笑了起来:"今天可以了,终于可以了!"正准备行事,忽然就听到门外传来了重重的敲门声,紧接着就是董小君的叫喊声:"妈妈,妈妈!"

外面传来的声音让高格非一下子停在了那里,转身朝着外面怒骂道:"别逼我,不然我什么事情都做得出来!"

"妈妈,妈妈!"门外的董小君还在叫喊着,伴随着哭声。

这一刻,宁夏霍然清醒了过来:为了孩子,我不能自暴自弃。随即双腿紧闭着收了回去,坐起身来双手抱膝,冷冷地看着高格非。

高格非瞪大着双眼看着她:"你这又是怎么了?哦,我这就戴上套子,你等等。"说完俯身去捡起地上的裤子,从裤兜里面拿出了一只早就准备好的避孕套,正准备戴上,忽然想到了什么,快速来到窗户处将窗帘拉上,转身朝宁夏笑道,"你看,我说话算数。"

看着高格非的笑脸,那种恶心的感觉又回来了。她看着正在戴套子的高格非,问道:"你被那个老头鸡奸的时候是什么感觉?爽不爽?"

高格非一下子就怔在了那里,转瞬间就勃然大怒:"你胡说八道些什么?!"

宁夏"哈哈"大笑:"我就说呢,为什么你总是在老娘面前阳痿,原来是因为这个。"

高格非满脸的狰狞:"俞莫寒这个混账,连最起码的医德都不讲了。我要去控告他!"他又朝宁夏"嘿嘿"笑着:"宁夏,你现在说什么都没有用了,你逃不掉的。"

宁夏鄙夷地指了指他的胯部:"你看看自己,现在还行吗?"

高格非这才意识到自己的那个部位已经完全委顿了,急忙一把扯掉了刚刚才戴上的套子,用手不住揉搓着:"我可以的,一定可以的!"

就在这个时候,窗外传来一阵螺旋桨的声音,与此同时,一个被扩音器放大了的声音也威严地响起:"高格非,你已经被警方包围了,现在立即出来向警方自首才是你唯一的出路!"

高格非仿佛根本就没有听见外面的声音,一直专心致志在揉弄着自己的那个部位,可他越是着急越是没有反应。宁夏在厌恶之余也觉得有些好笑,心里面顿时一动,对高格非说道:"来,你躺下,我帮你。"

高格非大喜:"太好了,谢谢你,宁夏。"

宁夏从床上起来,站在了床边,待高格非躺下之后猛然就朝房门处跑去,可是却在一时间忘了门是反锁着的,而且还有锁链,急促之间没有打开。就这么短暂的一耽搁,高格非已经反应过来并从床上翻滚而起,宁夏见势不妙顺手抓起那张座凳朝高格非扔了过去,待高格非躲闪的那一刹那跑到了窗户前,"唰"的一下就将窗帘给拉开了。

高格非早已气急败坏,抓起先前放在桌上的水果刀朝宁夏所在的方向冲了过去:"臭婊子,给你脸你不要脸,我和你同归于尽!"

就在这个时候,窗外不远处的直升机上传来"砰"的一声闷响,还没有冲到宁夏面前的高格非的前额突然多出了一个小洞,他的身体随即就像橡皮人似的朝后仰倒了下去。

刚才的这一切来得太过突然,即使宁夏事前有所准备,但毕竟是第一次遭遇这样的情况,她一下子就呆在了那里。这一刻,时间仿佛已经停止,世界一片宁静,直升机螺旋桨的声音仿佛是那么遥远,紧接着破窗、破门而入的警察的身影也显得那么虚幻……

一个警察一把扯过床上的被单将呆立在那里的宁夏包裹住,跟随靳向南一起进来的俞莫寒来到了她的面前,微笑着温言对她说道:"一切都过去了,你现在安全了。"

宁夏这才从刚才那个短暂而虚幻的世界回到了现实,情不自禁地将俞莫寒紧紧拥抱,对死亡的恐惧的瞬间解脱及感恩等情感掺杂在一起,让她再也无法抑制住内心的情绪,号啕大哭的同时泪水也如同决堤的江水般倾泻而出。

法医仔细检查完高格非的状况,起身向靳向南报告:"犯罪嫌疑人已经死亡。"

靳向南点头,吩咐道:"一定要仔细清理现场,在通知死者家属后一定要将尸体进行妥善处理。通知疾控中心的工作人员进一步调查死者生前的生活圈,接下来的事情他们知道该如何去做。"说着,他看了一眼正紧紧拥抱着俞莫寒的宁夏:"为了保险起见,必须马上把她送往医院进行相关的检测。"

"对不起。"站在玉璧山那一片碧绿的草地上,靳向南歉意地拍了拍俞莫寒的肩膀。

"狙击手的处理没有错。"俞莫寒说道,不过心情还是有些郁郁,"高格非就这样死了,我觉得他是故意的,因为他没有自杀的勇气,也害怕继续等待死亡的来临。"

靳向南耸然动容,问道:"你的意思是说,高格非到这里来的目的就是迎接死亡?"

俞莫寒微微摇头:"也许开始的时候并不是,但在他临死前的那一刻很可能就是这样想的。可是现在说这些又有什么用呢?"

靳向南安慰他道:"至少他在临死前与你的交谈中透露出不少信息,而且由此证明你以前的猜测完全是正确的。这就足够了。"

俞莫寒叹息了一声:"可是我最终还是突破了自己的底线,我不应该将一个病人的秘密告诉他人。"

靳向南再次轻轻拍了下他的肩膀:"我个人觉得你并没有做错什么。"

俞莫寒摇头道:"不,错了就是错了,我会如实向医院报告此事并自请处分。"

这个年轻人什么都好,就是有时候太过纯粹了些。靳向南轻叹了一声,说道:"尽快把白欣的死因调查清楚,这样我们警方的压力就会小许多。拜托了。"

高格非的死不是一件小事情,毕竟他的职务和级别都在,更何况前段时间他还是新闻的热点,接下来靳向南需要将此案的详细经过向上级汇报并写出详细的报告。俞莫寒问道:"那个保安找到没有?"

靳向南点头:"找到了,当地警方找到他时他正在沿海打工。他告诉警方说,那天晚上值班的时候他确实看到有一个女的从行政楼里出来,不过那个女的戴着口罩和墨镜,看不清相貌。那个女人走后不久救护车就来了,这才知道滕奇龙出了事情。后来他就把这件事情对其他的保安讲了,想不到第二天就有人把这件事情传到了上面,结果他就因为'造谣生事'被开除了。不过学校方面还是给他发了一个季度的工资,虽然觉得有些倒霉,但有了补偿他也就没说什么。"

俞莫寒叹道:"一个小小的保安,即使被开除了也不会产生太多的后续效应,高格非和滕奇龙这样的处理方式可谓滴水不漏,不过也因此暴露了他们内心的恐慌与不安。正因为如此,学校里才会有人长时间议论此事,我们也因此发现了滕奇龙和高格非最为丑陋的那一面，然后才有了后来所发生的这一切。"

靳向南饶有兴趣地问道："这在心理学上怎么解释？"

俞莫寒道："准确地讲，这是一种心理现象，蝴蝶效应。也就是从一件微小的事情引发出一系列让人无法预料的未知结果。"

靳向南仔细咀嚼着他的话，若有所思地说了一句："你的这个解释很有意思，其实就是在告诫人们防微杜渐。"他看着俞莫寒，"这也是你非要自请处分的根本原因吧？"

俞莫寒点头道："是的。我纵然有一万种解释自己那个行为的理由，但毕竟我已经突破了自己这个职业的底线，这是事实。"

靳向南依然看着他："可是，除此之外可能再也没有别的办法可以化解宁夏当时的危机。"

俞莫寒摇头道："不，应该还有其他的办法，只不过不如突破底线那么简单、容易。正因为如此，我们才习惯于不顾原则和底线去走捷径。其实现在想起来，无论医科大学的前任校长，还是如今的滕奇龙和高格非，他们又何尝不是这样一步步毁掉自己的？"

靳向南长长地感叹了一声："是啊。"

第十四章
对心理学家的心理疏导

俞鱼一直耽搁着出国的时间，其实就是希望高格非案能在最近重新开庭，当她从俞莫寒那里得知高格非的死讯之后顿时就惊呆了："怎么会这样？"

俞莫寒道："我也没有想到会是这样的结果，所以，高格非的案子也就只能到此为止了。"

俞鱼却说道："高格非的事情虽然到此为止了，但我的事情还没有完。明天我就向法庭提起诉讼，状告程奥诽谤。"

俞莫寒劝道："姐，你还是先出国吧，有些事情以后再说。"

俞鱼道："有些事情可以慢慢来，但这件事情不行。程奥是律师，他这是知法犯法，既然他已经突破了底线，那就应该付出相应的代价。我并不是一个睚眦必报的人，但我绝不能容忍自己的同行践踏法律的尊严。莫寒，姐也不是故作高尚，如果我们每个业内的人都无视这样的事情发生，那今后的状况肯定会越来越糟糕。为了这个行业的未来，我们每个人总得做点什么不是？"

"其实姐和我一样,她也是一个理想主义者。"俞莫寒心里想着,也就不再多劝说。不过作为弟弟,他觉得还是应该给姐夫打个电话。想不到汤致远倒是很洒脱,笑着说道:"我非常支持你姐那样做,孩子的事情我们已经达成一致,随时都可以考虑,不急在这一时半刻。"

俞莫寒笑问道:"哥,你的小说是不是已经很受欢迎了?我能够感觉得到,你最近的心情不错。"

汤致远一下子就变得兴奋起来:"你知道我上个月的稿费有多少吗?八万多块,而且还是税后!"

俞莫寒也很高兴:"那你得请我吃饭才是。"

汤致远道:"没问题,地方由你选,菜你随便点。"

其实俞莫寒哪里是想吃他的这顿饭,只不过希望能够分享一下他的成功罢了。更何况他和姐姐的感情不再有任何问题,这就足够让他放心了。

接下来他又给倪静打了个电话:"龚放这家伙好像已经和苏咏文在一起了,你说晚上我们是不是应该请他们俩一起吃个饭?"

倪静很是吃惊:"他究竟是怎么做到的?这么快!"

俞莫寒笑道:"龚放在这方面比我有办法,你想想,他可是研究微表情的,苏咏文内心的真实想法岂能瞒得住他的眼睛?"

倪静不住地笑,问道:"现在你心里面是酸酸的呢,还是觉得轻松了许多?"

俞莫寒还是决定实话实说:"开始的时候确实有些酸酸的,不过现在我很替他们俩感到高兴。"

倪静的声音一下子就变得温柔了许多:"我相信你说的话。这样吧,我来问问苏咏文,看她的意思。"

俞莫寒道:"这样最好。龚放和我虽然是哥们,但他毕竟是客人,如果招待不周的话我这心里面会愧疚的。"

倪静道："我明白你的意思，等我给苏咏文打完电话后再说吧。"

俞莫寒笑道："倪静，难道你不觉得我们俩已经磨合得像老夫老妻了？"

倪静啐道："我们还没有开始呢，我可不想一下子就变得像老夫老妻那样没有了情趣。"

这一刻，也不知道怎么的，俞莫寒忽然想起高格非的婚姻来，情绪也就因此一下子变得有些抑郁，轻叹了一声，说道："就这样吧，我们见面后慢慢说。"

倪静有些奇怪，也很担心："你又怎么了？"

俞莫寒苦笑着说道："没事，就是忽然觉得有些伤感。对了，高格非死了，被狙击手击毙的。"

倪静"啊"了一声，笑道："你这个人有时候太情绪化了，根本就不像一个精神病医生，反倒更像个诗人。"

俞莫寒道："是啊，其实我们这个职业的人更需要他人的关心和关怀，因为我们的内心都很孤独。"

倪静刚刚喝下的一口茶一下子就喷了出来，不过她很快就意识到对方似乎并不是在说笑，急忙柔声问道："你说的是真的吗？"

俞莫寒道："当然是真的。倪静，你知道我这辈子觉得最温馨最惬意的日子是在什么时候吗？"

倪静好奇地问道："什么时候？"

俞莫寒的声音中充满着向往："我们在广东的时候，我躺在你腿上的时候。那一刻，我的内心无比宁静……"

这时候，正在开车的靳向南忽然打了一个哆嗦，问道："你们搞精神病学和心理学的都这样谈恋爱？"

俞莫寒看着他，正色道："我说的都是真的。"

电话那一头的倪静顿时傻了眼："俞莫寒，你很讨厌的知道吗？"

"你的心情很糟糕,是不是?所以你试图通过这样的方式发泄一下,是吧?"靳向南放慢了车速,问道。

俞莫寒苦笑着说道:"不是为了发泄,而是我现在特别需要温暖,因为我真的很伤感。"

靳向南问道:"因为高格非的死?"

俞莫寒点头:"是的。一个出身贫寒的才子,在上天的眷顾之下留了校,却因为副校长的丑女儿让他郁郁不得志多年,后来好不容易命运再次眷顾于他,他却从此走向堕落,最终死于警方狙击手的枪下。我心里不得不去思考这样一个问题:这一切难道都是他高格非的责任吗?"

靳向南反问道:"难道不是吗?"

俞莫寒沉默不语。靳向南道:"小俞,你是留学过西方的博士,像这样的情况任何国家都存在,难道不是吗?对于我们来讲,最重要的是做好我们自己,如果我们每一个人都有这样的觉悟,这个世界,这个社会就会因此而变得美好许多。小俞,你说是不是这样?"

俞莫寒顿时想起了姐姐刚才的那些话,点头道:"你说的好像也对。"

靳向南叹息了一声:"我知道,你的心里有些同情高格非,主要是因为你的内疚。其实仔细想起来很多问题还是出在高格非自己的身上,比如他刚刚毕业时被人介绍女朋友的事情,他的处理方式就很有问题,当时他对那个女孩子是那么不礼貌,完全是以貌取人,如果换作别人的话,起码得先接触一下然后再找个合适的理由拒绝对方,这样一来双方也就都有台阶可下了,是不是?还有就是关于动物实验的事情,动物毕竟是动物,它们和人还是有区别的,为什么非要采取那种激烈的方式呢?此外,你能够相信他当时真的就是因为动物实验的事情才那样做吗?不,他是为了泄愤,是为了引起社会或者某些上层的注意与重视,从而摆脱长期受压的境地。难道不是这样吗?你想想,为什么当他后来被提拔,甚至成为一校之长后却再也不提这件事情呢?不是因为这样的状况有所改变,而是因为他自身已经不再需要。"

俞莫寒一下子就怔在了那里:是啊,我以前怎么没想过这个问题?

靳向南继续说道:"纵然他高格非有一万种说辞和理由,都不应该让自己的妻子去陪滕奇龙!这是畜生才可能干出来的事。所以,他根本就不值得你同情,更不值得你因为他的死而伤感。"

俞莫寒霍然惊醒,后背汗出如浆,对靳向南说道:"你放心,我会把这一切都调查清楚的。"

靳向南咧嘴笑了,说道:"俞医生,最近我有一个想法,其实你也可以搞一个精神病或者心理研究所的,不但病人需要你,我们也需要你。"

俞莫寒问道:"这是你的想法还是上面的意思?"

靳向南笑道:"我可拿不出资金和资源来帮助你、扶持你。"

俞莫寒点头道:"我明白了,让我再好好想想。"

"哥们,我可不希望你把我当成客人。"一见面,龚放就如此对俞莫寒说道,"不过呢,这也是人之常情,我也一样做不到超然物外。所以,我和咏文还是决定来和你们聚一聚。"

俞莫寒看着正与倪静亲热说话的苏咏文,低声问道:"你真的搞定了?"

龚放咧嘴笑道:"必需的。她已经决定了,准备和我一起去南方。"

俞莫寒更是觉得不可思议:"你是不是对她进行了心理暗示?哥们,如果那样就过分了啊。"

龚放不高兴地道:"我是那种没有底线的人吗?情况是这样的,

一方面呢，经过我这一整天的努力，咏文对我慢慢产生了好感。当然，这其中也有你的功劳——她刚刚失恋，心里面需要温暖，而我又比较优秀，被她接受也就是理所当然的事情了。另一方面，咏文她觉得你们这里的报社思想过于保守，如果继续这样下去，在网络如此发达的现在和不久的将来很可能最终被淘汰掉。我也认为她的分析很有道理，于是就鼓励她南下。其实我也想过，如果她要继续待在这里的话，我就把心理诊所搬到这里来。"

俞莫寒早已习惯龚放的这种说话方式，笑道："如此一来，你们那边的警方损失可就大了，说不定他们会因此而痛恨苏咏文呢。"

龚放大笑。

接下来俞莫寒向龚放讲述了高格非的死讯，龚放听后也是嗟叹不已。不过当俞莫寒将靳向南所说的那番话讲出来之后，龚放却又赞叹道："这位靳支队长非常了不起，不仅业务过硬，而且深通人情世故，今后的前途不可限量。"

俞莫寒点头道："确实如此。也不知道是怎么的，我初次和他见面就觉得这个人很不错，也很投缘，不过我还是没有答应他进入警方工作的请求……"随即，他就将靳向南刚刚提出来的那个建议告诉了龚放："你觉得我该不该答应？"

龚放沉吟了片刻，问道："那么，你犹豫的原因又是什么呢？"

俞莫寒道："我还是想专心做自己的学问。"

龚放顿时就笑了起来，说道："我看啊，你还是对你们医院马上要并入医科大学的事情太过在意，说到底就是你对医科大学的学术水平及治学态度还抱有太多的幻想。"

龚放对他是真正了解的，他刚才的话可谓一针见血。俞莫寒默然。

龚放看着他，轻叹了一声后继续说道："医科大学目前的情况虽然比较特殊，应该说是个例，但也反映出国内高校存在着的一些普遍问题，那就是人心浮躁，很少有人能够真正沉下心来搞科研、做学问，正因为如此，学术腐败、学术造假等问题才会变得如此严重。而对于我们所学的专业来讲，更重要的是应用与实践。莫寒，你发现没有，我们的病人除了医院里面的，社会人群中似乎还要更多一些。这是因为我们国家在这个领域的发展比较滞后，很多人即便已经认识到自己的精神、心理存在着很大的问题也不愿意主动去就诊，医院里的病人大多是被送去的。为什么会出现这样的情况？因为精神、心理疾病不被人们所了解，当然也就更无法谈及理解和接受，反而会遭受歧视。"

俞莫寒已经明白了他的意思，点头道："你说得对。"

龚放拍了拍他的胳膊："加入警方当然没有必要，那样会让我们陷入无穷无尽的案件当中，而与警方合作才是最好的方式。我们不能忘记了发展专业、推广专业的初心，同时又能够从警方提供的大量样本中提升自己的能力，这样更可以让我们的研究有的放矢。"

如此，龚放彻底说服了俞莫寒，因为与此同时俞莫寒还想到了医科大学的那位特立独行的老教授及他的儿子。俞莫寒问道："关于接下来对高格非前妻死因的调查，你有什么好的建议没有？"

龚放道："高格非此人也确实可恶，他明明已经知道自己距离死亡不远，偏偏要将这件事情的秘密带进坟墓。也许他只是想小小报复一下你而已——他都是要死的人了，为什么要让你接下来的日子过得那么轻松呢？"

俞莫寒摇头："我觉得不是这样的，他其实就和某些知识分子一样，大节有污却偏偏特别在乎小节，并自以为很有风骨，他不愿意出卖滕奇龙的原因或许就是如此。"

龚放点头："你对人性的了解可要比我深刻多了，而这恰恰是你最大的长处。"

俞莫寒苦笑着说道："最近一段时间我总是在想，为什么我眼里所看到的、心里面所想到的都是人性的阴暗面呢？"说到这里，他的目光看向了苏咏文，"龚放，现在我才发现，其实你和苏咏文很般配，因为你们都是很阳光的人。"

龚放摇头："不，这一点我和你是一样的，也许是因为我们所接触的大多是精神或者心理上不正常的人，还有罪犯。好了，我们不说这个了，吃饭吧，我都饿了。"

"是的，在这个问题上他和我一样苦恼、无奈，这是职业所决定，也是这个职业的宿命。"俞莫寒在心里面暗叹。

晚上这顿饭最开始的时候有些别扭，主要还是因为苏咏文在面对俞莫寒的时候感到很不自在，不过倪静的一句话很快就化解了这样的场面。倪静说："连我都没有想到，在短短不到两个月的时间里面发生了这么多的事情，而且就在这短短的时间里面，好几个人的命运发生了根本性的改变。由此可见，人生不仅仅是无常，而且也很精彩。"

她的话当然不是鸡汤，而是在提醒苏咏文。苏咏文本来就是一位十分聪明的女性，听了她的这句话后顿时醒悟，同时也明白了倪静打电话来的时候，龚放为什么非要她答应今天晚上一起吃饭的深意：他和俞莫寒毕竟是好朋友，今后大家在一起的机会还有很多，过去的那些不愉快根本就算不上什么。

这天晚上，四个人在一起喝了不少酒。龚放准备第二天返回广东，苏咏文也将同行，待那边的新工作落实后再回来办理相关手续。不过龚放拒绝了俞莫寒提出的第二天送他们俩去机场的心意，还开玩笑说现在他和苏咏文在一起的每一分每一秒都至关重要，绝不允许第三者插足。

这样的玩笑话要是放在几天前，肯定会让俞莫寒感到尴尬，而现在，他也就是一笑而过。

"我觉得自己以前还是太理想化了。"倪静如此对俞莫寒说道。

其实俞莫寒已经大致明白了她的意思,不过还是问了一句:"你指的是什么?"

倪静幽幽地道:"我在想,既然我们两个人已经在一起了,特别是在结婚之后,我们相互间就应该肩负起一种责任,这种责任就是忠诚于对方,而不是不加限制的自由。莫寒,你说是不是这样?"

俞莫寒点头,歉意地道:"这次的事情是我做得不好。"

倪静摇头道:"我不是要你道歉,而是想向你讲明白这个道理。苏咏文的事情……最开始我并不十分在意,因为当时我根本没有意识到你对我的重要性。后来我才发现自己真的很在乎你,以至于让我非常害怕,害怕你真的会离开我。"

俞莫寒既愧疚又感动:"倪静,你什么都不要再说了,你放心吧,我一定会倍加珍惜我们俩的这份感情和缘分的。"说到这里,他不禁苦笑了一下,自嘲着说道:"幸好我们俩不是小说中的人物,否则这本书的作者肯定会被人吐槽。"

倪静"扑哧"一下笑了,说道:"莫寒,看来你并没有意识到自己的优秀,而且你真的很有个人魅力。"

俞莫寒不好意思地搔了搔头发:"真的吗?"这时候他忽然想到了一个问题,"那,龚放呢?"

看来他还是没能彻底忘记苏咏文。倪静的心里略略有些酸楚,不过还是笑了笑,回答道:"他和你一样优秀,不过我觉得他不如你有个人魅力,因为他比较阳光,而你却多了一些沉稳和忧郁。也许你不知道,沉稳加忧郁的男人对女性来讲是很有杀伤力的。"

俞莫寒听了倪静的话后怔了一下,苦笑着问道:"忧郁?我什么时候忧郁了?"

倪静指了指他的眼睛:"你的目光很明亮、清澈,但也有些忧郁。我一直都这样觉得。我也在私底下问过苏咏文为什么喜欢你,她告诉我说,你清澈的目光让人信任,而其中的忧郁却让人心疼,而且还让人产生一种一探究竟的冲动。"

俞莫寒霍然一惊:难道是因为我和精神病人接触多了,潜意识中产生了忧郁的气质?这可不是一个好兆头……

俞莫寒回到家的时候发现姐姐和姐夫都在,母亲刚刚忙完了厨房里的善后工作,出来问道:"吃饭没有?倪静呢?"

俞鱼道:"妈,我不是已经告诉你了吗,莫寒和倪静今天要请他们的一个朋友吃饭。"

母亲"哦"了一声,自言自语说了一句:"也不知道是怎么的,最近的忘性特别大,刚刚做了的事情,别人刚刚才说过的话,总是记不住,看来是真的老啦。"

说完后母亲又进了厨房。父亲忧虑地看着俞莫寒,问道:"你是医生,你觉得你妈妈是一种什么样的情况?"

俞莫寒皱眉想了想,问道:"妈妈像这样的情况有多久了?"

父亲回答道:"就最近半年的时间,有一次她出门的时候竟然忘了关灶上的火,锅里面炖的蹄髈都煳了,差点儿酿成火灾。可是她对以前的事情都记得很清楚,前不久遇到了她的一个小学同学,多年前她们俩吵架的事情她都还记得。"

俞莫寒在心里暗暗叹息、伤感:时间过得真快啊,不知不觉中父母都已经老了。母亲还不到六十五岁,这样的情况来得似乎稍微早了些。看着父亲和姐姐焦虑、关注的目光,他只能实话实说:"阿尔茨海默病,也就是人们常说的老年痴呆症,其最初的表现为近事遗忘和记忆力下降,对以前非常重要的事情却记忆深刻,随着时间的推移,远事遗忘就会慢慢开始出现。这种疾病的根源是脑萎缩,但具体的病因不明,可能有遗传性因素。一般来讲六十五岁以上的人群多发,像我妈这样的情况比较少见,可能是因为她平日里的生活太过简单，没有思考问题的习惯，做事情总是按部就班。不过还好，她目前的情况并不严重，可以通过一些训练性动作延缓病情发展的进程。"

俞鱼问道："不能根治？"

俞莫寒摇头道："目前还没有根治的药物和手段。对了，打麻将对这种疾病有一定的治疗作用，还有就是多出去走走，四处看看。爸，您已经退休了，趁你们现在身体还好，多带妈妈出去旅游吧。"

父亲感叹道："人这一辈子太短了，想不到转眼之间就老啦。行，从今往后我就和你妈多出去走走，你们都长大了，有些事情我也懒得多管了。对了，高格非真的死了？"

俞莫寒不禁想笑，以父亲的性格，想要让他别管闲事似乎不大可能，估计是姐姐告诉了父亲有关高格非的大致情况，点头道："是的。"

父亲对儿子说道："我的想法是，有关高格非的事情还应该继续调查下去，把所有的事情都调查清楚。这个人虽然死了，但他的这个案例无论对你的精神病学研究还是促进我们国家的法治建设，以及职业道德、反腐倡廉等方面都有着十分重要的意义，不应该到此为止，就此放弃。"

俞莫寒点头道："我会继续调查下去的。"他将目光看向俞鱼，"那，姐你那边……"

俞鱼说道："明天我就向法庭提交程奥诽谤我的诉状，此外，当你调查清楚有关高格非所有的事情后，我们再在网上来一次关于情与法的大讨论。"

俞莫寒心里一动，说道："苏咏文即将去南方某报社就职，南方的报社可要比我们这里的新闻媒体开放多了，而且苏咏文也一直关注着这起案件，姐，我觉得你可以和她好好商量一下这件事情。"

俞鱼奇怪地看着他："苏咏文？她要离开这个地方？"

俞莫寒并不觉得尴尬，解释道："我留德时候的同学龚放这两天一直在追求她，终于成功了。"

俞鱼的表情更是惊讶与古怪："这么快？"

俞莫寒当然明白姐姐话中的另外一层意思，说道："龚放可是一位非常优秀的心理学家，他对苏咏文一见钟情，当然尽心尽力，不但对苏咏文的情绪反应洞察入微，而且毫无保留地向对方展示了自己以示诚意，在这样的情况下苏咏文岂能不心动？"

俞鱼白了弟弟一眼："你也很优秀，为什么到现在才谈恋爱？"

俞莫寒哭笑不得："这不是以前一直没有遇到合适的人吗？后来发现倪静很不错，我不也是采取的非常直接的方式？"

这时候母亲刚刚从厨房出来，问道："苏咏文是谁？"

姐弟俩互视了一眼，俞莫寒道："妈，她是我们这里一家报社的记者。"随即就岔开了话题，对父亲说道，"爸，您是不是觉得我看问题一直比较阴暗？"

父亲愣了一下，问道："你为什么问我这样的问题？"

随即俞莫寒就将自己与龚放的讨论告诉了父亲，父亲听后顿时就笑了起来，说道："你面对的大多是病人和罪犯，你所看到的也就必然是这些人精神、心理的不正常甚至是阴暗的那一面，这是你的职业所决定的，没办法的事情。因此，这个问题并不重要，重要的是你自己的内心，你的内心究竟是不是阳光而且正义的。"

俞莫寒肃然，点头道："爸，我明白了。"

高格非的死让俞莫寒有一种不真实的感觉，特别是当他躺在床上、透过窗户看到远处天空中那些漫天星斗的时候。俞莫寒听过高格非关于人生如同一款游戏的幻想，此时想来似乎好像还有些道理，不过再继续仔细思考下去却又觉得荒谬与可怕——如果我们的人生真是那样的话，那么制造这一款游戏的又会是谁呢？难道我们每个人的人生真的就是早被人设计好的程序？

俞莫寒不禁苦笑："看来有时候我确实太容易进入精神病患者的世界中，难怪倪静说我有着忧郁的气质。"

第二天早上醒来后，俞莫寒发现手机上有一条苏咏文发来的短信：我不应该恨你，因为是你让我知道了爱上一个人其实是一件非常幸福的事情。即使痛苦也是一种幸福。对了，你姐姐已经给我打来了电话，谢谢你的这个建议，我已经感觉到，这将是我人生中的一次非常重要的机会。

俞莫寒笑了起来，看向南方的天空轻声说道："龚放，咏文，祝你们好运。"

第十五章
校长疯了

白欣的资料俞莫寒以前就看过,不过当时他并没有仔细去研究其内容。无论从逻辑关系还是心理行为动机上来讲,白欣的死都很可能与高格非有着密不可分的关系。然而,从高格非临死前的那个电话中俞莫寒已经得知,白欣的死很可能与她自身的某些行为有关。因此,眼前的这份资料也就显得十分重要。

警方提供的资料非常全面,绝非我们日常所见到的简历式样与内容。俞莫寒仔细看完后问小冯道:"当年白欣的那些同事如今还有没有在那家银行上班的?"

小冯道:"像银行这样的单位,一般人员很少变动工作性质和地点,不过那里的支行长倒是换了好几个。"

俞莫寒道:"那就好。那我们现在就直接去白欣生前工作过的那家银行吧。"

天气越来越炎热,刚刚坐上车,从座椅上传过来的温度让俞莫寒差点儿跳起来:"嚯!这大上午的,我这屁股差点儿成铁板烧。"

小冯歉意地道:"刚才忘了把车停在阴凉处了。"

俞莫寒朝他摆手道:"没事。主要是最近一段时间连续高温,晚上温度也没有降得下去。如今可是好多啦,至少很少停电……看来很快就要下雨了,这个世界的事情就是这样,情况发展到了极致就会发生改变。"

小冯笑着问道:"你的意思是说,白欣的情况也是这样?"

俞莫寒点了点头,说道:"是的,我们最开始的时候并没有意识到她的死另有原因,是高格非的案件牵扯出了这件事情,于是她'意外死亡'的结论也就因此发生了改变。"

小冯的神情中充满着好奇:"不知道高格非临死前说的那句话究竟是什么意思,难道白欣也做过对不起他的事情?"

俞莫寒眯缝着眼说道:"也许吧。"

白欣生前工作的这家银行距离医科大学不远,一家小型的支行,工作人员也就十来个,不过里面的顾客不少。小冯说明来意后,一位工作人员马上就去报告了支行的行长,紧接着旁边的防盗门就打开了。一位四十来岁西装革履的中年男子迎了出来,他自我介绍说姓崔,是这里的支行长,随后就客气地将他们二人请到了里面。

支行长的办公室就在银行服务柜台的后面,房间不大,不过里面的装修及陈设倒是不错。俞莫寒心想,别看就这么一个小小的支行,眼前这个人就是这里的土皇帝,估计一般的人很难进入他的这间办公室。

小冯再次说明了来意,崔支行长说他不知道白欣这个人,也从未听说过她的事情。小冯说:"那是多年前的事情了,所以我们想从你们这里的老员工里了解一些情况。"于是崔支行长就叫进来一个人,介绍道,"她姓刘,白欣来这里上班的时候她就已经在了。"

俞莫寒问这位姓刘的工作人员:"那你还记得白欣吗?"

刘姓工作人员愣了一下，回答道："白欣？她不是已经死了很多年了吗？"

俞莫寒耐心地继续问道："是啊。你还记得她当年的基本情况吗？"

刘姓工作人员回忆了一下，说道："印象不是很深了，好像她长得比较漂亮。"

俞莫寒在心里面暗叹，这就是普通人的人生，时间所消灭掉的不仅仅是他们的肉体，还有人们的记忆。俞莫寒拿出白欣的照片："也许她的照片可以帮助你回忆起有关她更多的事情来。"

刘姓工作人员有些激动："对，就是她。她当时与我隔着一个柜台，主要负责存取款业务。"

俞莫寒问道："你再仔细回忆一下，她当时和你们单位里面哪个人的关系最好？"

刘姓工作人员又想了想，摇头道："记不清楚了。"

俞莫寒对支行长道："这样吧，分批把那时候在这里上班的工作人员都叫来吧。正在柜台上的人一会儿找人轮换一下。"

不一会儿，第一批人进来了，加上刚才的那位刘姓工作人员一共四人，俞莫寒将手上的照片亮在他们面前，说道："她叫白欣，八年前意外死亡，她生前就在这个地方上班，当时你们都是她的同事，你们还记得她吗？"

照片加上提醒，当然更加容易唤起大家的记忆，所有的人都点头。俞莫寒继续问道："白欣当时和谁走得最近呢？"

一个工作人员说道："像我们这样的单位，白天大家都忙得很，下班后就各归各家，平日里互相交往得并不多，所以在我的印象中她好像和大家的关系都比较一般。"

其他的人也都这样说。俞莫寒在心里更是叹息，因为他知道，真实的情况并不是这样，一个单位里面的人总是多多少少有些来往的，只不过大家的生活压力大，于是相对来讲八小时之外的交往很少罢了。也就是说，几乎没有来往，这只不过是一种幻觉。还有就是，白欣毕竟已经死亡多年，她早已从人们的生活与记忆中被抹去。

第二批进来的有五个人，俞莫寒问了他们同样的问题，虽然得到的答案差不多，不过他注意到其中有一个人中途出现了欲言又止的表情，于是就留下了她。

"你贵姓？"待其他的人离开后俞莫寒温言问道。

"她叫丁兰。"旁边的支行长替她回答道。

俞莫寒皱了一下眉，继续问道："你刚才好像想起了什么，是吧？"

丁兰看了一眼支行长，摇头道："没有、没有。"

这时候支行长也在皱眉，不高兴地道："你看我干什么？那时候我又不在这里上班，你有什么就说什么嘛。"

丁兰更是慌乱："没有，真的没有。"

俞莫寒给了小冯一个眼神，小冯对支行长说道："你是领导，在这里她的压力比较大，麻烦你暂时回避一下。"

支行长对丁兰很是不满，看了她一眼后才离开办公室。俞莫寒看着惶恐不安的丁兰，温言说道："你不要紧张，其实是你刚才的表现让你们支行长对你产生了误会，这不是什么大事情，事后我们会向他解释清楚的。我也知道，你刚才想起的事情或许与你们当时的支行长有关，是不是这样？"

丁兰惊讶地看着他，不过还是摇头："不，我什么都没有想起来。"

俞莫寒叹息了一声，说道："白欣已经死了多年，一直以来大家都以为她的死是一场意外，可是最近我们才发现她的死另有原因，而且很可能是人为的。白欣死的时候好像才二十六吧？真是花样般的年华啊……生命对我们每个人都只有一次，对白欣来讲也是如此,既然我们已经发现她的死另有原因,那就一定要调查清楚。我看得出来,你当时和她的关系应该还不错,既然如此,难道你就不想让她真实的死因大白于天下吗?"

丁兰怔了怔,摇头道:"我和她的关系也很一般的。"

俞莫寒"哦"了一声,问道:"那就是你当时听说过有关她的什么事情,是吧?"

丁兰紧闭着嘴唇不说话。小冯在旁边有些沉不住气了,说道:"协助警方调查案件是每一个公民的义务,希望你能够把你所知道的都如实告诉我们。"

丁兰依然沉默着。俞莫寒轻叹了一声:"我知道,你是担心自己的工作会因此受到影响。这样吧,你先去继续工作,如果你想起什么来了就给我们打电话。"他随即从支行长办公桌上扯下一张便笺,在上面写下了自己的电话号码然后递给了她。

"有些事情是强迫不来的。其实她刚才已经给我们接下来的调查提供了方向,这就已经足够了。"俞莫寒对小冯说道,"查一下当时这里的支行长是谁,最好有他的完整资料。"

当年这家支行的行长姓夏,今年四十八岁,五年前被提拔为分行的人事处长一直到现在,其间再也没有了任何职务上的变动。俞莫寒看完了资料,问小冯道:"这个人的情况你怎么看?"

小冯道:"说明此人的能力和业绩并不十分突出,也许他有些背景,分行人事处长的位子也就相当于养老了。"

俞莫寒摇头道:"不管他有没有背景,至少说明他在五年前的那个时候是比较有业绩的。人事处长的位子也还不算养老,老干处、工会主席才应该算是吧?"

小冯想了想,觉得他说得很有道理,问道:"那,你的意思是?"

俞莫寒笑了笑:"我们直接去问分行的行长不就知道了?"

没想到分行的行长也是最近才到任的，他叫来了一位副行长："老孙，你一直在分行工作，麻烦你给冯警官和俞博士介绍一下我们人事处夏处长的情况。"

孙行长诧异地看了小冯和俞莫寒："夏处长？他出什么事情了？"

俞莫寒微微一笑，问道："你们银行系统的人经常出事情吗？"

分行的行长不满地道："老孙，你只需要告诉他们有关夏处长的情况就可以了，大惊小怪的干什么？"

一把手就是不一样。俞莫寒心里如此想道。孙行长有些尴尬，讪笑着说道："我也就是随便问问。当年股市的行情非常不错，银行的储蓄下降得厉害，因此对我们的贷款业务也造成了很大的影响，所以各大银行都在想办法揽储。夏处长当时是医科大学附近那家支行的行长，是他做了大量的工作才将医科大学的账户从另外一家银行拉到了我们这里，每年十几个亿的流水。后来分行论功行赏，就把他调到这里来做人事处长了。"

俞莫寒问道："医科大学的账户究竟是哪一年从另外那家银行转到你们这里来的？"

孙行长想了想，回答道："应该是八九年前的事情了。除此之外，附近好几家单位的账户也是他硬生生从其他银行拉到我们这里来的，业绩斐然。"

俞莫寒不解地道："像这样的人才，做人事处长似乎有些浪费了吧？"

孙行长急忙道："不浪费，不浪费，这些年来他可是为我们选拔了不少优秀人才……"

俞莫寒哂然一笑，也就没有再问这个问题："我们想和夏处长单独谈谈，不知道他现在在不在单位里面？"

孙行长道："在的，在的。我这就去叫他。"

俞莫寒发现分行长的脸色有些不大好看，问道："我们可以借用一下你们的小会议室吗？"

分行长即刻收敛起了刚刚阴沉下去的脸色，微笑着说道："没问题。老孙，你让办公室主任马上把小会议室打开，给俞博士和冯警官泡好茶。"

分行长的话语中将自己一把手的心态展露无遗，俞莫寒心想果然是有人的地方就有江湖。

银行系统的人都比较注意个人形象，无论是发型还是穿着都非常的正式。眼前的这位夏处长也是如此：头发上打有少许的摩丝，胡子刮得干干净净，一身深蓝色的西装看上去非常笔挺，领结也是规规整整。毕竟是做了多年人事处长的人，他进来后一点儿都不慌张，客气地问道："听说你们二位找我有事情？"

俞莫寒客气地请他坐下，拿出白欣的照片放到他的面前："你还记得这个人吗？"

夏处长的身体战栗了一下："白欣？"

俞莫寒看着他，意味深长地说了一句："看来夏处长对她的印象十分深刻啊。"

夏处长反问道："她不是多年前就已经出意外死了吗？你们现在还在调查这件事情？"

这明显是转移话题。俞莫寒道："因为最近我们发现她很可能并不是意外死亡。夏处长，请你告诉我，为什么这么多年过去了，你对这样一个普通的职员还如此记忆深刻？"

夏处长道："因为她当时到我们支行来是我亲自面试的。"

俞莫寒诧异地问道："支行有面试新进员工的权力？好像这个权力是在你现在的这个职位上吧？而且你现在这个职位的话语权似乎也不是那么的大。是这样的吧？"

夏处长有些恼火："你们究竟想干什么？"

俞莫寒正色道："夏处长，我们已经将来意都向你讲清楚了，你要知道,我们正在调查的是一起异常死亡案件,这绝不是儿戏。如果白欣的死与你有关,希望你能如实告诉我们详情,否则后果你是知道的……"

夏处长被他的话吓了一跳,急忙道:"她的死当然和我没有任何关系。"

俞莫寒淡淡一笑,说道:"既然如此,那你就更没有必要知情不报,更应该积极配合我们的调查才是。"

夏处长沉默不语。

俞莫寒等待了一会儿,说道:"既然夏处长不想告诉我们实情,那就让你们分行长先找你谈谈心后再说吧。"

夏处长站起身来,怒道:"如果你们认为白欣的死与我有关,那就请你们拿出证据来。我夏某人见的世面多了,你们这一套对我没用!"

说完后他就直接朝小会议室外边走去,这时俞莫寒忽然叫住了他:"等等!夏处长,你可以不告诉我们任何有关白欣的情况,但是你要知道,这个世界上根本就没有能够隐藏得住的秘密。"

夏处长并没有转过身来,挥手道:"那你们就去调查清楚好了。"

说完后他就直接走出了小会议室,再也没有回头。小冯怒道:"什么态度?!俞医生,要不然我们直接传讯他去刑警支队好了。"

俞莫寒摇头,叹息了一声后说道:"其实我已经大致知道是什么情况了。这样吧,我们先回刑警支队一趟,接下来就传讯医科大学的财务处长。"

随后两个人又去了分行长的办公室,俞莫寒将刚才的情况讲了,问道:"你们银行揽储是有奖励的是不是?"

分行长点头道:"一般来讲,我们都会给下面的支行分配一定的揽储任务,并将该项任务纳入支行长的业绩考核当中去,超额完成的当然会给予一定的奖励,每一家银行都是如此。"

俞莫寒又问道:"那么,你们对客户方面有奖励政策吗?"

分行长沉吟着回答道:"年终的时候我们为了吸引客户存款,会考虑给一些大客户一定的物质或者金钱上的回报,这也是惯例。"

俞莫寒紧接着问道:"也就是说,对于像医科大学这样的大客户,你们肯定会给予他们的主要负责人一定的物质或者金钱上的回报,我这样理解可以吗?"

分行长苦笑了一下,点头道:"虽然当时我还没有坐上这个位子,但从惯例上讲是有可能的。"

俞莫寒看着他:"那么,你们这样做合法吗?"

分行行长很是尴尬:"我说了,这是惯例。不过我是不主张这样做的,比如最近几年,我们给单位储户送的都是员工购物卡,而不是将这部分钱拿去给单位的负责人。那样做对于我个人和银行来讲,风险实在是太大了,不值得。"

俞莫寒依然看着他:"如果你下面的支行长真的那样做了,你们往往会采取默认的态度,是不是这样?"

分行行长咳嗽了几声:"不,不,我会狠狠批评他们。"

俞莫寒追问道:"也就是说,那样的现象其实一直都存在。是吧?"

分行行长此时才发现眼前这个年轻人的厉害,正犹豫着究竟该如何回答,这时候俞莫寒却忽然笑了起来,说道:"我也就是随便问问,行长不用紧张。不过有件事情你们现在就应该去调查清楚才是,那就是,你们的这位人事处长当年的那份业绩究竟是如何取得的,恐怕他采用的手段不仅仅是金钱和物质吧?"

分行行长疑惑地看着他:"俞博士的意思是?"

俞莫寒朝他微微一笑:"高格非的事情媒体上今天已经有了报道,想来行长先生已经知道。高格非在临死前和我通过电话,他明确地告诉我说,他前妻白欣的死另有缘由。行长先生,如果你们不想让自己陷入这起案件当中,接下来该怎么办就不需要我再多说什么了吧?行长,我只能言尽于此,告辞了。"

看着俞莫寒和小冯的背影消失在办公室外,分行长急忙拿起电话给分行的纪委书记拨打:"老余,你来一下。马上!"

"俞医生,你的意思是让他们银行内部自己去查那位夏处长的事情?"从分行行长的办公室出来后,小冯问道。

俞莫寒道:"既然那位夏处长不愿意配合我们的工作,那就让银行方面自己去查好了。毕竟当年的账目还在,每一笔钱的走向都清清楚楚,所以他们查起来可要比我们简单容易得多了。此外,一旦这位夏处长的事情调查清楚了,滕奇龙受贿的事情就会露出马脚,只要有了这样的真凭实据,上面想要调查他也就有了依据。"

小冯赞道:"这确实是一个非常不错的突破口。"

俞莫寒苦笑了一下,说道:"我一直在想,即使是我们查明了白欣的情况,但她的死因也很难最终完全搞清楚,毕竟高格非已经死了,剩下的最可能知道情况的也就是滕奇龙了,如果他不开口,这起案子依然会成为一桩悬案。所以,我们就只能从其他地方入手,先找出滕奇龙的破绽来,一旦此人被双规,那么其他的问题也就迎刃而解了。"

小冯点头道:"确实是这样。那么,你为什么不在这之前就去调查医科大学的那位财务处长呢?"

俞莫寒解释道:"一个人想要彻底控制一个单位,就必须掌控住人事权和财权,所以,医科大学的财务处长必定是滕奇龙最信任的人之一。对于这样的人,如果我们手上没有足够的证据,他是绝不会轻易开口的。如今银行方面已经有了突破口,想来那位财务处长在这件事情上面也不会太干净,所以现在去调查他才是最合适的时候。"

靳向南听完了俞莫寒的情况介绍后顿时双眼发亮，说道："我相信银行方面很快就会查明那位夏处长当时的情况，除此之外他们别无选择，如此一来，滕奇龙的犯罪就会露出马脚来。如果有了这方面的证据，接下来的事情可就好办多了。"

俞莫寒道："所以，医科大学的财务处长就是我们目前最好的突破口。"

靳向南点头："有一件事情我觉得有些奇怪，作为滕奇龙最信任的人之一，高格非似乎与医科大学的财务处长走得并不算很近，不知道这究竟是为什么。"

俞莫寒微微一笑，说道："这其中的原因也许就在白欣身上。"

靳向南沉吟着说道："其实最好的方式是让纪委出面，不过既然涉及白欣死亡的案件，我们还是先向前迈这一步吧。"

医科大学的财务处长名叫曾宏图，原本是省卫生厅财务处的一名科长，滕奇龙到医科大学任职后就把他调了过去，最开始他是财务处的副处长并主持工作，两年后转正。其中的原因与目的当然是不言自明。

曾宏图的履历比较简单，也很年轻，到了医科大学任职八年后如今也还不到三十五岁，当他被传讯到刑警支队后显得很紧张。他紧张就好，最不好对付的就是像夏某人那样的老油条，俞莫寒在暗道。

刑警队关注的是白欣的命案，所以靳向南在与俞莫寒商量后决定还是采取最为直接的方式。一张白欣带着灿烂笑容的照片放到了曾宏图的面前，俞莫寒问道："你还记得她吗？"

曾宏图的双眼一下子就瞪大了，不过紧接着却摇头道："不认识。"

俞莫寒紧紧地盯着他："曾处长，你要知道，现在你所在的地方可不是撒谎的地方。照片上的这个女人叫白欣,是高格非的前妻,高格非与她结婚的时候你可是去参加了婚礼的。后来她一直住在学校的筒子楼里面,高格非和你都是滕奇龙身边的人,你说你不认识她,这岂不让人觉得可笑?"

曾宏图急忙道:"哦,原来是白欣?我就说有些眼熟呢。"

俞莫寒又拿出几张照片来:"这是白欣坠楼后警方拍摄的现场照片。你看看。"

一个人从高处坠落往往是头部先行着地,这是人类作为直立行走动物的平衡器官所决定的。眼前的这几张照片上,死者的颅骨破裂,眼球突出,看上去十分恐怖。俞莫寒看着身体颤抖着的曾宏图,缓缓问道:"曾处长,你看了这些照片之后有何感受?"

曾宏图的声音也在颤抖:"听说她、她是意外死亡,这件事情和我、和我又有什么关系?"

俞莫寒依然看着他,问道:"其实你早就认识白欣了,在高格非认识她之前,是不是这样?"

曾宏图的嘴唇紧闭着不说话。俞莫寒继续道:"当初,医科大学附近那家支行的夏行长为了提升工作业绩,通过某种关系接洽上了你,不但一次次请你吃饭,还向你行贿,你就是在那个时候开始认识白欣的,因为那位夏支行长请你吃饭的时候她就在场。当然,这么大的事情你是决定不了的,只能去请示滕奇龙。滕奇龙新官上任,为了今后某些事情的方便,将学校的账户重新换一家银行也是必需的,在你的斡旋之下这件事情很快就确定了下来。你在其中不但获取了一笔不菲的好处费,还有美人相伴。然而事隔不久,白欣竟然不小心怀孕了,于是你便安排了一次舞会上的偶遇,让白欣与高格非认识并恋爱。高格非与白欣结婚后你依然色心不死,继续去纠缠白欣,而白欣已经决心回归家庭,不愿意再与你发生关系,但你依然纠缠不休,最终白欣退无可退,在与你推搡的过程中不小心从楼上掉了下去。为了制造白欣是死于意外的现场，你急忙从厨房里面接了一盆水倒在了地上，仔细清理了自己的脚印和指纹后匆匆离开。曾处长，俗话说举头三尺有神明，你以为这件事情就只有你一个人知道，却不知警方会通过现场还原发现了疑点，更想不到你在匆忙之下并没有彻底抹去现场所有的指纹……"

曾宏图满脸的骇然："不，不是这样的！你这是胡说八道，是在诬陷我！"

真实的情况当然不是这样的，刚才俞莫寒所编造的那个故事就连他自己都差点儿讲不下去了。俞莫寒看着他："那请你告诉我，真实的情况究竟是怎么样的？"

曾宏图再次沉默。俞莫寒轻叹了一声："有时候被人赏识也并不是什么好事情，一旦手上有了权力就不得不去面对各种诱惑，同时还要替自己的恩主分忧，到头来说不定所有的事情都会让你背锅。曾处长，你不想成为第二个高格非吧？"

曾宏图的身体再次颤抖了起来，问道："高格非，他、他是因为……"

俞莫寒当然不会如实回答他的这个问题："你觉得呢？你想想，警方为什么会在这个时候把你叫到这里来？"

曾宏图的头一下子耷拉了下去，右手却在头顶上面摆动着："让我好好想想，好好想想。"

这已经是他心理上接近崩溃的临界点了，此时无论靳向南还是俞莫寒都十分清楚。俞莫寒道："你也可以回去慢慢想，等你想好了再说。不过那位夏支行长，如今的夏处长可能就没你这么轻松了，银行方面正在调查他当年向你们行贿的情况。曾处长，你是搞财务的，应该知道银行的账目是十分清楚的，毕竟在他们的上面还有银监会管着，即使做了假账，最可能的情况就是将给你们的贿赂另外列了一个支出的名目。事情已经到了这样的地步，如果你依然存在丝毫侥幸心理，那就是愚蠢。"

俞莫寒的这句话就是压倒骆驼的最后那一根稻草，曾宏图的内心彻底崩溃："我说，我把我所知道的都告诉你们。"

事情与俞莫寒所预想的情况差不多：当年那位夏行长为了大幅度提升自己及所在支行的业绩，在得知医科大学新校长刚刚就任不久的消息之后，通过一个朋友的关系搭上了曾宏图这根线。从此之后夏行长就隔三岔五请曾宏图吃饭、按摩，或者去娱乐场所，而每次吃饭的时候都有白欣作陪。

白欣长得漂亮，而且很懂事，每次陪同吃饭后就先行告辞离开，从来不参与接下来两个男人特殊的娱乐活动。曾宏图看得出来白欣与夏行长之间的关系比较暧昧，心里面羡慕却不好意思有非分之想。后来，在曾宏图的斡旋之下，滕奇龙终于答应了夏行长的宴请。

那顿饭被夏行长安排在了一家五星级酒店，当然有白欣作陪。吃饭的时候在夏行长的示意下，白欣将一张银行卡递到了滕奇龙的手里。而曾宏图的那一份他早已拿到。

滕奇龙没有拒绝，而且当白欣将那张银行卡递过去的时候，滕奇龙还轻轻捏了一下她那只漂亮的小手。这个细节被夏行长看在了眼里，接下来他们一起去了附近的一家KTV歌城。那天晚上白欣一直陪着滕奇龙唱歌跳舞。

作为滕奇龙身边的人，曾宏图早已了解自己这位上司的喜好，于是就暗示夏行长道："如果你想事情成功的话，今天晚上就在刚才吃饭的地方给我们老板开一间房吧。"

夏行长倒是没有多说什么，趁滕奇龙上洗手间的时候就去和白欣嘀咕了几句，白欣开始的时候似乎不大愿意，不过后来还是点头答应了。

第二天滕奇龙就把曾宏图叫了去，吩咐道："接下来学校将进行大学城的建设，需要大量的资金，既然夏行长如此有诚意，那我们就和他们合作吧。"

对于银行来讲，高校是偿还贷款能力最强的优质客户，正因为如此，滕奇龙才会这样讲，夏行长也才会对这件事情如此上心。于是，事情就这样决定下来了。

然而让曾宏图没有想到的是，事隔不久高格非竟然和白欣走到了一起，而且两个人很快就结婚了。更令人瞠目结舌的是，滕奇龙竟然还是他们俩的证婚人。再后来就是白欣意外死亡的事情，这也让他万万没有想到，同时也在心里为高格非感到不值。

"我所知道的就这么多。"曾宏图最后说道。

"不会吧？滕奇龙连银行的那么点儿钱都贪，这些年你们的大学城建设耗费资金数十亿，不可能在这件事情上面一下子就变得干净起来吧？"靳向南问道。

曾宏图道："我这个财务处长就是负责管理学校的资金。学校里面的一切开支都必须经过他的亲笔签字，其他的事情根本就不需要我去管。"

俞莫寒问道："就连普通的报账也必须经过他亲笔签字？"

曾宏图点头道："是的。包括副校长的请客吃饭，先要报给校办主任，然后经过滕校长签字后我这里才能支出。"

俞莫寒暗叹：那么他滕奇龙自己的消费支出又由谁去监管呢？这样看来，学校的财务处完全就是他滕奇龙可以随意支出的个人账户了。

从目前所掌握的证据看，曾宏图曾经接受银行方面的贿赂十余万，已经构成犯罪，所以警方也就不可能马上将他释放。与此同时，靳向南也将这个情况汇报给了上级并请求对滕奇龙采取相应的措施。

分行那边很快就传来了消息：夏某人已经如实交代了他当年贿赂医科大学校长滕奇龙及财务处长的事实，其中包括贿赂滕奇龙的具体金额为三十万之外，还有白欣的有关情况。

白欣毕业于某财经大学，是通过银行系统的招聘考试后入职的。白欣曾经有过一个男朋友，大学毕业后去了南方沿海城市，刚刚失恋不久的她在夏某的甜言蜜语、小恩小惠之下成了他的情人。后来夏某为了拿下医科大学的业务，承诺事后给予她十万块的奖励，白欣出生于一个普通的市民家庭，十万块钱对她有很大的诱惑力，同时又见夏某对她如此无情，所以就选择了为金钱献身。

那天晚上陪了滕奇龙之后夏某兑现了自己的承诺，给了白欣十万块的奖励，不过白欣再也不愿和他保持那样的关系。再后来就是白欣在医科大学的周末舞会上认识了高格非，两个人一见钟情并很快结了婚。至于白欣意外坠楼的具体情况夏某说他根本就不知道。

俞莫寒没想到事情会是这样，自己的调查竟然又回到了原点。如今高格非已经死亡，知道详情的也就只有滕奇龙了。

"也许现在已经到了我去找滕奇龙当面谈谈的时候了。"俞莫寒对靳向南说道。

靳向南对这样的结果也感到恼火，点头道："我来联系他，然后我们俩一起去见他。"

靳向南的级别虽然不高，但作为刑警支队的队长，这个职务所代表的权力非同小可，从常规上讲，即使滕奇龙作为医科大学的校长也不会轻易拒绝他提出的见面要求。然而，让靳向南和俞莫寒都没有想到的是，滕奇龙却偏偏就没有答应，他在电话里问靳向南："你找我有什么事情吗？"

靳向南道："我们想向你了解一下高格非前妻死亡案的有关

情况。"

滕奇龙冷冷地道:"高格非前妻的事情与我有什么关系?对不起,最近我需要马上处理的事情很多,如果你们手上有足够的证据证明我与这件事情有关,那就直接传讯我好了。"

靳向南顿时火大:"至少我们已经掌握你与白欣有过不正当关系,以及你曾经接受某支行三十万元贿赂的证据。滕奇龙,我给你打这个电话是给你机会……"

话未说完,就听对方哈哈大笑着说道:"那三十万我早就充入学校的财务里面了,至于我和白欣的那件事情只不过是一时间酒后失德,和她后来的意外死亡根本就没有任何关系。"

靳向南沉声问道:"难道你就真的那么相信高格非?相信他在临死前没有告诉我们警方任何事情?"

滕奇龙冷冷地道:"高格非丧心病狂,即使他说了什么也只不过是诬陷。靳支队长,如今可是讲法治的社会,什么事情都必须重事实讲依据,作为刑警支队的队长,你可不能知法犯法。"

靳向南顿时气结。俞莫寒从他手上接过电话:"警方已经传讯了你下面的财务处长曾宏图,那三十万可不像你所说的那样充到了你们单位的财务,就凭这件事情,有关方面就可以对你采取相应的措施。滕奇龙,想来你的办公室和家里有不少现金吧?还有就是你儿子公司的账户上也存在许多不明不白的资金往来,你现在想去处理好这些东西恐怕已经来不及了。投案自首吧,不要心存任何侥幸。"

滕奇龙大怒:"你就是俞莫寒吧?一个小小的精神病医生竟然敢在我面前如此放肆!你算什么东西?你以为自己真的能够代表警方?简直是笑话!"

俞莫寒淡淡地道:"你是不是感到害怕了?是不是发现自己已经无路可退了?人在做,天在看,有些事情你既然已经做下了,那就要勇于承担起相应的后果。滕校长,滕奇龙,你说是不是?"

"啪"的一声,电话被对方挂断了。俞莫寒怔了一下,随即笑了起来:"他真的害怕了。靳支队,你说是不是?"

靳向南也笑:"我这就派人盯住他,而且还故意让他知道。"

俞莫寒点头道:"这样一来,他的心理就更容易崩溃了,接下来纪委方面也会因此感谢你的。"

滕奇龙果然崩溃了,而且崩溃得如此之快。就在靳向南和俞莫寒与滕奇龙通话的第二天,有消息传来说,滕奇龙疯了。

"怎么可能?"俞莫寒在第一时间就表示怀疑。

靳向南道:"为什么不可能?最近一段时间他承受着巨大的心理压力,昨天我们又刚刚传讯了他下面的财务处长,而且你还用话语堵住了他转移赃款的可能,再加上高格非前妻的死因眼看就隐藏不住了,他的心理崩溃也就是必然的。"

俞莫寒摇头道:"心理崩溃与精神分裂完全是两回事。当一个人心理崩溃的时候只不过会丧失意志,不再坚持己见或者放弃某种执念。而精神分裂是一个人的基本个性发生改变,以至于思维、情感、行为出现异常。比如某人在刑讯逼供之下投向敌人,这只不过是心理崩溃的表现,而绝不是什么精神分裂。"

靳向南似乎有些明白了,问道:"你的意思是说,精神分裂并不是一件容易的事情?"

俞莫寒苦笑着说道:"也不能这样讲。就目前而言,除了基本上确定精神分裂与遗传有一定的关系之外,其他的病因不明。对于精神分裂易发人群来讲,很可能一个小小的刺激就会引发出症状来。不过对于我们大多数人来讲,我们的心理都存在着一套比较完善的自我保护机制。比如自我保护机制中的潜抑,就是把理智上不能接受的欲望、情感或动机压抑下去,虽然这些欲望、情感和动机没有消失,但人意识不到它的存在,也就不会为此而紧张焦虑了。

例如，某一女生近来经常与一男生在一起，于是传言四起，大家都说他俩在谈恋爱，该女生听了深感冤枉。其实，她内心深处未必就没有进一步发展的愿望，她理智上却无法接受'他俩在谈恋爱'这一现实，于是就将这种动机潜抑了。除此之外，我们心理上的自我防御机制还有合理化、仿同、投射、反向作用、躯体化、置换、幻想、补偿、升华等，而正是这样一些自我保护机制才使得我们敏感而脆弱的心理变得坚强一些，同时还能够对危机和挫折有所防御，有所淡化，从而得到自我解脱。总而言之，对于我们大多数正常人来讲，精神分裂并不是一件容易发生的事情，除非长期的精神压抑积聚起了巨大的能量后骤然爆发，关于这一点，高格非就是一个非常典型的病例。"

靳向南沉吟着问道："你这是在怀疑他装病？"

俞莫寒点头："是的。对于滕奇龙来讲，既然有了高格非的先例，也就有强烈的、通过装病从而逃脱法律制裁的心理动机，也许在他看来，这是他目前最好而且是唯一的方式和办法。如果真的是这样，他这样做其实非常愚蠢，因为精神病的司法鉴定有一整套严密而且科学的程序，绝大多数的人都会在这样的一套程序下显露出原形。"

靳向南笑了笑，说道："他并不是愚蠢，只不过是早已忘记了他曾经所学过的医学知识，因为他根本就不是一位真正的学者。"

俞莫寒点头："有道理。"

靳向南又道："目前的情况是，滕奇龙病发后不久就被家人送到了医科大学的精神科，而且医院方面很快就做出了诊断：精神分裂症，偏执型。"

俞莫寒点了点头："偏执型的症状主要是幻觉及妄想，从演戏的角度上讲也相对容易一些。滕奇龙认为自己可以把控住那位胡主任，从而就可以逃脱纪委的双规及法律的制裁，所以才上演了这样的一出戏。"

靳向南皱眉道:"问题是,如今他这样的状况,纪委方面也就不大可能马上对其采取相应的措施,接下来他就有了转移财产的机会,同时让他儿子尽快堵上账目上的漏洞。"

俞莫寒笑了笑,说道:"这只不过是他自己美好的愿望罢了。靳支队,我们现在就去医科大学附属医院的精神科,接下来我就要让他所有的盘算都变成一场空。"

医科大学附属医院精神科的胡主任在办公室里面坐立难安,他万万没有想到滕奇龙会以一个病人的身份进入自己所在的科室,而且更让人感到诡异的是,医院的院长傅传伦根本就没有出面。

"鬼!高格非!鬼!"滕奇龙指着墙角处恐惧地叫喊着,当目光瞟过胡主任脸上的那一瞬却变得异常的凌厉,让胡主任一下子就明白了是怎么回事,但是最终不得不下达了诊断结论。自己有十分重要的把柄掌握在对方的手上,搞不好随时都可能身败名裂。

然而,让他更加担心的事情还是很快就来了,一位护士向他报告说刑警支队的靳支队长和俞莫寒已经到了病房外面,并明确说要马上见他。胡主任的脑子里面顿时一片空白,就连对护士讲了什么都记不得了。

胡主任的眼前很快就出现了俞莫寒的笑脸:"胡主任,我们又见面了。今天你不会又想把我和靳支队长同时都催眠了吧?"

胡主任这才在霍然间清醒了过来,急忙道:"不敢不敢,二位快请坐。"

靳向南坐下后当着胡主任的面打开了袖珍摄像机并将镜头直接对准了他,俞莫寒的目光从摄像机转到了胡主任的脸上,说道:"我们直接说事情吧。胡主任,请你告诉我,滕奇龙真的精神分裂了吗?"

胡主任急忙道:"我们初步的诊断结果……"

俞莫寒即刻打断了他的话:"胡主任,现在是警方在向你收集证据,你的每一句回答可是都要负法律责任的。所以,你一定要想清楚了再回答。"

胡主任的脸色一下子变得惨白。俞莫寒继续道:"如果滕奇龙真的是精神病发作,接下来他也就不可能继续做医科大学的校长。如果他的病是假装的,那你就应该好好想想他为什么要这样做。胡主任,你可千万不要再犯糊涂啊。"

胡主任的身体及嘴唇都开始哆嗦起来,不过依然没有松口的意思。等了一小会儿,俞莫寒忽然问道:"你在给滕奇龙诊断之前让他做了人格测试吗?"

胡主任条件反射般点了点头:"做了。"

俞莫寒看着他:"是你替他做的那些题目吧?"

胡主任苍白的脸变得蜡黄。俞莫寒叹息了一声,说道:"我知道你此时的心境。在你看来,如今你所面对的一侧是万丈深渊,而另一侧却是万劫不复。如果你真的这样想那可就错了,毕竟有些事情是解释得清楚的,被人逼迫与自愿去做可是完全不同的两回事。还有就是,也许在你做出正确选择之后,这件事情依然会影响到你的声誉,但这总比错误选择最终导致犯罪而身陷囹圄的好,你说是不是?"

胡主任顿时动容,问道:"事情到了这个地步,我真的还可以回头?"

俞莫寒将目光看向靳向南,意思是希望他来回答这个问题。靳向南问道:"你知道滕奇龙为什么要装病吗?"

胡主任摇头道:"具体的不清楚,他也不可能如实地告诉我,所以我只是猜测,猜测他很可能是遇到了什么非常为难的事情。"

靳向南微微一笑,说道:"我可以告诉你,那是他试图通过这样的方式逃避我们警方及纪委对他的调查。"说到这里,他停顿了一下,"胡主任,在诊断上弄虚作假,一般来讲也就是医院方面给予你某种程度的处分,似乎还达不到犯罪的程度。不过,如果你继续执迷不悟那就难说了。"

又过了一小会儿,胡主任才终于讲出了实话:"是的,我在他的诊断上作了假。"说完后他竟然长长地舒了一口气,身体却一下子瘫软在了椅子上。

他终于做出了正确的选择,而且这对他来讲更是一种解脱。俞莫寒过去轻轻拍了拍胡主任的肩膀,对靳向南说道:"走吧,我们去见见滕奇龙。"

滕奇龙的可笑之处在于他到了这个地步还非得追求级别待遇。眼前的这间病房宽敞非常,应该是挪走了其他病人后临时改成的单人病房,虽然里面的家具少了些,显得有些空空荡荡,但地上的地毯、那一套现代风格的沙发及墙上挂着的电视让这间病房一下子就提高了好几个档次。

胡主任领着俞莫寒和靳向南进去的时候,滕奇龙正侧躺在床上,好像正在酣睡。俞莫寒用一种十分恭敬的语气对床上的那个人说道:"滕校长,有人找您。滕校长,有人找您。"

滕奇龙一下子就坐了起来,怔了一下,惊骇着大叫道:"鬼,有鬼!高格非,你别、别过来!"

俞莫寒差点儿没忍住笑出声来,说道:"滕奇龙,别装了。胡主任已经告诉我们了,他的诊断有误。"

胡主任叹息了一声,也说道:"滕校长,你这是何苦呢?"

滕奇龙依然进行着他的表演:"鬼,真的有鬼!好可怕!"

俞莫寒冷冷地道:"我倒是看到了一只鬼,一只女鬼,她一直都站在你的身后。她生前很漂亮,却因为你不幸坠楼身亡。她的双手就在你的颈后,你是不是感觉到背心有些发凉?"

他的话音刚落,正好一阵狂风从窗外刮过,卷起窗帘猎猎作响。滕奇龙的脸色大变,一把拉过床上的毛巾被将头和蜷曲着的身体都裹了进去,瑟瑟发抖。

"要下雨了。这个夏天终于就要过去了。"俞莫寒看着天上正极速涌动着的乌云,说道。

"是啊。"靳向南看着在狂风中不停摇晃着躯干的那些树木,"刚才的那阵风来得太巧合了,我都差点儿被吓了一大跳。"

俞莫寒淡淡一笑:"俗话说,疑心生暗鬼,而不学无术之人更是迷信,再加上他在演戏的同时又受到了自我心理暗示,如此一来他的心理就彻底崩溃了。"

靳向南看着他:"其实你早已分析到了白欣死亡的整个过程,只不过没有足够的证据罢了。是不是这样?"

俞莫寒苦笑着说道:"我是处女座,什么事情都追求完美,这一点连我自己都无法控制。"

靳向南若有所思,忽然吃惊地看着他:"难道你接下来还要去找那个过气歌手调查清楚具体的细节?"

俞莫寒点头:"是啊,不然这件事情就算不上真正的圆满。"

第十六章
大结局

  娱乐圈是一个新人辈出同时又竞争十分激烈的行业,多年前那种靠一首歌、一部电影吃一辈子的情况,如今早已成为传说。社会已经进入互联网、信息高速传播的时代,有的人可以凭借一首歌很快红遍大江南北,但也会很快湮灭于更加时尚、优秀的后起之秀的浪潮中从此悄无声息。

  康小敏本是一位北漂的夜场歌手,后来被星探发现并加以精心打造、包装后才逐渐火了起来。康小敏的身材相貌都是上上之选,再加上柔美的歌声及公司专门为她量身定制的歌曲,于是一夜之间蹿红歌坛并名动天下。但是,后来的她却因为耍大牌、闹绯闻甚至吸毒最终被迫彻底离开了娱乐圈,从此永久淡出了人们的视线。

  从警方提供的资料看,康小敏因为吸毒而最终身败名裂,随后就回到了她的家乡。而她的家乡就在邻省的一个地级市,距离俞莫寒所在的省城只有不到两百公里的路程。靳向南无法阻止俞莫寒前去拜访她,同时也为了安全起见就派了小冯与他同行。

到了康小敏父母的家后才知道，就在几天前她再一次被送到戒毒所强制戒毒。听邻居们讲，康小敏在最红的时候曾经给她父母买了省城最好的别墅，不过后来卖掉了，说到底还是因为毒品害了她，害了这个家庭。

强制戒毒所本身就是警方管理的单位，两个人非常顺利地就见到了这家戒毒所的负责人。和俞莫寒所预料的情况差不多，康小敏确实是一个艾滋病毒携带者，由于她不仅聚众吸毒，而且生活极其混乱、糜烂，警方除了对她进行强制戒毒之外还采取了强制隔离的措施，所以关押她的地方是一个相对比较独立的区域。

在戒毒所方面的安排下，俞莫寒很快就见到了康小敏。

康小敏曾经红极一时，俞莫寒当然在电视上见过她，也曾经暗暗惊叹于她的美丽及甜美的歌声，而眼前的这位，骨瘦如柴，几乎没有了一丁点儿她曾经的影子，更让人感到毛骨悚然的是，她胳膊上那些密密麻麻触目惊心的针眼。

俞莫寒并没有问她别的问题，因为他觉得不需要多问。一个人在骤然之间取得了巨大的成功就难免会自我膨胀，而自我膨胀的后果就是会引来无数的负面评价，如果不能正确对待就很容易愤怒、郁闷，再加上交友不慎或者被嫉妒者有意诱导，一旦沾染上毒品就再也难以自拔。有人讲娱乐圈是人际关系最复杂同时又是一个鱼龙混杂的行业，事实上也确实如此。

总而言之，眼前的这个曾经红极一时的女歌手最终是彻底废掉了，如果要究其原因还是她本身的问题。我们的祖先实在是太睿智了，厚德载物呀。这一刻，俞莫寒也难免有些唏嘘感叹。他拿出高格非的照片，问康小敏道："认识他吗？"

康小敏那双曾经灵动妩媚的双眼早已变得呆滞，她看了看照片，摇头道："记不得了。"

俞莫寒提示道："就在前不久，最多也就是三个月之内的事情，这个人来找过你，给了你一笔钱，然后你就陪他睡了觉……"

康小敏的目光晶亮了一下，脸上瞬间出现了淡淡的笑容："原来是他呀。"

就在这一刻，俞莫寒发现她那灰暗憔悴的面容竟然在刹那间释放出了令人炫目的美丽。

康小敏因为吸毒最终被封杀，然而她根本就无法摆脱毒品这个恶魔，而且更无法远离吸毒的那个圈子。毒品这种东西真的就是魔鬼，即使有金山银山也最终满足不了它的需求，而且还会一点点吞噬掉一个人的肉体与灵魂。不多久康小敏就消耗完了所有的积蓄，最后的几个朋友也离她而去，一无所有的她只好回到家乡。

在父母的再三劝说下，康小敏去了医院戒毒，效果却非常不理想，从事业的巅峰骤然跌落到人生的最低谷，她早已没有了与毒品这个恶魔搏斗的意志。父母只好卖掉了别墅，唯一的希望就是女儿能够在某一天幡然醒悟并重新过上正常人的生活。然而现实是残酷的，因为康小敏已经彻底堕落。

父母的哭诉，再加上眼看银行卡上面的数字很快就要变成零，康小敏不得不选择重新拿起话筒。凭借着她以往的人气，当地一家夜店的生意很是红火了一段时间，但是康小敏的生活越来越混乱，而且以前的方式已经不能满足她对毒品的依赖，不得不开始采用注射的方式。而正是在这个时候，有一天晚上，一个人忽然出现在了她的面前。

康小敏所在的那家夜店已经不如以前那么火，一个人的名气也是消耗品，人们慢慢失去了对她的兴趣。然而就在那天晚上，康小敏却非常意外地收到了久违的大捧玫瑰及十分丰厚的打赏。服务生朝她指了指坐在墙角处的那个人，刚刚唱完了一首歌的康小敏随后走过去，不仅仅是为了表示谢意，更多的是为了这个难得的机会。

如今的她特别需要这样的机会。

虽然长期吸毒早已让她的躯体衰败不堪，但经过精心化妆之后的她依然楚楚动人。坐在角落处的那个男人看着越来越近的她眼睛都瞪直了。康小敏知道，自己的机会来了。

康小敏专门为他唱了两首歌，陪着他喝了一瓶价格不菲的红酒，同时用撩人的眼神向对方传递着肉欲的渴望。后来，坐在角落处的男人终于忍不住问了她一句："多少钱你可以去我住的酒店？"

康小敏迫不及待地朝他伸出了五根手指。坐在角落处的男人皱了皱眉，摇头道："稍微多了些，三十万吧。"

康小敏大喜，刚才她比画的那五根手指可不是这个数目，如今的她有时候为了小小的一针管毒品都是愿意宽衣解带的。

那天晚上，在当地的一家五星级酒店里面，那个坐在角落处的男人折腾了她一整夜，因为最开始的时候他的那个部位根本就没有反应，后来康小敏就有些恼了，对他说道："我只要十万，我们俩的交易到此为止吧。"

就在这个时候，坐在角落处的男人竟然一下子就有了反应，霍然而起，紧紧将她压在了自己的身体下面……

第二天天亮的时候，坐在角落处的男人扔给了她一只小皮箱，她打开后看了一眼，里面全是一摞摞粉红色的现金。

那个人应该就是高格非，做事直接可是内心却充满着自卑，一直到后来他忽然意识到自己的梦中情人其实早已变成了娼妓，这才在霍然间冲破了内心深处那道自卑的牢笼，终于如愿以偿。然而让他万万没有想到的是，他用巨额金钱所买来的竟然是一张通往地狱的门票，从此他就走向了死亡的不归路。

俞莫寒开始后悔自己非要来这一趟，因为此时的他觉得心里面堵得慌。即使作为精神病医生和心理师，俞莫寒依然一时间无法接受这种阴暗人性之下命运的残酷。

然而，俞莫寒并不同情眼前的康小敏及那个已经死亡的高格非，他们只不过是芸芸众生中迷失了生活方向的羔羊，如果真有来世的话，但愿他们能够迷途知返，重新做人。

相反，俞莫寒对滕奇龙却是发自内心地深恶痛绝。此人早已蜕化变质，而且不学无术、以权谋私，这样的人竟然能够主政一所高校，只能让洁白无瑕的象牙塔蒙羞、给医学抹黑。

就在头一天，当俞莫寒识破了滕奇龙装病的伪装之后，靳向南即刻申请了对他的逮捕令，与此同时，纪委方面也开始着手展开对他的全面调查。就在当天晚上，警方从他的家里查抄出现金数百万，同时还查出他分布于全国各地的房产竟然有二十余处，与此同时，有关部门迅速进驻他儿子的公司开始查账。

警方及相关部门的行动迅雷不及掩耳，再加上滕奇龙的心理早已崩溃，白欣的死因也很快真相大白。

在那位夏行长的安排之下，滕奇龙与白欣发生了关系，两个人后来又幽会了好几次，滕奇龙付出的代价仅仅是夏行长给他的那张银行卡。

白欣长得漂亮，而且青春靓丽，最难得的是她有着白皙如玉一般的肌肤，让滕奇龙贪恋不已。当时正值潘友年将高格非推荐给滕奇龙不久，滕奇龙在了解了高格非的情况之后觉得自己完全有把握控制住这个年轻人，于是就在某一天找他来单独谈了一次话。

"我可以让你在最短的时间里得到你想要的一切，但是我有一个条件。"滕奇龙目光灼灼地看着高格非，缓缓说道。

"您讲。"高格非当时的表现非常沉稳，不过目光中却掩饰不住火辣辣的期盼。

"我可以先提拔你做副科长、科长，然后在五年内坐上正处级的位子。如果今后条件允许的话，在我退休前提拔你当副校长。"滕奇龙继续抛出诱饵。

高格非的目光更加炽热了，呼吸也开始变得急促起来，问道："您直接讲吧，什么条件？"

滕奇龙看着他："我的条件对你来讲可能有些屈辱。"

高格非淡淡笑了笑，说道："我遭受到的屈辱已经够多了。"

滕奇龙轻轻一拍桌子，说道："你有这样的态度我就放心了。"接下来他就将白欣的情况大致讲了一下，最后说道，"我确实喜欢她，可是我的身份又实在比较特殊。如今不少的官员坏事都坏在女人身上，我可不希望那样的事情将来在我这里发生。所以，我希望你能和她恋爱，然后结婚。当然，你和她的关系是假的，你不可以碰她，她也不会管你的私生活。对你来讲唯一的损失就是短时间内不能拥有真正的家庭，但是你可以因此获得你想要的权力，以及在外人面前扬眉吐气的机会。"

高格非只是犹豫了很短暂的片刻："我同意。"

于是接下来就有了高格非和白欣在学校舞会上的相识及不久之后的婚礼。滕奇龙不仅特地给潘友年打了招呼分给了高格非一套房子，还亲自做了他们两人的证婚人。

以前滕奇龙与白欣幽会的地方都是在酒店里面，不过后来滕奇龙觉得经常去那样的地方不大安全，万一哪天遇上警方扫黄就麻烦了，于是就将地方换到了学校行政楼他的办公室里面。要知道，滕奇龙的办公室可是带有休息室的，而且休息室里面的陈设并不比星级酒店差。不过滕奇龙毕竟年岁已大，每次与白欣行房前都要服用万艾可，却不承想有一天晚上过度兴奋造成了心脏病忽然发作。他们每一次幽会的时候高格非都会在办公室里面值班，其实也就是充当勤务员及放哨以防不测。当时白欣被吓坏了，急忙跑出来让高格非拨打急救电话，随后就独自一个人匆匆离开。

因为抢救及时，滕奇龙很快就恢复了健康。事后白欣告诉高格非说，她离开行政楼的时候戴了墨镜和口罩，当时值班的保安应该没有看清楚她的模样。不过即便如此，高格非还是将这个情况报告给了滕奇龙，再加上外面的风言风语，于是就有了接下来保安被学校开除的事情。

由于高格非和白欣并不是真正的夫妻，白欣担心自己的父母有一天会怀疑他们俩的真正关系，一方面要求高格非每次去父母家里的时候都要带上礼物；另一方面让高格非向父母告她的状，以此解释两个人偶尔看上去并不是那么亲密的原因。高格非当然全力配合。

事情发生变化是从白欣怀孕开始的。白欣与高格非"结婚"不久就怀上了滕奇龙的孩子，然而这个时候白欣的心态发生了很大的变化，因为她忽然意识到自己与高格非并不是真正的夫妻，那么今后孩子生下来就很可能得不到真正的父爱，但她又不想拿掉这个孩子，因为她的年龄已经不小，内心有强烈的做母亲的渴望。有一天，白欣对高格非说道："我们俩从现在开始做真正的夫妻吧。"

高格非问道："这也是滕校长的意思吗？"

白欣看着他，问道："如果他同意的话，你愿意吗？"

高格非淡淡地道："我无所谓。这件事情关键还得看滕校长的意思。"

滕奇龙也考虑到了孩子未来的事情，心想毕竟自己年龄大了，白欣迟早都会另外找人的，与其如此还不如便宜了高格非，于是他又再次找高格非谈了一次话。

"我可以同意白欣的想法，不过你今后必须要对孩子好。"滕奇龙说。

"当然。"高格非道。

滕奇龙看着他："可是这样一来今后你就可能不会再有自己的孩子了。"

高格非淡淡地道:"等我今后有了钱和权,也可以像你一样,另外找人生一个就是。"

这话让滕奇龙听着很不舒服,不过他心里反倒踏实了许多。

从此之后,白欣才开始真正与高格非同床就寝,虽然因为怀有身孕不能做有些事情,不过随着时间的推移,白欣的内心也就慢慢将高格非作为了依靠。当然,这样的情感转移很可能与她肚子里的孩子有关,也可能因为她根本就对滕奇龙没有多么深厚的情感。而正因为如此,才最终造成了她死亡的悲剧。

有一天中午,接待完客人、喝了酒的滕奇龙忽然就想起白欣来,于是就兴冲冲地去了她的家里。

白欣当时正在拖地,医生告诉她说孕妇需要适当做一些运动,这样孩子才会更健康,同时也有利于今后的生产。滕奇龙的忽然到来让白欣非常吃惊,责怪道:"你怎么跑到这里来了?别人看见了可怎么办?"

当时白欣的身上穿得比较少,而且正劳动着,脸上红扑扑的,看上去是那么娇艳可爱,让滕奇龙顿时心动,低声道:"我就是想来看看你。白欣,我们好像有好几个月没在一起了吧?可真是想死我了。"

白欣和年轻的高格非睡在一起的时间已经不短,此时怎么看滕奇龙都觉得他老态龙钟、面目可憎,怒道:"滕奇龙,我们不是说好了吗?从今往后我就是高格非的妻子了,你不要再来骚扰我了好不好?"

滕奇龙笑道:"你本来就是我的女人,高格非这小子不过是替我照顾你。"他指了指白欣的肚子,"孩子可是我们俩的,难道你就不再对我有一丁点儿的夫妻情分了?"

白欣摇头道:"不,这孩子今后的父亲是高格非,不是你,除非你现在就离婚然后娶我。"

滕奇龙苦笑着说道:"你明明知道这不可能。白欣,听话,我真的很想你,我们俩亲热一会儿我就走。"

白欣往后退了几步:"高格非和我睡在一起都从来没有动过那样的心思,因为他知道我是孕妇。滕奇龙,我真后悔当初跟了你!"

当时滕奇龙喝了点儿酒,再加上眼前的白欣看上去又如此美丽动人,哪里还克制得住正在腾腾往上冒的色心?笑道:"怀孕三个月之后就可以行房了,不会对孩子造成任何影响的。我会注意分寸的,一小会儿就完事,完事了我马上就走。"

没想到这时候白欣竟然快速踏上沙发,然后一屁股坐到了沙发椅背上方的窗台上,拿着手上的拖把杆对着滕奇龙低声喝道:"你别过来,不然我就从这里跳下去。"

滕奇龙大吃了一惊,急忙道:"我不过来,保证不过来。白欣,你下来,下来和我说说话可以吗?"

白欣依然用手上的拖把杆指着他:"你走,马上离开这里!"

滕奇龙心中懊恼,却又无可奈何,只好点头道:"好,我走,这就走。"他转身就朝门口处走去,却忽然间听到身后传来"啪嗒"的一声轻响,转身一看,只见刚才白欣手上的拖把掉落在了沙发旁边的地上,而窗台处的白欣却没了踪影。滕奇龙大骇,急忙跑到窗户处朝下面看去……那一刻,他差点儿被吓得魂飞魄散,心中的懊悔更是到了极点。

不过滕奇龙终究还是滕奇龙,他很快就意识到自己此时所面临的巨大危机,急忙跑到厨房接了一盆水倒在了地上,以此制造白欣因为抹窗户意外坠落的假象,又小心翼翼地抹去自己留在屋子里面的脚印和指纹,然后快速离开。

高格非听闻白欣的死讯后顿时神色大变,他第一时间就怀疑到了滕奇龙,因为他知道,白欣绝不会去擦拭窗户的。白欣很懒,即使偶尔去拖地做清洁也完全是为了肚子里的孩子。

高格非痛苦的样子在其他人的眼里看上去十分可怕，其实人们并不知道，当时的高格非最为担心的是滕奇龙会因为白欣的死而不再坚守承诺，他因此而惶恐不安，因此而万念俱灰。

不过高格非很快就明白了，白欣的死无论对他还是滕奇龙来讲其实都是一种解脱。与此同时，正因为他掌握着这个秘密反而让滕奇龙不敢轻易毁约。

高格非从此一路顺风顺水，一时间成为医科大学比几位副校长还炙手可热的人物。不过高格非在外人面前还算是比较低调，给人的印象还不错。滕奇龙曾经几次试图将高格非安排去具体负责新校区的建设，结果却被高格非本人坚决拒绝了。滕奇龙知道对方并不是完全和他一条心，像这样一颗随时都会爆炸的地雷一直放在身边，让他时时刻刻都觉得心惊胆战，于是才有了后来滕奇龙推荐高格非去某专科院校任职的事情。

却不承想，高格非和滕奇龙的噩梦也就从此开始了。

高格非案的原告律师程奥亲自给俞鱼打去了电话并向她致歉，与此同时，还通过微博言明自己所犯下的过错并声明从此退出律师行业，以此自惩、自戒。当日，俞鱼去法院撤回了那份诉状。几天后，俞鱼和丈夫一起飞往泰国。

苏咏文入职南方某报社后不久，在头版头条报道了高格非案的始末，该篇报道吸引了大量的读者。与此同时，她和俞鱼在微博上联名发起的一次关于情与法的大讨论，连续数月位于热搜榜前十。她们二人也因此被数百万粉丝奉为"新时代的绝代双娇"。

时隔不久，林达因为涉嫌受贿、敲诈勒索等被警方拘捕。

九月初，俞莫寒的父母前往上海登上了一艘巨型游轮开始了环游世界的旅程，他们回家的时间将在半年之后。俞莫寒和倪静决定就在那个时候举行婚礼。

医科大学的新校长上任了，姓林，是一位女性，妇产科专家。俞莫寒听闻这个消息后目瞪口呆，不过最终却置之一笑。这位新上任的林校长亲自给俞莫寒打了个电话，希望他能够出任学校即将组建的精神病学专业筹备组的负责人，但是被俞莫寒委婉拒绝了。

三个月后，俞莫寒的精神病研究所正式成立，地点就选择在了省教委对面的那栋古建筑里面。让人们感到不解的是，开业不久，那个地方竟然时常会有穿着警服的人出入。

俞莫寒的新办公室朝东，里面挂着一幅他最满意的《向日葵》仿品，他时常会盯着那幅画看上许久，却总觉得差了那么一丝的明亮。

（全书终）